초
한
지

2

초한지

2

이문열 지음

바람아 불어라

楚漢志

RHK
알에이치코리아

초한전쟁도

B.C. 208년 2월, 항량을 건너다.

오(吳)

B.C. 208년 6월, 초나라 회왕을 내세워 도읍으로 삼다.

B.C. 209년 9월 항량이 항우 장춘 8천 명과 함께 회계군 거병하다.

B.C. 208년 4월, 항우군 설 10여 만 명으로 불어나다.

B.C. 209년 9월 유방이 군사를 일으키다.

B.C. 208년 9월, 항우가 도읍을 옮기다.

B.C. 208년 9월, 항우가 배의 부장이 못하다.

하상

팽성

하비

B.C. 209년 7월, 진승이 봉기하다.

우이

B.C. 208년 9월, 항량이 사망한 곳이다.

B.C. 208년 9월, 항량이 죽다.

설

배

B.C. 207년 11월, 항우가 상장군이 되다. 12월, 항우가 진군을 무찌르다.

거록

서구명대

창도

팽

대택향

하성보

B.C. 207년 7월, 항우가 장한과 동맹을 맺다.

은허

복양

진(陳)

B.C. 207년 7월, 유방이 완을 점거하다.

구강

B.C. 208년 9월, 유방이 탕군의 최수장이 되다.

진승이 진왕(陳王)이 되어 장초를 세우다.

B.C. 206년 11월, 항우가 함곡관을 넘다. 12월, 자영을 죽이고 함양을 불사르다.

함곡관

B.C. 207년 11월, 항우가 장한의 군사 20만 명을 땅에 묻어 죽이다.

진류

진류

B.C. 207년 7월, 유방이 완을 점거하다.

형양

낙양

완

신안

무관

B.C. 207년 8월

B.C. 208년 10월, 주문의 군대, 패배하다.

함수

함양

B.C. 206년 9월, 주문의 군대, 패배하다.

B.C. 206년 10월, 자영을 폐위하고 함양에 들어가다.

진승·오광의 난

항우·항량의 군대

패공 유방의 군대

楚漢志

망명

그날 아침 유계는 들에 나가는 형들보다 일찍 집을 나섰다. 죽피관을 쓰고 나들이옷을 갖춰 입은 것도 평소의 그와는 달랐다. 하지만 그뿐이었다. 어슬렁거리듯 내딛는 걸음걸이나 세상 모든 일이 심드렁하다는 표정으로 대문을 나서는 그에게서 이제 곧 제 고장을 떠나 왕복 몇 천 리 험난한 길을 떠날 사람 같은 데는 조금도 없었다.

유계를 보내는 가족들도 마찬가지였다. 하직 인사를 올릴 때 태공과 유오가 잠깐 끈끈한 눈길로 먼 길 떠나는 셋째를 바라다본 것 말고는 두 형도 형수도 모두 앉은 자리에서 작별이었다. 다만 아내 여씨만 불그레한 눈시울로 유계를 따라나서다가 대문께에서 작은 보퉁이 하나를 내밀었다.

"이것, 가지고 가세요. 가다가…….."

그러면서 말을 잇지 못하는 게 남편을 멀고 위태로운 곳으로 떠나보내는 아낙 같았다. 그리 자별하게 지내는 부부는 아니었으나 유계도 그런 아내를 보니 조금은 측은했다.

"정보(亭父)와 구도(求盜)가 모든 걸 채비해서 함께 가니 그건 소용이 없을 성싶소. 아이들에게나 나누어 주시오."

여느 때 같지 않게 부드러운 목소리로 그렇게 말하고 아내 다리 곁에 붙어 선 어린 남매를 차례로 한 번씩 안아 올렸다. 그때 동구 쪽에서 달려오는 마차 바퀴의 쇠테와 길바닥의 돌조각이 부딪쳐 내는 소리가 들려왔다. 하후영이 몰고 오는 현청의 수레 같았다.

자기를 칼로 찌른 유계를 덮어 주느라 옥살이까지 한 적이 있는 현청 마구간의 말몰이꾼 하후영은 그사이 직위가 올라 그때는 패현의 사어(司御, 말과 수레를 관장하는 관리)였다. 풍읍 중양리에 있는 유계의 본가에서 패현 현청까지는 걸어서 반나절 길이라, 그날만은 하후영이 현청의 수레를 내어 유계를 태워 가기로 되어 있었다.

"들어가시오. 내 다녀오리다."

수레가 오자 유계는 그 한마디로 아내 여씨와 작별하고 수레에 올랐다. 오히려 여씨에게 정겹게 인사말을 건네고 살가운 위로까지 해 주는 것은 수레를 몰고 온 하후영이었다. 싹싹하고 붙임성 있는 그는 수레에 오른 유계에게도 이런저런 말을 붙여, 자칫 축 처지기 쉬운 그의 기분을 띄워 보려고 애썼다. 유계가 비

10

운 동안의 패현 뒷골목을 걱정하는가 하면, 심상찮게 웅성거리는 저잣거리 바닥 인심을 나름으로 분석해 보기도 했다. 그러다가 패현성 안으로 들 때쯤 해서 문득 생각난 듯 말했다.

"아, 참. 형님. 왕릉(王陵) 형님하고 옹치(雍齒)가 잠깐 뵙자던데요."

"왕 형하고 옹치가? 어디서?"

유계가 떨떠름한 표정으로 물었다. 의미는 다르지만 왕릉이나 옹치 모두 유계에게는 부담스러운 사람들이었다.

왕릉은 패현 사람으로 젊을 때부터 뒷골목 건달들로부터 대협 소리를 들을 만큼 의협심이 있고, 또 홀어머니를 잘 모시는 효자로도 이름이 났다. 용력과 무예가 남다른 데다 책을 읽어 아는 것이 많았으며, 사람됨이 신중하고 과묵하여 많은 젊은이들이 왕릉을 믿고 따랐다. 나중에는 뒷골목 건달들까지 왕릉을 우러르게 되어 언제부터인가 그는 슬며시 유계를 제치고 패현 뒷골목까지 휘어잡게 되었다. 유계보다는 나이가 두 살 위인 데다, 유계도 왠지 왕릉에게는 함부로 대하지 못해 그 무렵은 마지못해 형님 대접을 하고 있었다. 하지만 마음 한구석으로는 무언가 억울하고 찜찜해 되도록이면 왕릉과 얼굴을 마주치지 않으려고 애를 썼다.

그런 왕릉에 비해 옹치는 이름만 들어도 짜증이 나는 부류의 부담스러운 인간이었다. 옹치는 유계와 마찬가지로 풍읍에서 나고 자라 어릴 적부터 서로 잘 알았으며, 패현 뒷골목도 비슷한 시기부터 출입하였다. 그런데도 마흔을 훌쩍 넘긴 그 나이가 되도록 유계는 한 번도 고운 눈길로 옹치를 바라본 적이 없었다.

그도 그럴 것이, 옹치는 나이도 유계보다 두어 살 어리고 재주도 무엇 하나 변변한 게 없는 주제에 일마다 유계에게 맞서 덤벼 왔기 때문이었다. 어떤 때는 번쾌를 시켜 흠씬 패 주기도 하고, 어떤 때는 노관이나 주발의 꾀를 빌어 골탕을 먹인 뒤에 항복을 받아 보기도 했지만 그때뿐이었다. 며칠만 지나면 또다시 독사처럼 고개를 빳빳이 쳐들고 유계에게 지지 않으려고 독을 피웠다. 거기다가 왕릉이 뒷골목을 휘어잡고부터는 그쪽으로 붙어 입안의 혀처럼 놀면서 대놓고 유계에게 대들었다.

"바로 저 술집입니다. 아까 나올 때 저기서 기다린다고 했으니 아직 거기 있을 겁니다. 잠깐 들렀다 가시지요."

그러면서 하후영이 그 술집 앞에 수레를 세웠다.

유계가 떨떠름한 기분으로 들어서니 정말로 왕릉과 옹치는 그 술집에 있었다. 아침인데 벌써 한잔씩 걸쳤는지 얼굴들이 불콰했다. 옹치야 그럴 수 있다 쳐도 신중하고 과묵한 왕릉이 아침부터 술을 마신 게 심상찮아 유계가 물었다.

"형님, 아침부터 웬 술이십니까? 무슨 일이 있으신지요?"

"아, 유 형이 오셨구려. 술은 그냥 기다리려니 무료해서 한잔했을 뿐이고……. 실은 유 형에게 작별 인사를 하러 왔소."

늘 그렇듯 왕릉이 예절 바른 말투로 그렇게 대답했다. 그걸 자신을 배웅하러 나왔다는 말로 알아들은 유계가 겸양 섞인 고마움을 나타냈다.

"에이, 이거야 두 달이면 넉넉히 돌아오는 길인데요, 뭘. 이렇게 따로 배웅 나오실 것까지야……. 일꾼들 데리고 함양에 갔다

오는 정장이 어디 한둘입니까?"

"유 형 배웅이 아니라…… 내가 이곳 패현을 떠나게 되어 조용히 작별하러 온 거요. 이따가 현청 앞은 너무 번거로울 듯해서……."

왕릉이 유계도 민망스럽게 하지 않으려고 짐짓 정색을 하며 그렇게 말했다. 그제야 유계도 정색을 하고 물었다.

"아니, 형님께서 이곳을 떠나신다니요? 패현은 조상 대대로 살아오신 땅 아닙니까? 고향 땅을 버리고 어디로 가신단 말씀입니까?"

"어머님을 모시고 남양(南陽)으로 옮겨 가게 되었소."

"남양이라면 여기서 천 리 길입니다. 어쩌다 그 먼 곳까지……."

유계가 그러면서 곁에 있는 옹치를 보니 그렇게 보아서 그런지 벌써 기가 많이 죽어 있는 것 같았다. 그러나 유계가 말끝을 흐린 물음에 끼어들 틈을 찾았다는 듯 옹치가 왕릉을 대신해 물음을 받았다.

"형님 외가가 남양이라는구먼. 거기 외가댁이 꽤 넓은 전장(田莊)을 가지고 있는데, 한 분뿐인 형님 외숙부께서 갑자기 돌아가셔서, 그 전장을 거두고 늙으신 외조부모님을 모실 사람이 없다는 거야."

그래도 너한테는 굽히고 싶지 않다는 기분을 숨김없이 드러내는 말투였다. 왕릉이 거기 보태, 전에 없이 은근한 목소리로 말했다.

"떠나는 것은 며칠 뒤가 되겠지만, 유 형이 함양에서 돌아오실 때는 이 왕 아무개가 이미 패현에 없을 게요. 그래서 작별 겸해서 이렇게 유 형을 청했소. 패현에서 보낸 긴 세월, 남아의 반평생으로는 그저 허망할 뿐이지만, 그간 유 형에게 과분한 대접 받으면서 잘 보냈소. 남양에 가서도 이 패현과 유 형을 잊지 못할 게요."

그 말에 그간의 불편하고 불만스럽던 느낌이 일시에 스러지며 유계도 진정으로 받았다.

"저도 형님을 잊지 못할 것입니다. 하지만 인생하처불상봉(人生何處不相逢)이겠습니까? 우리 다시 만나게 되겠지요."

"그래야지요. 우리 꼭 다시 만납시다."

왕릉이 그렇게 말을 받더니 유계의 바쁜 사정을 잘 안다는 듯 서둘러 술 한잔을 권했다.

"이곳 살림을 처분하느라 분주해 유 형이 길 떠난다는 걸 깜박 잊었소. 오늘 아침에야 옹치가 깨우쳐 주어 이렇게 나왔소만, 술 한잔 지긋하게 나누지 못하고 헤어지게 되어 참으로 서운하구려. 이 왕릉이 정 없고 야박한 사람이 되었소."

그러고는 소매에서 작은 전대 하나를 꺼내 탁자 위에 놓으며 아쉽다는 듯 말했다.

"유 형, 이건 떠나는 내 정표요. 적지만 먼 길 노자에 보태 쓰시오."

유계가 역도(役徒)들과 함께 패현을 떠나던 그날 패현 현청 앞 공터는 볼만했다. 유계가 이끌고 갈 역도들은 비록 품삯도 받지 못하는 일꾼으로 끌려가기는 하나, 그래도 죄수나 노예와는 달랐다. 제 땅에서는 저마다 하늘 같은 가장이요 사랑하는 지아비며 피를 나눈 형제거나 귀하게 기른 자식이었다. 그들 3백 명이 저마다 먼 길 떠날 채비를 하고 현청 앞으로 모여드니 군대처럼 엄정한 대오는 없어도 자못 위의(威儀)가 있었다.

유계도 먼 길을 떠나는 데다 그들을 인솔하는 처지라 차림을 갖추다 보니 이전과 달랐다. 높은 코와 잘생긴 수염은 나이 들며 더 짙어진 얼굴의 음영과 더불어 전보다 훨씬 성숙한 남성미로 사람의 눈길을 끌었다. 거기다가 자신이 공들여 짠 죽피관을 쓰고, 결 고운 베로 지은 나들이 겉옷까지 걸치고 있으니 멀리서도 한눈에 가려낼 수 있을 만큼 훤칠한 장부였다. 그 좌우를 번졸(番卒, 왕공이나 귀족을 곁에서 수행하는 관원)의 복색을 갖춘 정보와 구도가 대단한 귀인을 모시는 사인(舍人)처럼 붙어 서 있어 전에 볼 수 없던 위엄까지 풍겼다.

하지만 무엇보다도 볼만한 것은 유계를 배웅하러 나온 패현의 유지와 호걸들이었다. 먼저 현령과 여공(呂公)을 중심으로 소하와 조참, 하후영 같은 이들이 평소 유계와 가까이 지내는 다른 향리(鄕吏)들과 함께 한 무리를 이루고 있었다. 특히 그날 아침 유계를 중양리 본가에서 수레에 태워 온 하후영은 함양까지 유계를 태워 주지 못하는 게 못내 서운하다는 표정이었다.

조참과 함께 패현의 옥리로 있으면서 남모르게 유계를 흠모해 온 임오(任敖)도 머뭇거리며 다가와 수줍게 노자를 내밀었다. 지난날 유계가 무슨 범죄인가에 연루되어 쫓길 때 못된 옥리 하나가 유계 대신 그 아내 여씨를 잡아다 가두고 혹독하게 대한 적이 있었다. 그때 임오가 나서서 그 못된 옥리를 넙치가 되도록 패 주니, 그 뒤로는 아무도 여씨에게 함부로 굴지 못했다. 일이 잘 풀리고 나서야 패현으로 돌아와 그 얘기를 들은 유계도 임오를 나쁘게 생각하지 않았다.

유계를 따라 함양으로 가지 못하는 것을 한스럽게 여기는 이들로는 노관과 번쾌가 더 있었다. 그사이 처자를 거느리게 되었을 뿐만 아니라 소하까지 말려 이번에는 함께 가지 못하게 된 그들은 공연히 풀이 죽어 유계를 배웅 나온 저자 바닥 건달들 속에 끼어 있었다. 누에치기로 살며 남의 상사(喪事)에 피리를 불어 주는 주발(周勃)이 보였고, 얼마 전 술집에서 왕릉과 함께 보았던 옹치도 무엇 때문인가 다시 거기 나와 있었다.

아직 유계 밑에 들지는 않았지만 먼빛으로 흠모하고 있는 이들도 여럿 나왔다. 그들 가운데 별나기는 사수군의 졸사(卒史)로 있는 주가(周苛)와 주창(周昌) 종형제였다. 그들은 유가에게 배워 기질로도 유계와 잘 맞지 않을 뿐만 아니라, 둘 모두 명색이 진나라의 녹을 먹는 졸사라 드러내 놓고 유계를 따를 수 없었다. 그런데도 어떤 인연으로 한번 알게 된 뒤로는 무슨 일만 있으면 유계의 주변을 기웃거렸다.

풍읍 인근에서 낮에는 밭을 갈고 밤에는 책을 읽어 자신을 기르고 있는 기신(紀信)도 있었다. 그날 유계가 먼 길을 떠난다는 말을 듣고 현청 앞으로 나왔으나 아직 사람들에게 둘러싸인 유계에게는 다가가지 못하고 멀리서 흠모의 눈길만 보내고 있었다.

16

어찌 보면 그때 기신의 몸은 아직 농투성이를 벗지 못하고 있었지만, 그 마음은 이미 드넓은 세상을 유계와 함께 날고 있었는지도 모를 일이었다.

이웃 현에서 협객을 자처하며 평소 유계와 끈이 이어져 있던 건달들도 패현까지 배웅을 나왔다. 그중에는 수양현(睢陽縣) 저자에서 비단 장수를 하는 관영(灌嬰)이란 사내가 있었다. 관영은 몸집이 작으나 말을 잘 타고 완력이 셌다. 성격이 불같고 두려움을 몰라 나중에 유계의 기장(騎將)으로 치열한 전투를 벌이며 전장을 내닫게 되는데, 그 또한 그날의 배웅 때 이미 예정되어 있던 배역이었을 것이다.

그래저래 백여 명의 사내들이 저마다 크고 작은 예물을 가지고 유계와 작별하니 현청 앞의 넓은 뜰은 무슨 엄숙한 출정의 마당 같았다. 누가 보아도 한 시골 하급 관리가 일꾼 3백 명을 도성의 노역장까지 데려다주기 위해 떠나는 길 같지는 않았다. 아버지 태공이 늘 실속 없음을 걱정하고, 가깝게 지내는 소하마저 큰소리만 칠 뿐 실행하는 일이 적다고 빈정댄 유계였다. 그러나 턱없이 커서 늘 비어 있는 것 같던 그 그릇은 어느새 적지 않은 사람들의 믿음과 기대로 채워져 가고 있었다.

역도로 떠나는 3백 명 장정들의 부모 형제와 처자도 마지막 석별의 정을 나누느라 현청 앞뜰은 여름 논에 악머구리 들끓듯 하였다. 서로 붙잡고 형편에 따라 울고 웃으며 옷깃을 놓아줄 줄 모르는데, 유계 또한 그들을 박절히 떼어 놓지 못해 출발은 늦어질 수밖에 없었다. 그 바람에 그날 유계와 패현의 장정들은 늦여름 해가 중천으로 솟은 뒤에야 패현 성문을 나설 수가 있었다.

'장부로 태어나 마흔 줄도 반이나 넘긴 나이에 이 무슨 한심한 꼬락서니냐? 장수가 되어 천군만마를 휘몰아 가도 시원찮을 터인데, 겨우 몇 백 명 막일꾼이나 죽을 곳으로 끌어다 바치고 있다니…….'

처음 장정들과 함께 현성을 나올 때 유계는 속으로 잠깐 그렇게 자조한 적이 있었다. 하지만 자조나 비관은 후회나 번민만큼이나 유계에게는 어울리지 않은 말이었다. 그는 곧 함양에 갔다오기를 권하면서 소하가 한 말을 떠올리고 낙관적이고 느긋한 원래의 품성을 되찾았다.

'그래, 그러니까 이렇게 나가 보는 거다. 지금 세상은 틀림없이 큰 변혁을 앞두고 있고 여기 틀어박혀 있어서는 그 기미를 제대로 읽어 낼 수가 없다. 이번에 세상으로 나가 그 기미를 읽고, 소하의 말처럼 닥쳐 올 변혁의 한 고삐를 낚아 쥘 수 있어야 한다. 풍랑이 이른 뒤에 맞으면 그것에 내몰리게 될 뿐이지만, 스스로 나아가 맞으면 그걸 타고 더 빨리 원하는 곳에 이를 수도 있다…….'

이내 스스로를 그렇게 달래며 기죽지 않고 함양 가는 길을 재촉했다. 그런데 길 떠난 지 한나절도 되기 전에 유계로서는 그리 걱정해 본 적이 없는 사태가 그 길을 엉뚱하게 비틀어 놓았다.

당시 역도들이 함양에 이르기까지의 숙식은 원래가 지붕 없이 자고[露宿] 스스로 밥 지어 먹는[自給] 방식이었다. 게다가 돈으로 숙식을 해결할 수 있는 마을이 언제나 길가로 이어져 있는 것

18

도 아니어서 장정들은 침구와 식량과 취사도구를 지니고 가야 했다. 대개 같은 동네 사람들끼리 식량과 도구를 모아 수레로 끌거나 등짐으로 번갈아 져 날라야 했는데, 그 때문에 처음부터 행군은 고달프기 짝이 없었다.

하지만 무겁게 지고 끌고 갈 짐이 있는 자들은 그래도 나왔다. 이미 여러 해 시황제의 폭정에 시달린 뒤라 그나마 자기들이 쓸 것조차 마련하지 못하고 끌려가는 이들이 있어 그 참상은 말로 표현하기 힘들었다. 동료들에게 얻어먹기도 하고 지나는 마을에서 구걸하기도 하지만, 함께 가는 장정들에게도, 마을 사람들에게도 그들에게 나눠 줄 수 있는 게 많지 않았다. 가는 도중에 굶주려 쓰러지거나, 뒤처져도 진나라 법이 무서워 집으로 돌아가지 못하고 비렁뱅이로 떠돌게 되는 게 그들의 운명이었다.

그런데다 애초부터 부역 나설 뜻이 없던 이들뿐만 아니라, 일껏 마음을 먹고 길을 떠난 이들도 몸이 차츰 고향에서 멀어지면서 마음이 달라졌다. 고향에 남아 있는 가족들이 받을 고초를 생각해 억지로 부역을 나서기는 했어도, 진나라의 기강이 흐트러져 돌아갈 날을 기약할 수 없다는 걸 알게 되자 끝까지 따라갈 생각이 갈수록 줄어들었다.

모든 일이 법에 따라 엄밀히 시행되던 시절에는 역도들도 정한 기일만 일하면 집으로 돌아갈 수 있었다. 하지만 진나라가 만리장성과 아방궁에 여산릉(驪山陵)으로까지 천하 만백성을 몰아치던 그 무렵은 그렇지가 못했다. 사람을 부리기는 갈수록 가혹해지면서도 부역 날짜는 엿가락처럼 늘어지기 일쑤였다. 거기다가 먹고 재우는 일은 더할 나위 없이 부실해져, 끝내 집으로 돌아가지 못하고 일하던 곳에서 목숨을 거두게 되는 장정들이 많았다. 그런데 고향에서는 이미 자신이 부역을 떠난 것으로 되어 있어, 관리들이 가족들을 더는 괴롭히지 않을 것 같아지자 거의 모든 장정들이 달아날 틈만 노렸다.

유계가 이끌고 가는 장정들도 시황제 말년의 이런저런 토목공사에 끌려가는 역도들이 빠져 있는 그런 처지와 크게 다르지 않았다. 패현 현성을 벗어나자마자 하나둘 안 보이는 얼굴이 생기더니, 풍읍에 가까워지면서부터는 눈에 띄게 장정들이 줄어들기 시작했다. 풍읍에 못 미친 곳에서 첫날 밤을 묵고 나니 벌써 수십 명이 달아나고 없었고, 그다음 날 풍읍 서쪽으로 몇 십 리 지난 곳에서 묵고 난 아침에는 이미 백 명이 넘는 장정이 보이지 않았다.

따라간 구도와 정보가 특히 유계를 따르는 패현 젊은이 몇 명의 도움을 받아 밤잠 자지 않고 지킨다고 지켜보았으나 아무 소용이 없었다. 사흘째 되던 날 아침에 세어 보니 장정은 다시 전날 밤의 절반으로 줄어 있었다. 아직 패현 경계를 다 벗어나지도 못한 풍읍 서쪽 늪지에서 일어난 일이었다.

"이러다가는 산동 땅을 나가기도 전에 일꾼들이 하나도 남지 않겠구나!"

유계는 어느새 아흔 명도 남지 않은 장정들을 이끌고 다시 길을 재촉하면서도 암담한 느낌으로 그렇게 중얼거렸다. 함께 걸으면서 그들의 괴로운 처지를 보니, 굳이 함양까지 끌고 가고 싶은 마음도 없었다. 하지만 그들을 다 보내 주고 나면 이번에는 자신이 진나라의 엄한 법에 걸려 목을 잃게 되어 있었다.

떠날 때 그들 장정을 하나도 잃지 않고 함양에 이르기가 결코 쉬운 일이 아니란 것쯤은 유계도 대강 알았다. 하지만 사흘 만에 일이 그토록 절박한 지경까지 몰리게 될 줄은 전혀 짐작조차 못하였다. 거기다가 소하가 간곡히 권한 일이라 그를 믿고 더욱 마음 느긋해져 떠났는데, 거기서 오도 가도 못하게 되었으니 어지간한 유계도 당황하지 않을 수 없었다.

하지만 유계는 또한 깊이 있는 사유나 치밀한 논리와는 거리가 먼 사람이었다. 그에게 어둡고 진지한 상념은 섬세하고 간드러진 감상만큼이나 맞지 않았다. '고약하게 되었다.'라는 말 대신 잔뜩 찌푸린 얼굴로 잠깐 생각에 잠겼다가 패현을 떠날 때부터 곁에 두고 손발처럼 부리는 정보를 불렀다.

"모두 여기서 멈추라고 하고 너는 인근 마을로 가서 술을 사 오너라. 사람을 데리고 가서 여기 있는 모두가 마실 만큼 넉넉히 사 와야 한다."

떠나올 때 이 사람 저 사람에게서 전별금(餞別金)으로 받은 돈을 세어 보지도 않고 한 줌 덥석 집어 내밀며 유계가 그렇게 말했다. 진작부터 걱정으로 울상이 되어 있던 정보가 알 수 없다는 얼굴로 유계를 쳐다보며 물었다.

"술을…… 사 오라고 하셨습니까?"

"그렇다. 혼자 속을 끓이고 머리를 쥐어짜 봤자 무슨 소용이 있겠느냐? 여럿이 마시면서 속을 터놓고 함께 의논해 보자."

유계가 정보의 속을 들여다보고 있다는 듯 그렇게 대답했다. 그에게는 말로 조리 있게 엮지는 못해도 사물의 핵심을 한눈에 꿰뚫어 보는 힘 같은 것이 있었다. 또 사람과 사물이 뒤얽히고 엉겨 빚어내는 변화의 기미들을 예민하게 읽어 내는 감각도 남달랐다. 하지만 그때는 아직 그것이 자각되지 못하고 그저 본능적인 육감에 머물러 있었다.

유계가 여럿과 함께 술을 마시려고 마음먹은 것도 아직은 본능과도 같은 그 육감 때문이었다. 내 삶에서 무언가를 결단할 때가 되었고, 그 결단은 이들과 깊은 관련이 있다. 시달리고 짓밟히면서도 기댈 데 없는 이 가엾은 생명들. 유계는 그 정도의 느낌으로 정보에게 술을 사 오게 했다.

장정 몇을 데리고 마을로 내려간 정보가 오래잖아 동이동이 술을 져 날라 왔다. 유계는 그 술을 장정들에게 나눠 주고 자신도 무슨 큰 잔치나 만난 듯 낮술을 퍼마시기 시작했다. 장정들도 영문 모르고 따라 마셨다. 그렇게 얼마나 마셨을까. 술이 거나해지자 불쑥 자리에서 일어난 유계가 미리 마음에 정해 둔 바도 없는 말을 쏟아 놓았다.

"좋소, 여러분. 이제 그만 여기서 모두 헤어집시다! 더는 이 포악한 진나라를 위해 땀 흘릴 까닭도 없거니와, 간다 해도 돌아올 기약 없는 게 이 길이오. 차라리 우리 모두 진작 달아나 각기 살 길을 찾는 게 더 낫겠소이다."

유계가 장검을 짚어 건들거리는 몸을 바로잡으며 장정들에게 그렇게 소리쳤다. 그러자 별나게 유계를 따르던 젊은이들 중의 하나가 근심스러운 듯 물었다.

"저희들은 그렇게 살기를 꾀한다 쳐도, 명색 진나라의 녹을 먹는 정장 나리께서는 어쩔 작정이십니까? 곧 뒤쫓아 올 진나라의 엄한 법과 모진 관리들을 어쩌시렵니까?"

"나도 달아날 것이오. 달아나 깊은 산속에 숨어 세상이 바뀌기를 기다릴 것이외다. 내 보기에 진나라의 세상은 그리 오래가지 못할 것이오!"

다시 그렇게 미리 생각해 둔 적이 없는 말이 유계의 입에서 흘러나왔다. 말을 하다 보니 아직은 막막하게만 느껴지는 자신의 망명이 새삼스러운 무게로 가슴을 짓눌러 그의 목소리를 떨게 했다. 하지만 듣는 사람에게는 진지하게만 들리는 떨림이었다.

그러자 조금 전까지도 떠들썩하게 익어 가던 술자리가 갑자기 조용해졌다. 유계의 말을 나름으로 해석하고, 저마다 자신이 서 있는 자리에 맞춰 받아들이느라 그런지, 한참이나 손가락 하나 까닥하는 사람조차 없었다. 그러다가 드디어 마음들이 정해졌는지 수런거림과 함께 장정들이 움직이기 시작했다.

먼저 혹시라도 유계의 생각이 바뀔까 봐 겁을 낸 사람들이 서둘러 인사를 하고 행장을 꾸려 떠났다. 이어 다소나마 유계를 걱정하는 사람들이 죄스러워하며 떠났고, 다시 소심해서 법을 어기고 달아나기를 겁내던 사람들이 마음을 다잡아 먹고 그들 뒤를 따랐다. 그런데 그중 여남은 명은 끝내 유계 곁을 떠나지 않고 지켜 섰다가 마침내 그 앞에 모여들어 무릎을 꿇으며 말했다.

"저희들은 이제부터 나리를 따르고자 합니다. 받아 주십시오."

유계에게는 뜻밖이었지만, 다른 사람의 공경이나 복종을 받아들일 때는 미련스럽거나 뻔뻔하게 보일 만큼 당당한 게 또한 유계였다.

"일어들 나시오. 이 무슨 일이오? 나는 여러분을 감당할 자신이 없소."

입으로는 그렇게 겸양을 나타냈지만, 눈길은 이미 그만한 수하를 내려다보는 사람의 그것이었다. 유계의 거절에 당황한 것은 오히려 그를 따르기로 한 장정들이었다. 유계가 받아 주지 않으면 하늘 아래에는 다시 갈 곳이 없는 사람들처럼 매달렸다.

"아닙니다. 저희들을 거두어 주실 분은 나리뿐이십니다. 저희들을 이끌어 광명한 날을 보게 해 주십시오. 부디 저희를 버리지 말아 주십시오!"

그들이 울먹이듯 그렇게 빌자 유계가 문득 가슴을 젖히며 호탕하게 소리쳤다.

"좋소. 그럼 새날이 올 때까지 우리 함께 고락을 나눕시다! 이유 아무개, 비록 힘없고 어리석으나 여러분을 위해 할 수 있는 것이라면 무엇이든 마다하지 않겠소."

역시 미리 생각해 둔 바도 없었고, 그 말에 따른 무슨 계획이 따로 있는 것도 아니었지만 듣는 사람에게는 그걸로 앞길이 훤히 열린 듯한 느낌을 주는 목소리였다. 그래 놓고 유계는 술을 더 사 오게 해 그들과 함께 날이 저물도록 배짱 좋게 마셨다.

밤이 되자 유계는 이미 취한 중에도 일행이 함께 숨어 지낼 만

한 곳을 찾아 옮기려 했다. 어둠 속에서 움직여야 사람들의 눈을 피할 수 있고, 뒤쫓는 진나라 관리나 병사들을 따돌리기도 쉽다는 생각에서였다. 그러나 길이 낯설고 험해 모두가 한꺼번에 떠나기 전에 먼저 한 사람을 보내 살펴보게 했다. 오래잖아 먼저 살펴보러 떠난 이가 되레 장정 여럿을 달고 되돌아와 말했다.

"저 앞에 큰 뱀이 길을 막고 있어 나아갈 수가 없습니다. 멀리 돌아가더라도 달리 길을 찾아보는 것이 좋겠습니다."

함께 되돌아온 사람들은 낮에 일찍 길을 떠난 장정들이었다. 먼저 길을 나섰으나 멀리 가지 못하고 큰 뱀에게 길이 막혀 웅성거리고 있다가, 유계가 보낸 사람을 만나자 함께 돌아오게 된 듯했다. 유계 곁에 남아 있던 사람들 가운데 하나가 그들에게 물었다.

"뱀이 길을 막다니? 도대체 뱀이 얼마나 크기에 사람의 길을 막는다는 것이오?"

"아름이나 되는 굵기에 길이가 몇 발이나 되는지 모릅니다. 게다가 온몸으로 흰빛을 뿜어내는 게 여간 영물(靈物) 같아 보이지가 않았습니다."

그 뱀을 보고 온 사람들이 입을 모아 그렇게 대답했다. 유계 곁에 남아 있던 장정들은 그 말에 겁을 먹고 어찌할 줄 몰라 웅성거리며 유계 쪽만 쳐다보았다. 그때 술에 취해 호기가 오를 대로 올라 있던 유계가 칼을 짚고 일어서며 소리쳤다.

"장사(壯士)가 가는 길에 두려울 게 무엇이냐? 모두 나를 따르라!"

그러고는 앞장을 섰다. 함께 있던 일꾼들 또한 술기운을 빌어 유계를 따랐다. 그러자 뱀이 겁나 쫓겨 온 사람들까지도 다시 한 번 마음을 다잡고 돌아섰다. 다만 몇 사람만이 변화를 살펴 움직일 양으로 그곳에 남았다.

"바로 저기입니다. 저기 허옇게 엎드려 있는 게 바로 그 뱀입니다."

한참이나 밤길을 더듬어 나아가는데 먼저 와 본 적이 있는 장정이 한곳을 가리키며 떨리는 목소리로 일러 주었다. 앞장은 서도 갈수록 치솟는 취기 때문에 비척대며 걷던 유계는 그 말에 정신을 가다듬고 앞을 보았다. 어둠 속에 무언가 허연 나무둥치 같은 게 길을 가로막고 있는 게 보였다.

장정들은 그 뱀을 보자 겁에 질려 굳은 듯 멈추어 섰다. 그들 중 몇 명은 되돌아서서 달아나기도 했다. 그도 그럴 것이 그들에게는 뱀과 싸우는 데 쓸 만한 병장기가 없었다.

그 바람에 홀로 앞서게 된 유계는 얼른 칼을 빼 들고 그 뱀을 노려보았다. 뱀도 마주 노려보아 불길하면서도 쏘는 듯한 두 줄기 빛이 유계에게로 쏘아져 왔다. 유계는 술이 확 깨는 느낌과 함께 가슴이 떨리고 오금이 저렸다. 그 순간에는 그저 아무 생각 없이 되돌아서서 달아나고 싶을 뿐이었다.

하지만 사람은 각기 하늘로부터 받은 바 명(命)이 있고, 때가 되면 그 명은 일상의 두꺼운 껍질을 찢고 그만의 모습을 드러낸다. 그때까지만 해도 막연한 조짐일 뿐이었던 유계의 천명이 처음으로 그 유별난 빛을 뿜어낸 것은 바로 그 순간이었다. 문득 빠르고 세찬 빗줄기처럼 유계의 가슴속을 스쳐 간 깨달음이 있었다.

'이게 바로 그 '때'인 것 같다. 비록 머릿수는 많지 않으나 이 사람들은 나를 믿어 목숨까지 걸고 여기까지 따라왔다. 이제 나는 이 뱀을 베어 그 믿음에 보답하고, 아울러 저들을 이끌고 다스릴 존재로서의 나를 증명하지 않으면 안 된다. 위대하지 않으면 나는 없다. 비상(非常)하지 않으면 나는 죽는다!'

유계는 자신을 내던지듯 칼과 몸이 한 덩이가 되어 뱀을 덮쳤다. 그 기세에 눌린 것일까? 뱀은 몸 한번 움찔해 보지 못하고 그대로 유계의 칼에 두 토막이 나고 말았다.

"베었다! 정장 나리께서 큰 뱀을 단칼에 베셨다! 이제는 우리 모두 앞으로 나아갈 수 있게 되었다."

어둠 속이지만 가까운 데서 보아 유계가 뱀을 죽인 것을 알게 된 장정들이 놀라 소리쳤다. 뒤돌아서 달아나려던 장정들도 되돌아와 감탄의 소리를 보냈다. 하지만 긴장이 풀린 유계는 갑작스레 다시 치솟는 취기 때문에 몸을 가누기가 어려웠다.

'이렇게 첫발을 내딛는 것인가. 이렇게 시작하는가……'

칼을 짚어 새삼 흔들리는 몸을 겨우 가누면서 그저 몽롱하게 중얼거릴 뿐이었다.

길이 열리자 장정들은 비척거리는 유계를 부축해 앞으로 나아갔다. 날이 밝기 전에 뒤쫓는 사람들이 닿지 못할 으슥한 곳에 자리를 잡아야 하기 때문이었다. 하지만 유계가 워낙 취해 멀리 갈 수가 없었다. 겨우 몇 리를 가다가 끝내 곯아떨어진 유계를 나무 그늘에 뉘고 자신들도 부근에서 쉬었다.

　새벽이 되자 형세를 살펴 움직이려고 뒤처져 있던 사람들이 유계 일행을 뒤따라 잡았다. 그때 유계는 이미 술에서 깨어나 있었다. 뒤따라온 사람들이 한결같이 놀랍고도 괴이쩍다는 표정으로 말했다.

　"뒤따라오던 저희들은 정장 나리께서 뱀을 베신 곳에서 실로 야릇한 일을 겪었습니다. 이제 와서 돌이켜 봐도 알 수 없기는 매한가지 일입니다."

　"무슨 일이 그러한가?"

　유계가 그렇게 묻자 그중의 하나가 나서서 입심 좋게 일러 주었다.

　"저희들이 그곳에 이른 것은 한밤중이었습니다. 토막 난 큰 뱀의 시체 곁에서 어떤 할멈이 슬피 울고 있더군요. 저희들은 허연 옷에 흰 머리칼을 흩날리며 울고 있는 할멈의 모습이 예사롭지 않아 무엇 때문에 그러느냐고 물었지요. 그러자 할멈은 울먹이며 대답하기를, 어떤 사람이 자기 아들을 무참하게 죽인 까닭에 슬픔을 이기지 못해 그렇게 통곡하고 있다고 했습니다. 그 말을 들은 우리 가운데 하나가 다시 물었습니다. 할멈의 아들이 누구에게, 왜 죽임을 당했냐고 말입니다. 할멈이 더욱 구슬피 울며 대답했습니다.

　'내 아들은 곧 백제(白帝)의 아들이기도 하지. 금덕(金德)이 쇠하고 화덕(火德)이 성해, 그 화덕 가운데서도 새롭고 세찬 기운한 갈래가 이곳을 지난다기에 내 아들은 큰 뱀으로 변해 그 길을

28

막고 있었어. 그런데 이곳을 지나간 게 바로 적제(赤帝)의 아들이 었다고 하는구나. 그 적제의 아들이 한칼에 내 아들을 두 토막 내고 지나가 버렸으니, 이제 백제와 금덕의 시대는 끝나 버린 셈이 아니냐? 그래서 이렇게 슬퍼하고 있는 거야.'

저희들은 그 할멈이 공연히 허황된 소리를 해 사람을 홀리려는 줄 알았습니다. 그래서 힘을 모아 혼내 주려 하는데, 이런 신기한 일도 있습니까? 할멈이 한 줄기 연기처럼 사라지고 말았습니다. 실로 그 할멈의 말을 믿어야 할지, 아니면 저희 모두가 일시에 헛것을 본 것인지 저희로서는 얼른 가늠이 서지 않습니다."

백제는 고대 전설에서 뱀신[蛇神]을 가리키며 금덕을 지닌 것으로 되어 있다. 진(秦)나라 문공(文公)이 꿈에 뱀을 보고 백제를 제사 지낸 이래로 진나라는 백제를 섬기는 것으로 되었다. 이에 대해 유계는 일찍부터 교룡의 자식이며 화덕을 지닌 적제(赤帝)의 아들임을 자칭해 왔다. 그렇다면 할멈의 말은 유계가 진나라를 망하게 하고 새로운 왕조를 세울 사람이란 뜻이 아니겠는가. 그런데도 그 말을 들은 유계는 눈 한 번 깜빡이지 않고 말했다.

"만일 내가 베어 죽인 것이 백제의 아들이 맞다면, 그 할멈이 한 나머지 말은 모두가 어김없이 참말이다. 내가 교룡의 정기를 받고 태어난 적제의 아들이란 것은 풍읍 사람이라면 어린아이도 다 안다!"

풍읍에서 따라온 장정들이 입을 모아 그런 유계의 말을 보증해 주었다. 그러자 지금까지는 허황하게만 들렸던 유계의 출생을 둘러싼 전설은 새롭고 빛나는 날개를 달았다. 유계는 화덕으로 번성할 다음 시대를 열 적제의 아들로서, 이제 금덕인 백제의 아들을 베어 그 첫발을 내디뎠다…….

그런데 사실에 엄격하기로 이름난 『사기』에까지 버젓이 오른 이 신비한 기록에 대해서는 두 가지 풀이가 있다. 유계에게 어떤 초월적인 소명이 있었음을 강조하기 위해 누군가가 연출한 것이란 점에서는 그 두 가지 풀이가 똑같다. 하지만 그걸 실연(實演)한 게 정말로 할멈인지 아니면 뒤따라온 장정들이 지어 낸 허풍인지는 의견이 갈린다.

그 할멈이 실제 나타나 그같이 말했을 것이라고 우기는 쪽은 그 배후로 유계의 하급자인 정보나, 패현에서부터 유계를 흠모해 따라간 건달들을 의심한다. 곧 그들이 아직 유계를 믿지 못하고 있는 패거리를 한편으로 끌어들이고자 인근의 할멈을 사들여 연출한 것으로 본다. 그때 그들은 유계의 신화를 증명하는 풍읍 사람으로서의 역할에도 충실했을 것이다.

천명설의 한 변형인 그 설화의 다른 풀이로는, 그게 뒤처져 있다가 따라온 장정들의 자발적인 연출일 것이라는 주장이다. 거기에 따르면, 슬피 우는 할멈 같은 것은 원래 없었고, 다만 유계를 믿지 못해 망설이다 뒤늦게 합류하게 된 이들의 낯없음과 어색함이 조작해 낸 허구가 있었을 뿐이라고 한다. 그들은 며칠 함께 오면서 풍읍 사람들에게서 들은 유계의 출생에 얽힌 풍설과 유계의 칼을 맞고 죽어 자빠진 큰 뱀을 그럴싸한 신화로 엮어, 재고 망설이다 드디어 자기들의 주군으로 정한 유계에게 예물 삼아 바친 것으로 본다.

진상이야 어떠하건 그 연출은 아주 성공적이었던 것 같다. 『한서』는 그 효과를 이렇게 기록하고 있다.

……(그들이 고조에게 방금 있었던 일을 얘기하자) 고조는 마음으로 은근히 기뻐하며 자랑스레 여겼다[高祖乃心獨喜, 自負]. 고조를 따르던 모든 사람들도 그 일로 날이 갈수록 더욱 고조를 우러르게 되었다[諸從者 日益畏之]…….

그리하여 수십 명으로 불어난 유계의 무리는 먼저 가까운 늪지에 자리를 잡았다. 하지만 늪지는 숲이 짙고 물길이 이어져 달아나고 숨기에는 좋아도 먹고 입을 것을 마련하기에는 마땅치 못했다. 소택(沼澤)에 물고기가 흔하다 하나 그것만 먹고는 살 수 없고, 그렇다고 농사를 지을 만한 땅이 있는 것도 아니었다. 하다못해 다급할 때 지나가는 길손을 털기에도 늪지는 불리했다.

이에 유계는 대강 자리 잡기 바쁘게 패현으로 사람을 보내 소하에게 가만히 그곳의 사정을 알리고 도움을 요청했다. 소하는 낯 한번 찡그리는 법 없이 적지 않은 곡식과 돈을 모아 유계가 있는 곳으로 보냈다. 그 뒤 한(漢)의 천하가 온전히 자리를 잡을 때까지 소하 혼자 도맡게 될 병참(兵站)과 보급의 시작이었다.

또 유계가 쓸 사람을 대 주는 일도 소하는 그때 이미 시작했다. 평소 유계를 따르던 패현 저잣거리의 건달들에게 가만히 그가 있는 곳을 알리니, 그들이 다투어 유계를 찾아가 무리는 한 달도 안 돼 백 명에 가깝게 불어났다. 그들이 유계를 중심으로 굳게 뭉치자 곧 인근 작은 고을의 이졸(吏卒)이나 구도(求盜) 따위는 두려워하지 않아도 될 세력을 이루었다. 이에 유계는 팽월이나 경포를 본보기 삼아 그곳에서 버텨 보기로 했다.

하지만 어렵게 자리 잡은 그 늪지도 유계가 오래 근거 삼을 땅은 못 되었다. 어느 날 드디어 가솔과 생업을 버리고 패현을 떠나온 노관이 유계를 찾아와 말했다.

"소하의 말이 근거지를 풍읍에서 보다 멀고 사람의 발길이 미치기 어려운 곳으로 옮기라 하네. 시황제의 순수(巡狩)가 이 봄에는 회계(會稽)로까지 미쳤는데, 이는 동남쪽에 천자의 기(氣)가 있다는 말을 믿어서라더군. 곧 대군을 풀어 동남쪽에 뭉친 불온한 기운을 쓸어버릴 것이라는 말도 있으니 사방이 트인 늪지보다는 숨기 좋은 깊은 산골짜기가 좋을 것이라 하네."

시황제는 방술(方術)과 더불어 음양과 오행을 깊이 믿었다. 그런데 당시 음양가들의 일반적인 논의는 이러했다.

동방은 만물이 처음 생겨나는 곳이며, 서방은 만물이 성숙하는 곳이다. 무릇 먼저 일을 시작하는 사람은 반드시 동남(東南)에서 일어나고, 실제로 열매를 거두는 곳은 언제나 서북(西北)이 된다. 하, 은, 주에서 진까지는 모두 서북에서 일어나고 번성하였으되, 이제는 다르다. 새로운 천자의 기(氣)도 마침내 번성할 땅은 서북이나, 그 시작은 동남일 것이다.

아마도 그와 같은 논의는 그 무렵 한창 새롭게 개척되는 강남의 왕성한 기운이나 동남이 대개 중원과는 이질적인 초나라의 옛 땅이라는 것과 무관하지 않을 것이다. 하지만 시황제는 그런 음양가들의 논의를 믿어 진작부터 동남쪽을 날카롭게 주시하고 있었다. 특히 당장은 시황제가 몸소 대군과 함께 멀지 않은 회계에 와 있는 만큼 소하가 걱정하는 것도 무리가 아니었다.

유계도 그런 소하의 말을 전해 듣고 보니 두렵지 않을 수가 없었다. 이에 무리 백여 명을 이끌고 남으로 백여 리나 더 달아나 망산(芒山)과 탕산(碭山) 사이의 깊은 산골짜기에 숨었다.

이세황제(二世皇帝)

몽염(蒙恬)의 조상은 원래 제나라에 살았으나 조부 몽오(蒙驁)가 진나라에 와서 객경(客卿)이 되면서 진나라에 뿌리를 내리게 되었다. 몽오는 소양왕을 섬겨 상경(上卿)에 이르렀고, 장양왕 때는 진나라의 장군이 되어 많은 공을 세웠다. 그는 한나라를 쳐서 성고와 형양을 빼앗은 뒤 삼천군을 설치했으며, 다시 조나라를 쳐서 성읍 서른일곱 개를 빼앗았다.

시황제 초기에도 몽오는 재상 여불위의 발톱과 이빨[爪牙] 같은 장수로서 천하통일을 앞둔 진나라의 기세를 여지없이 펼쳐 보였다. 시황제 원년, 몽오는 진양의 반란을 진압하였으며 3년에는 한나라를 쳐서 성읍 열세 개를 빼앗고 위나라의 두 성을 떨어뜨렸다. 또 시황제 5년에는 늙은 몸을 돌아보지 않고 다시 위나라를 쳐서 스무 개의 성읍을 빼앗은 뒤 거기에 진나라 동군을 설치하였다.

시황제 7년 몽오가 죽자 그 아들 몽무(蒙武)도 장군이 되어 육국을 쳐 없애는 데 큰 공을 세웠다. 시황제 23년 몽무는 진나라의 명장 왕전(王翦)의 부장이 되어 초나라를 쳤는데, 초군을 크게 쳐부수고 그 장수 항연을 죽여 천하에 이름을 떨쳤다. 또 이듬해에는 몽무 혼자 초나라를 쳐 그 왕을 사로잡음으로써 육국 가운데 가장 강력하던 초나라도 마침내는 끝이 나고 만다.

몽염과 그 아우 몽의(蒙毅)는 모두 몽무의 아들들이다. 몽염은 한때 형벌과 법률에 관한 것을 배워 소송 문서를 다루는 일을 했으나, 시황제 26년부터는 부조(父祖)에 이어 장군이 되었다. 제나라를 쳐 없애 천하통일을 마무리했고, 진나라로 돌아가서는 내사(內史)가 되어 도성인 함양을 다스렸다.

시황제 32년 연나라 사람 노생(盧生) 등이 '진나라를 망하게 할 자는 호(胡)다.'란 참위(讖緯)의 글을 바치자, 그 '호'를 오랑캐[胡]로 해석한 시황제는 몽염을 시켜 오랑캐인 흉노(匈奴)를 치게 했다. 몽염은 30만 대군을 이끌고 흉노를 공격하여 북쪽으로 하남(河南) 지역을 빼앗고 동서로 길게 성을 쌓게 했다. 몽염은 성을 쌓으면서 지형과 산세의 기복에 따라 곳곳에 요새를 만들었는데, 임조에서 요동까지 성벽의 길이가 무려 1만 리가 되었다.

몽염은 다시 황하를 건너 양산산맥을 제압하고 꾸불꾸불한 지형을 따라 북쪽으로 밀고 올라갔다. 길을 닦고 성을 쌓으며 나아가느라 그의 군대는 10년이나 국경 밖에 머물렀다. 몽염이 상군을 근거지로 삼고 흉노를 몰아붙이니 그의 위세는 먼 북쪽 흉노 땅까지 떨쳤다. 시황제는 그런 몽염을 존중하고 남다르게 아꼈다.

몽염의 아우 몽의도 시황제가 믿고 어질다 여겨 벼슬이 상경에 이르렀다. 시황제가 밖으로 나갈 때는 수레를 함께 탔으며, 궁궐로 돌아와서는 언제나 곁에서 모셨다. 몽염은 장군으로 밖을 지키고 몽의는 대신으로 안에서 충성을 다하니 조정의 공경대신 누구도 그들 몽씨 일가와 감히 다투려 하지 않았다.

한번은 조고가 큰 죄를 지었는데 시황제는 몽의에게 그 죄를 다스리게 하였다. 몽의는 법에 따라 처결하였으나, 그래도 황제가 아끼는 환관이라 베풀 수 있는 인정은 다 베풀었다. 죽음을 면하게 하고 환적(宦籍)에서 내치는 것으로 그쳤는데, 속 좁은 조고는 법을 따른 몽의에게 오히려 원한을 품었다.

조고가 시황제의 유서를 위조하여 호해를 황제로 세우려고 하는 음모를 꾸민 데는 그런 몽의에 대한 원한도 한몫을 했다. 몽씨를 신임하는 태자 부소보다는 자기 말을 듣는 호해를 황제로 세워 몽의 일족에게 앙갚음하려 함이었다. 조고는 그 엄청난 바꿔치기에 앞서, 장군으로서 대군을 이끌고 있을 뿐만 아니라 태자 부소까지 등에 업고 있는 몽염부터 죽이려 했다. 승상 이사까지 끌어들여 일을 꾸민 뒤, 그 가신(家臣)을 사자로 삼아 상군의 부소와 몽염에게 자결을 명하는 시황제의 거짓 조서를 전하게 했다.

멀리 시황제로부터 사자가 왔다는 말을 듣자 부소와 몽염은 놀라 뛰어나갔다. 시황제의 죽음을 알 리 없는 그들은 예를 갖춰 사자를 맞아들이고 시황제의 조서를 받아들였다. 그러나 조서를 열어 읽어 보니 마른날에 날벼락 같은 내용이었다. 자결하라는 시황제의 엄명과 함께 내려진 칼을 받은 부소는 울며 내실로 들어가 조서에 명한 대로 따르려 하였다. 몽염이 그런 부소를 말렸다.

"폐하께서는 지금 도성을 나와 계시고 아직 태자를 책봉하지도 않으셨습니다. 그러면서 저에게 30만 대군으로 변방을 지키게 하시고 또 공자님을 보내 저와 군사들을 감독케 하셨으니, 저희가 맡은 일이 여간 막중하지 않습니다. 그런데 지금 한 사람의 사신이 왔다고 해서 가볍게 자결해 버리신다면, 그가 가져온 조서가 거짓인지 참인지는 어떻게 알아보시겠습니까? 한 번 더 용서를 간청해 보시고 그래도 죽음의 처분이 내려온다면 그때 자결해도 늦지 않을 것입니다."

이에 부소가 머뭇거리자 사자가 다시 시황제의 명을 내세워 매섭게 자결을 재촉했다. 어질고 소심한 부소는 그 재촉을 견뎌낼 수 없었다.

"아버지가 자식에게 죽음을 내리셨는데, 어찌 구차하게 용서를 빌 수 있겠소?"

몽염을 바라보며 그렇게 말하고는 칼로 목을 찔러 죽었다. 하지만 몽염은 그래도 자결하지 않고 뻗대었다. 그러자 사자는 너무 서두르다 일을 그르칠까 두려워 함부로 몽염을 죽이지 못했다. 그를 옥리에게 넘겨 가까운 양주현(陽周縣)에 가두어 두게 했다.

한편 거짓된 조서와 사자를 부소와 몽염에게 보내 놓고 마음 졸이며 결과를 기다리는 조고와 이사에게는 새로운 골칫거리가 생겼다. 아무리 시황제의 죽음을 감추어도 한여름 더위라 시체 썩는 냄새는 어쩔 수가 없었다. 조고가 다시 기막힌 꾀를 냈다.

"여럿이 보는 데서 소금에 절여 말린 생선을 한 섬 사다 수레에 실은 뒤에 온량거를 따르게 하면 어떻겠습니까?"

그와 같은 조고의 말대로 해 보니, 생선 자반 냄새와 시체 썩는 냄새가 뒤섞여 그 뒤로는 이상하게 여기는 사람이 없었다. 그런데 얼마 뒤 상군으로 보낸 사자가 다시 돌아와 부소는 자결하고 몽염은 양주의 감옥에 가두었음을 알렸다. 호해와 조고, 이사는 그 소식에 기뻐하며 일찍이 몽염이 산을 쪼개고 물을 가로질러 뚫은 직도(直道)를 골라 함양으로 돌아가는 길을 재촉했다.

시황제의 죽음이 천하에 선포된 것은 순수 행렬이 아무 탈 없이 함양으로 돌아온 뒤였다. 조고와 이사는 발상(發喪)과 함께 거짓 조서를 앞세워 호해를 태자로 세웠다. 그리고 천하는 하루도 주인 없이 비워 둘 수 없다 하여 호해로 하여금 황제 자리를 잇게 했다. 그가 바로 이세황제(二世皇帝)로, 그때 그의 나이 스물한 살이었다.

이세황제는 시황제의 장례를 첫 번째 일로 삼았다. 그해 9월 시황제를 여산(驪山)에 안장(安葬)했는데, 허영에 찬 절대권력과 정당성도 정통성도 없는 그 계승자가 보여 줄 수 있는 나쁜 본보기는 거기서 모두 보여 주었다.

타락한 절대권력이 가장 흔하게 부리는 허영은 시간과 공간을 향한 것이다. 시황제가 순수 때마다 이름난 산천에 비석을 세우고 반반한 바위를 보면 글자를 새겨 되잖은 제 업적을 길이 전하려고 한 것은 시간을 향한 허영이요, 만리장성이다 아방궁이다 하여 세상에서 가장 크거나 높거나 긴 것을 세우기를 좋아한 것은 공간을 향해 부린 허영이었다. 그런데 그런 허영의 절정이 바로 젊어서부터 여산에다 조성하기 시작한 자신의 능묘(陵墓)였다.

천하를 통일한 뒤 시황제는 전국에서 끌려온 죄수 70여 만 명을 그 일에 투입해 완공을 서둘렀다. 먼저 사방 10리의 땅을 깊이 파 큰 돌로 벽을 쌓고 위를 덮은 뒤, 녹은 구리를 부어 틈새를 메웠다. 세상에서 가장 큰 현실(玄室) 외곽(外槨)이었다. 그리고 그 안에는 자신의 궁궐뿐만 아니라 망해 버린 육국의 궁궐까지 큼지막한 모형으로 앉히고, 백관과 노비, 생전에 썼던 보배로운 물품과 값진 장식도 모형이나 진품으로 가득 채웠다. 현실 외곽 천장에는 천문을 도형으로 삼아 별자리와 은하를 펼치고, 바닥에는 지리를 본떠 세상의 모습을 베풀었다. 수은으로 그 백천(百川)과 강하(江河)와 대해(大海)를 채우고 기계를 작동해 서로 이어 흐르도록 했으며, 인어(人魚)의 기름으로 양초를 만들어 오랫동안 무덤 안을 밝힐 수 있도록 했다. 그리고 공장(工匠)들에게 명하여, 혹 무덤을 몰래 파고 들어오는 자가 있으면 절로 화살을 쏘아붙이는 활과 쇠뇌를 만들게 해 여기저기 걸어 두었다.

타락한 절대권력의 허영처럼, 정통성과 정당성이 결여된 그 승계자가 자신의 입지를 확보하기 위해 쓰는 수법도 유형화할 수

있다. 그중에서도 가장 흔한 것은 상징과 조작으로 앞선 절대권
력의 권위를 극대화하는 것인데, 이세황제가 바로 그랬다. 시황
제의 허영을 효도란 이름으로 이어 확대 재생산함으로써 자신이
의지할 권위를 극대화하려 하였다.

이세황제는 시황제를 신비화, 절대화하여 그 권위를 키우기에
앞서, 효도를 핑계로 한 공포정치로 백성들에게 먼저 겁을 주었다.

"선제의 후궁들 가운데 자식이 없는 이들까지 궁궐 밖으로 내
쫓는 것은 옳지 않다. 그들을 능묘 안으로 보내어 죽은 뒤에까지
선제를 모실 수 있게 하라."

옛 진나라에 있었던 순장(殉葬)의 관습을 되살린 것일 수도 있
지만 그로 인해 수백 명의 후궁들이 모두 산 채로 시황제와 함께
무덤에 들게 되니, 그 참혹한 소문은 그대로 공포가 되어 사람들
을 짓눌렀다. 그런데도 이세황제는 거기서 그치지 않았다.

"무덤 안을 지키는 기관을 만든 장인(匠人)들과 그걸 설치한
일꾼들이 적지 않습니다. 그들이 모두 어디에 무엇이 설치되어
있는지를 알고 있으니, 만약 그게 누설된다면 아무리 정교하고
은밀한 장치라도 무덤을 지키는 데 무슨 소용이겠습니까? 또 진
기한 보물들을 옮긴 일꾼들과 값나가는 물품들이 놓인 곳을 아
는 자들이 많으니 그 또한 누설되면 무덤 안이 온전히 보전되기
는 어려울 것입니다."

어떤 아첨꾼이 와서 그렇게 말하자, 이세황제는 다시 거기서
아비의 무덤을 지킨다는 구실 아래 함부로 사람을 죽일 길을 찾
아냈다. 장례식이 끝난 다음 설치될 기관이 다 설치되고, 들여놓

을 보물들이 다 들여놓아지자, 이세황제는 명을 내려 무덤 안길 [墓道] 가운데 문을 닫게 했다. 그 바람에 장인들과 일꾼들이 고스란히 갇혔는데, 다시 바깥문을 굳게 닫아거니 무덤 안길에서 굶어 죽거나 질식해 죽은 사람이 또 수천 명이었다. 그 일을 전해 들은 사람들이 모두 몸서리치며 그렇게 할 수 있는 황제의 권력을 새삼 두려워했다.

하지만 이세황제가 죽은 시황제를 절대화하고 신비감을 주는데 공포만을 쓴 것은 아니었다. 의례와 제도를 통해 시황제의 권위를 극대화하는 것도 잊지 않았다. 돌로 된 엄청난 무덤 외곽 위에 두텁게 흙을 덮고 풀과 나무를 심어 산같이 만든 뒤, 이세황제는 다시 백관을 불러 놓고 말했다.

"선제의 침묘(寢廟)에 바칠 희생과 산천(山川)을 비롯하여 선제를 위해 드리는 모든 제사에 쓰는 예물을 늘리고 규모를 키우도록 하라. 또 의례와 제도로써 위대하고 거룩하신 선제를 더욱 높이고 우러를 방도를 궁리해 보라."

그러자 대신들은 머리를 맞대고 의논하여 시황제의 사당[廟]을 일곱 개나 세워 나라에서 가장 높이 받드는 조묘(祖廟)로 삼았다. 그리고 전국 각지에서 헌상한 공물로 제사하게 하였는데 더하려야 더할 것이 없을 만큼 희생을 늘리고 공경하는 예를 두루 갖추었다. 특히 서옹(西雍)과 함양에 있는 사당의 제사에서는 이세황제가 친히 예법에 따라 잔을 올리니, 시황제의 권위는 죽어서 더욱 눈부시었다.

한편 승상 이사를 꼬드겨 유서를 위조하고 호해를 황제로 세운 조고가 그동안 가장 힘을 쏟은 일은 몽염과 몽의 형제를 죽이는 일이었다. 부소를 자결하게 하고 몽염을 양주(陽周)의 옥에 가두고 돌아간 사자가 돌아와 그대로 알리자 이미 황제가 된 호해는 몽염을 살려 주려 하였다. 그러나 조고는 몽염이 살아남아 그 아우와 더불어 다시 권세를 쥐는 날이 오게 될까 봐 두려웠다. 가만히 이세황제를 찾아가 말했다.

"선제께서는 현명한 이를 후사로 세우시려고 진작부터 폐하를 태자로 삼으시려 하였으나, 몽의가 가운데 들어서서 안 된다고 말려 왔습니다. 몽의는 폐하께서 현명하신 것을 알고도 오래도록 태자로 세우는 것을 막았으니, 이는 불충이며 군주를 미혹한 일입니다. 그와 같은 짓은 어리석은 신이 헤아리기에는 죽어 마땅한 죄입니다."

그렇게 모함하여 몽의도 대현(代縣) 옥에 가두게 했다. 그리고 밤낮으로 이세황제에게 몽씨 형제를 헐뜯고 있지도 않은 그들의 죄과를 들춰내 탄핵하였다. 이세황제 호해의 조카 되는 자영(子嬰)이 몽씨 형제를 구하러 나섰다.

"옛적 조나라 임금 천(遷)은 어진 신하 이목(李牧)을 죽이고 안추(顏聚)를 등용하였고, 연나라 임금 희(喜)는 오래된 신하들 모르게 형가(荊軻)의 계책을 써서 우리 진나라와의 약조를 저버렸으며, 제나라 임금 건(建)은 윗대의 충신들을 죽이고 후승(后勝)의 말만을 따랐습니다. 이 세 임금은 옛것을 바꾸었다가 각기 나라를 잃었으며, 재앙이 그 몸에까지 미쳤습니다. 지금 갇혀 있는 몽씨들은 우리 진나라의 큰 신하이며 모사입니다. 그런데 폐하께서는 하루아침에 이들을 버리려 하시니 결코 그리하셔서는 아니될 일입니다.

신이 듣건대, 경솔한 생각으로는 나라를 다스릴 수가 없고, 혼자의 지혜로는 군주의 자리를 보존할 수 없다고 했습니다. 충신을 죽이고 믿지 못할 사람을 세운다면 이는 안으로는 뭇 신하들을 서로 믿지 못하게 하고, 밖으로는 전쟁을 치르는 군사들의 마음을 흐트러지게 하는 일이니 나라를 위해 적이 걱정되는 일입니다.”

자영이 그렇게 간곡한 말로 말렸으나 이미 조고의 말에 넘어간 이세황제는 듣지 않았다. 끝내 몽의를 죽일 생각으로 먼저 사자를 대(代) 땅으로 보내 자신의 말을 전하게 하였다.

선제께서 나를 태자로 세우려 하실 적에 경은 나를 헐뜯으며 그 일을 막았소. 승상은 그와 같은 경의 불충을 꾸짖으며 그 죄가 일족에게 미친다 하였으나, 짐은 차마 그리할 수가 없어 경에게만 죽음을 내리오. 아무쪼록 이 처분을 다행으로 여기고 경은 스스로 알아서 행하시오.

몽의가 그 명을 전하는 사자에게 대답해 말했다.
“신이 선제의 뜻을 몰랐다고 볼 수도 있으나 반드시 그렇지는 않을 것입니다. 신은 젊어서부터 벼슬하여 선제께서 승하하실 때까지 그 뜻에 순종하고 총애를 잃지 않았으니, 어찌 선제의 뜻을 몰랐다 할 수 있겠습니까? 또 신이 폐하의 재능을 알아보지 못하였을 수도 있다 하나, 오직 폐하만이 선제를 수행하여 천하를 두루 순행하였으니, 폐하께서 다른 여러 공자분들보다 훨씬 뛰어남을 제가 어찌 몰랐겠습니까? 그뿐이 아닙니다. 선제께서 폐하를 태자로 세우려 생각하신 지 여러 해 되었다면 신이 감히 무슨 말로 말릴 것이며, 어찌 감히 다른 마음을 먹을 수 있었겠습니까? 말을 꾸며서 죽음을 피하려는 것이 아니라, 선제의 크고 빛나는 이름에 흠집이 될까 두려우니 폐하께서는 부디 깊이 헤아리시어 신이 올바른 죄명으로 죽게 해 주십시오.

대체로 공을 이루고 제 몸도 온전히 보전해야 도리가 귀한 것이지, 형벌을 받고 죽게 되면 도리도 끝입니다. 옛날에 목공(穆公)께서는 세 사람의 어진 신하를 죽이시고 백리해(百里奚)에게도 죽을죄를 내리셨지만 모두 올바른 죄목은 아니었습니다. 또 소양왕(昭襄王)은 무안군(武安君) 백기(白起)를 죽였으며, 초평왕(楚平王)은 오사(伍奢)를 죽였고, 오왕(吳王) 부차는 오자서를 죽였습니다. 이 네 임금은 모두 큰 잘못을 저질렀으니, 그래서 천하가 그들을 꾸짖었으며 어질지 못한 임금으로 나쁘게 알려져 왔습니다. 그러므로 도리로 다스리는 이는 죄 없는 사람을 죽이지 않고, 무고한 사람에게는 벌을 내리지 않는다 하였습니다. 원컨대 폐하께서는 부디 굽어 살피시옵소서."

하지만 사자는 이세황제의 참뜻을 이미 알고 있었으므로 그런 몽의의 말을 전해 주려 하지 않았다. 스스로 죽어 주기를 재촉하다 끝내 듣지 않자 사람을 시켜 몽의를 죽이고 말았다.

몽의가 죽자 다음은 몽염 차례였다. 조고의 꼬드김에 이세황제 호해는 다시 몽염에게 죽음을 명하는 글을 내리고 덧붙여 말하였다.

경이 부소와 함께 죽지 않은 잘못 또한 적지 않으나, 더한 것은 경의 아우가 저지른 크나큰 죄이다. 우리 진나라의 법대로 하면 형제로서 그 죄에 연루된 것만으로도 이미 죽음을 면키 어려울 것이다.

양주의 감옥에서 행여나 하고 풀려나기를 기다리던 몽염은 그 말을 듣자 하늘이 무너져 내리는 듯했다. 잠시 넋을 놓고 있다가 애써 마음을 가다듬어 사신을 잡고 말했다.
"신의 집안은 선조로부터 지금까지 진나라를 위해 싸워 공을 세운 지 3대가 됩니다. 또 이제 신은 비록 한낱 죄수의 몸으로 갇혀 있으나, 한때는 30만 대군을 거느린 장수로서 진나라에 반역하기에도 넉넉한 힘을 가지고 있었습니다. 그런데도 신이 의리를 지켜 이렇게 죽음을 기다리는 것은 조상의 가르침을 욕되게 하고 싶지 않아서이며, 선제께서 끼치신 은덕을 잊지 않았기 때문입니다.
옛적에 주나라 성왕(成王)이 처음 즉위했을 때는 어려서 포대기를 벗어나지 못했지만, 작은아버지인 주공(周公) 단(旦)이 왕을 업고 조정에 나아가 정사를 처리하여 천하는 안정을 찾을 수 있었습니다. 성왕이 병에 걸려 위독하게 되자 주공 단은 스스로 손톱을 잘라 황하에 던지면서 이렇게 기구하였습니다.

'왕께서 아직 어려 아는 것이 없기에 제가 왕을 대신하여 모든 일을 처리하고 있었습니다. 만약 허물이 있다면 제가 그 재앙을 받겠습니다.'

그리고 그것을 적어 기부(記府, 기록을 보관하는 창고)에 간직해 두었습니다. 그런데 성왕이 자라서 직접 정사를 볼 수 있게 되자 어떤 간사한 신하가 모함했습니다.

'주공 단은 반란을 일으키려 한 지 이미 오래되었습니다. 왕께 서 만일 대비하지 않으신다면 반드시 큰일이 날 것입니다.'

성왕이 그 말을 믿고 크게 화를 내자 주공 단은 하는 수 없이 초나라로 달아났습니다. 하지만 성왕은 어느 날 기부의 문서를 살펴보다가 주공 단이 손톱을 깎아 황하에 던지며 기도한 글을 보고 눈물을 흘리며 꾸짖었습니다.

'누가 주공 단이 반역하려 한다고 했는가?'

그리고 그 말을 한 간신을 죽인 뒤에 멀리 초나라로 망명 가 있는 주공 단을 불러들였습니다. 그리고 『주서(周書)』에 '반드시 삼경(三卿)에게 고루 묻고, 오대부(五大夫)에게 두루 들어서 행한 다.'는 구절을 남겼습니다.

지금까지 신의 집안은 대대로 두 마음을 가진 적이 없었으나 일이 이렇게 되고 만 것은 반드시 반역을 꾀하는 간신이 있어 저 희를 모함했기 때문일 것입니다. 폐하를 잘못 이끌어 안으로 군 주를 욕보이려 하는 것임에 틀림없습니다. 무릇 성왕은 한 번 일 을 그르쳤으되, 잘못을 고쳐 끝내는 창성(昌盛)하였습니다. 이에

비해 걸(桀)과 주(紂)는 관용봉(關龍逢)과 비간(比干) 같은 충신을
죽이고도 뉘우치지 않았기에 몸은 죽음에 이르고 나라는 망하게
되었습니다.

그러므로 신은 감히 '잘못은 바로잡아야 하며, 간언을 들으면
깨달아야 하고, 두루 여러 곳에 묻고 거듭 살펴 행하는 것이 어
진 임금의 도리이다.'라는 말씀을 올립니다. 신이 이같이 아뢰는
것은 결코 허물을 면해 보고자 함이 아니라, 바른 간언을 올린
뒤에 죽고자 할 따름입니다. 바라건대 폐하께서는 가련한 뭇 백
성들을 위해 떳떳한 도리로 천하를 다스리시옵소서."

그리고 자신의 말을 이세황제에게 전해 주기를 빌었으나 소용
없었다. 이미 조고에게서 거듭 다짐을 받고 온 사자가 차갑게 잘
라 말했다.

"나는 명령을 받고 형을 집행할 따름이니, 장군의 말씀을 폐하
께 전해 올릴 길이 없소."

이에 몽염은 길게 한숨짓고 말하였다.

"내가 하늘에 무슨 죄를 지었기에 이렇게 죄도 없이 죽어야 한
단 말인가?"

그러면서 한참이나 하늘을 우러러보다가 문득 탄식처럼 말하
였다.

"나의 죄는 참으로 죽어 마땅하다. 임조에서 공사를 일으켜 요
동에 이르기까지 만 리가 넘도록 장성을 쌓았으니 그동안에 끊
어 놓은 지혈(地穴), 지맥(地脈)이 얼마이겠는가!"

몽염은 그 말을 끝으로 약을 마시고 죽었다.

함양에서 몽염이 죽었다는 말을 전해 들은 조고는 한시름 놓은 기분이었다. 하지만 이세황제 호해에게는 그게 공경대신을 죽이는 일의 시작이었다. 그 무렵 아비를 흉내 내어 동쪽을 순수하며 바위와 돌에 돼먹지도 않은 글을 어지럽게 새기고 돌아온 호해가 가만히 조고를 불러 말했다.

"대저 사람이 태어나 한세상을 사는 것은, 비유하자면 여섯 마리의 준마가 끄는 수레가 스쳐 지나가는 것을 좁게 벌어진 틈 사이로 보는 것과 같소. 짐은 이미 황제로 천하에 군림하게 되었으되, 귀와 눈으로 좋은 것을 느끼고 싶고, 마음이 즐거운 바를 다하며, 종묘를 안정하고 만백성을 기쁘게 하며, 천하를 오래도록 지키며 천수를 마치고 싶소. 그런데 대신들은 기꺼이 복종하려 하지 않고, 관리들은 아직도 세력이 강대하며, 공자들은 기어이 나와 제위를 다투려 하니 어찌하면 좋겠소?"

뒷사람들은 흔히 진(秦)나라 이세황제 시절의 어지러운 정치를 조고 탓으로 돌린다. 그러나 차분히 살피면 그와 같은 어지러움을 이끌어 낸 데는 이세황제 호해의 특이한 개성도 크게 한몫을 했다. 가만히 앉아 절대권력을 승계한 자들이 그 절대권력의 무게에 짓눌려 곧잘 드러내는 인격의 왜곡과 파탄으로, 호해는 이미 그것을 시황제를 장사 지내는 과정에서 허영과 잔인함으로 잘 드러낸 바 있었다. 어쩌면 그날의 물음도 아직 넉넉히 채워지지 못한 그 허영과 잔인함에서 비롯되었는지도 모를 일이었다.

조고가 때를 놓치지 않고 속살거렸다.

"신이 도끼 아래 죽는 것을 두려워하지 않고 감히 아룁니다.

대저 사구(沙丘, 진시황이 죽은 곳)에서의 모의를 여러 공자들과 대신들이 모두 의심하고 있는데, 그 공자들은 모두 폐하의 형들이며 대신들은 선제께서 뽑아 썼던 인재들입니다. 지난날 그 공자들은 스스로 폐하보다 제위에 가까이 있다고 여기며 살아왔고, 대신들은 세상에 명망을 떨친 귀인들로 여러 대 이 나라에 공을 쌓아 왔다 자랑해 왔습니다. 그런데 이제 폐하께서 제위에 오르시어 비천한 신을 치켜세우시고 높은 자리에 오르게 하시어 조정 안의 큰일을 맡기시니, 공자와 대신들의 속이 어떠하겠습니까? 겉으로는 따르는 체하면서도 속으로는 못마땅하게 여겨 따르지 아니할 것입니다.

따라서 지금은 문치로 다스릴 때가 아니라 무력으로 천하대세를 결단할 때입니다. 바라건대 폐하께서는 망설이지 마시고 유리한 시세를 살려 맞게 쓰시면, 공자와 대신들도 어찌할 바를 모르게 될 것입니다. 이제부터 이 나라의 법을 지난날보다 한층 엄하게 하고 형벌도 몇 배나 가혹하게 베풀도록 하옵소서. 죄가 크면 저잣거리에 끌어내어 여럿 앞에서 사지를 찢게 하시고 일족을 연좌하여 처단하시며, 죄가 작아도 손발이 잘리고 일족이 모두 갇히게 되는 벌을 내리도록 하소서. 엄한 법으로 다스려, 선제 때부터의 옛 대신들을 모두 죽여 없애시고, 골육을 멀리하시며 공자라도 폐하께 거역하는 이들은 서슴없이 목을 베소서. 또한 가난한 자를 부유하게 하시고 천한 자를 존귀하게 하시며 멀리 있는 자를 가까이 부르소서.

이렇게 하시면 감춰졌던 덕이 드러나고 숨어 있던 민심이 몰려, 해로운 것이 사라지게 되고 간사한 꾀가 쓰이지 못하게 될 것입니다. 천하가 모두 폐하의 두터운 은덕을 입어, 폐하께서는 더 애쓰지 않으셔도 베개를 높이 하고 주무실 수 있을 것입니다."

이세황제는 기다렸다는 듯 그런 조고의 말을 따라 법을 엄하게 바꾸고 형벌을 가혹하게 펼쳤다. 많은 공자와 대신들이 영문 모르고 법망에 걸려들었는데, 이세황제는 그들을 모두 조고의 손에 맡겨 처벌하게 하였다.

먼저 참혹한 꼴을 당한 것은 황실의 가까운 종친들이었다. 공자 열두 명이 대수롭지 않은 죄목으로 함양의 저잣거리에서 끔찍한 형을 받아 죽었으며, 공주 열 명도 새로 쳐 놓은 법망에 얽혀 두현에서 사지가 찢겨 죽었다. 공자 장려(將閭)의 형제 세 사람은 내궁에 감금되어 있다가 가장 나중에 처형되었다. 이세황제가 사자를 보내 장려에게 자신의 말을 전하게 하였다.

"그대는 신하 된 도리를 다하지 않았으므로 그 죄가 사형에 해당되기에 형리를 보내 집행하노라."

그 말에 장려가 빌었다.

"궁중의 의식에서 나는 이제까지 빈찬(賓贊, 의례를 담당하는 관리)의 지시를 따르지 않은 적이 없었고, 조정에 들어서는 한번도 예를 어긴 적이 없었으며, 황제의 명을 받들어 사신을 응대할 때도 실언한 적이 없었습니다. 그런데 어찌하여 신하 된 도리를 다하지 못했다는 것입니까? 죽더라도 죄명이나 제대로 알고 싶습니다."

"나는 죄명을 논하는 데 끼어들 수가 없습니다. 다만 조서를 받들어 삼가 형을 집행할 따름입니다."

사자가 죄지은 사람처럼 기어드는 목소리로 받았다.

"하늘이시여. 나는 죄가 없습니다!"

장려는 하늘을 올려 보며 처절한 목소리로 그렇게 세 번 외친 뒤에 칼을 꺼내 스스로 목을 찔렀다. 그 형제들도 뒤따라 목을 찔러 자결했다.

황제의 골육인 공자와 공주들이 그 지경이니 대신들은 더 말할 것도 없었다. 높게는 구경(九卿, 조정의 상급직)부터 낮게는 삼랑(三郎, 중랑, 외랑, 산랑으로 조정의 하급직을 이른다.)에 이르기까지 조고가 쳐 놓은 법망을 벗어난 이는 많지 않았고, 조정에서 멀리 떨어진 군현의 수위(守尉)들 중에도 목숨을 잃은 자가 많았다. 뿐만 아니라 그들의 재산은 모두 몰수되었으며, 그 일족도 죄에 따라 벌을 나누어 받았다.

겉보기에 그 모든 일은 조고를 내세워 이루어졌다. 하지만 그때만 해도 뒤에서 주도하는 것은 오히려 이세황제 호해 쪽이었다. 그걸 잘 보여 주는 일이 공자 고(高)의 죽음이었다.

조고가 쳐 놓은 법망에 걸려든 공자 고는 도망쳐 목숨이라도 건지려다가, 죄가 가족에게 미치는 것이 두려워 스스로 목숨을 끊으며 이세황제에게 상서를 올렸다.

선제께서 살아 계실 때 신이 궁궐에 들면 음식을 하사하셨고 궁궐을 나서면 수레를 내어 타게 해 주셨습니다. 어부(御府, 황제의 의복을 관장하는 부서)의 옷을 제게 내리셨으며, 마구간의 좋은 말까지도 아끼지 않으셨습니다. 선제께서 붕어하셨을 때 신 또한 선제를 따라 죽어야 했으나 그러하지 못했으니 이는 아들 된 자로서 불효이고 신하 된 자로서 불충입니다. 충효를 아울러 갖추지 못한 자는 세상에 나설 면목이 없으니 이제나마 신은 선제를 따라 죽고자 합니다. 신이 죽거든 부디 선제께서 잠들어 계시는 여산(驪山) 기슭에 묻힐 수 있게 해 주옵소서. 오직 폐하께서 가엾게 여겨 주심만으로도 크나큰 은덕으로 알겠습니다.

배는 달라도 형제가 피를 토하며 쓴 글인데, 그것을 읽어 본 이세황제는 오히려 크게 기뻐하면서 조고를 불러 그 글을 보여 주었다.

"어떻소? 이만하면 저들이 앞뒤를 헤아릴 겨를이 없을 만큼 몰아댄 게 되겠소? 짐이 베개를 높이 하고 자도 되겠는가 이 말이오."

호해가 자랑스레 묻자 조고가 음침하게 웃으며 맞장구를 쳤다.

"신하 된 자들이 죽음이 두려워 정신을 차리지 못하게 되었으니 무슨 수로 변란을 꾸밀 수 있겠습니까?"

그 말에 호해는 더욱 흡족해하며 공자 고가 여산 기슭에 묻히는 것을 허락하고 10만 전을 내려 그를 장사 지내게 하였다.

나라 안팎을 피로 적시다시피 하며 자신의 정통성과 정당성에 도전하는 세력을 잔혹하게 쓸어버린 이세황제 호해는 다시 거창하게 짓고 세우는 일로 돼먹잖은 허영을 드러내기 시작했다. 그 중에서도 두 가지 일이 백성들에게 특히 재앙이 되었는데, 그 하나가 시황제가 짓다 만 아방궁을 마저 짓게 한 것이요, 다른 하나는 뒷날 '병마용(兵馬俑)'으로 알려진 지하 군단의 제작과 배치였다.

아방궁이란 시황제가 함양 부근 아방(阿房) 땅에 짓게 한 궁궐이다. 시황제 35년 구원에서 운양까지 산을 깎고 골짜기를 메워 곧게 도로를 낸 진시황은 함양을 돌아보며 말하였다.

"함양은 사람이 많으나 선왕이 지은 궁궐들이 너무 작고 좁다. 짐이 듣건대 주나라 문왕은 풍(豊)에 도읍하고 무왕은 호(鎬)에 도읍하였다고 하니 풍과 호 사이가 바로 제왕이 도읍할 땅이다. 그곳에 천하를 아우른 우리 진(秦)의 위엄을 드러낼 궁궐을 지으리라."

그리고 위수 남쪽 상림원(上林苑)에 궁전을 짓게 했는데, 먼저 아방에 그 전전(前殿)부터 세우도록 했다. 대전은 동서의 길이가 5백 걸음[步]이요, 남북의 길이가 50길[丈]이었다고 한다. 대전 마루는 그 위에 1만 명이 함께 앉을 수 있을 만큼 넓고, 그 아래에는 다섯 길 높이의 깃발을 세울 수 있을 만큼 덩실했다.

엄청난 것은 궁궐의 규모만이 아니었다. 사방으로 구름다리를 놓아 남산까지 이르게 하고, 남산 봉우리에 궐루(闕樓)를 세워 표지로 삼으니, 궁궐이 그대로 하늘에 이어진 듯했다. 또 구름다리를 높이 세워 아방에서 위수를 건너 함양까지 이르게 함으로써 북극성, 각도성(閣道星)이 영실성(營室星)에 이르는 모양을 흉내

냈다.

시황제는 그 궁전을 짓기 위해 궁형이나 도형을 받은 죄수 70만을 끌고 와 나누어 부렸다. 한 무리는 바로 아방에서 궁궐을 짓게 하고, 또 한 무리는 여산에 나무를 심어 수십 년째 짓고 있는 자신의 능묘를 꾸미게 했다. 그들 중에는 북산으로 끌려가 석재를 캐내는 일을 하는 이도 있었고, 재수 없으면 멀리 촉 땅이며 형(荊) 땅까지 가서 목재를 끌고 오는 일을 맡기도 했다.

원래 시황제는 그 전전(前殿)이 다 지어지면 따로 좋은 이름을 지어 붙이려 했다. 그러나 그로부터 2년 만에 시황제가 죽고, 궁궐은 아직 다 지어지지 못했기 때문에 사람들은 땅 이름을 따서 그 궁궐을 아방궁이라 불렀다.

진나라 이세(二世) 원년 4월 초순, 이세황제 호해는 다시 동쪽으로 순수를 떠났다. 골육인 공자와 공주들이며 여러 대 나라에 공을 세운 대신들을 참혹하게 죽여 감히 자신에 맞설 엄두를 내지 못하게 얼을 빼놓은 뒤였다. 하지만 며칠 되지 않아 함양으로 되돌아온 호해는 갑자기 백관을 불러 모아 놓고 말했다.

"선제께서는 함양의 궁궐이 좁다고 여기셨기 때문에 아방궁을 새로이 짓게 하셨소. 그런데 실당(室堂)이 미처 다 지어지기도 전에 선제께서 붕어하시니, 일꾼들은 모두 여산으로 보내어져 관을 내리고 능을 꾸미는 일로 돌려졌소. 그러나 이제 여산의 일은 모두 끝이 났소. 그런데도 아방궁을 짓다 만 채로 두는 것은 선제께서 벌이신 일이 잘못되었음을 드러내는 것에 지나지 않소. 결코 자식 된 자의 도리가 아니오."

그러면서 다시 아방궁을 짓게 하였다. 어쩌면 그것은 이세황제의 허영이 아니라, 아비로부터 물려받아 절대권력을 움켜쥐게 된 자들이 항용 쓰는 수법, 아비를 치켜세워 그 승계자인 자신의 권위를 강화하려 함인지도 모를 일이었다.

이세황제가 효도를 구실로 벌인 대역사(大役事)는 아방궁 말고도 하나가 더 있었다. 당시에는 별로 알려지지 않았다가 2천 년이 훨씬 더 지나서야 한 농부에게 발견되어 세상을 떠들썩하게 한 진용(秦俑) 또는 병마용을 조성한 일이 그것이다.

진나라에는 원래 순장의 풍습이 있었다. 순장을 했다는 것은 진나라 사람들이 상상한 사후 세계에서의 삶이 이승에서와 비슷했다는 뜻이 된다. 그런데 순장은 뒷날 폐지되어도 그 상상만은 그대로 유지되었던 것 같다.

이세황제 호해는 전에 없던 효심으로 저승의 아비를 지켜 줄 엄청난 군단을 땅속으로 보내려 했다. 그러나 이미 순장이 없어진 뒤라 흙으로 빚어 구운 인형[土俑] 군단을 보내는 수밖에 없었다. 이에 아방궁 공사로 돌리고도 남은 죄수들을 여산 동쪽 10리 되는 곳에 보내 아비의 능묘를 지킬 지하 군단을 흙으로 빚어 묻게 했다.

일을 동쪽에서부터 시작하게 한 것은, 시황제가 살아 있을 때도 진나라의 적[六國]은 모두 동쪽에 있었기 때문이었다. 비록 이승에서는 그 모두를 멸망시키고 혼일사해를 이루었지만 저승에서는 다른 변괴가 벌어질 수도 있었다. 그래서 먼저 동쪽부터 든든히 해 두고 손이 돌아가는 대로 나머지 세 방향에도 차례로 병마를 묻기로 했다.

역사(役事)는 먼저 진흙으로 실물 크기의 토용을 빚는 일부터 시작되었다. 막일밖에 할 수 없는 일꾼들이 잘 이겨 놓은 진흙으로 손재간 좋은 일꾼들이 병사나 말을 빚었다. 그러나 실물 크기여서 한꺼번에 다 빚으면 너무 크고 무거웠다. 그것들을 말리고 굽기 위해 옮기거나 갈무리하는 데 여간 거추장스럽지 않았다. 하는 수 없이 머리와 몸통과 팔다리 따위로 나누어 빚은 다음 그것을 말리고 불에 구워 굳힌 뒤에야 끼워 맞추었다.

실전(實戰)에서와 마찬가지로 배치하려다 보니, 사람은 보병과 기병, 마부, 궁수에, 높고 낮은 사관과 장군들이 모두 빚어져야 했다. 말도 기병들이 타는 말과 병거를 끄는 말이 따로 만들어졌다. 거기다가 그늘에 잘 말린 뒤 불에 굽고 색칠까지 해야 일이 끝났다. 눈썹과 눈동자를 그려 넣고 갑옷이며 안장에 멋진 채색까지 한 실물 크기의 말과 사람은 그대로 살아 있는 듯했다.

토용을 만드는 일꾼들이 열심히 진흙을 주물러 빚고 말리고 굽고 끼워 맞추고 색칠하는 사이에 다른 일꾼들은 그들 군단이 들어설 굴을 팠다. 위는 열려 있었지만 넉 줄로 늘어선 사람과 말이 수천씩이나 들어설 구덩이라 그걸 파는 일 또한 여간 힘든 게 아니었다. 그 구덩이 위를 덮을 목재를 다듬는 일도 만만치는 않았다.

그렇게 되니 시황제 때 아방궁을 짓기 위해 끌려온 70만 죄수는 고스란히 함양 부근에 남게 되었다. 거기다가 이세황제는 또 건장한 군사 5만을 함양으로 뽑아 올려 활쏘기를 익히고 군견,

군마를 조련하도록 하였다. 그만큼 먹여야 할 입이 느는 셈이었다.

그들을 모두 먹이는 데 함양의 곡식만으로는 모자랐다. 이에 각 군현에서 곡식과 사료를 거두어 함양으로 실어 보내도록 했다. 하지만 그 일에 끌려 나온 일꾼들은 모두 자기가 먹을 것을 따로 지니게 하고, 함양에서 3백 리 안의 곡식을 먹지 못하게 하니, 백성들이 겪는 어려움은 이만저만이 아니었다. 그런 백성들을 억누르기 위해 법은 더욱 가혹해졌다.

몇 곱절이나 촘촘해진 작통법(作統法)으로 이웃이 모두 감시자와 고발꾼이 되고, 모질어진 연좌제는 자신이 보지도 듣지도 못한 죄로 백성들의 목숨을 앗아갔다. 수자리를 사는 일[戍]과 물로 물건을 나르는 부역[漕]과 뭍으로 물건을 나르는 부역[轉]과 끌려가 일하는 부역[作]이 백성들을 여기저기 끌고 다니며 혹사했고, 하늘 높은 줄 모르고 치솟는 조세는 백성들의 쌀독에서 마지막 한 톨까지 긁어 갔다.

대택의 회오리

　진나라 이세황제 원년 7월, 조정은 몇몇 고을의 이문(里門) 왼쪽에 사는 이들 중에서 장정을 뽑아 변방인 어양으로 보냈다. 이문이란 동네 어귀마다 세워 둔 문인데, 진나라 때는 세금과 부역을 면해 주는 가난뱅이들을 그 왼쪽에 살게 하고, 부자들은 오른쪽에 살게 했다. 따라서 이문 왼쪽에 사는 이들을 변방으로 보냈다는 것은 나라 안의 빈민들을 변방으로 이주시켜 그곳을 지키며 버려져 있는 땅을 개척하게 했다는 뜻이다. 이른바 수졸(戍卒)이었다.

　하지만 이문 왼쪽에 사는 사람들은 비록 가난해도 터 잡고 정붙여 살던 곳을 떠나기 싫어했다. 이에 진나라 조정은 군사를 풀어 그들을 억지로 제 살던 곳에서 끌어낸 뒤, 짐승 몰듯 어양으로 몰고 갔다. 그때는 수졸들뿐만 아니라 그들을 몰고 가는 진나라 병사들에게도 꼭 지켜야 할 기한이 주어졌다.

그 무렵 양성과 양하현의 이문 왼쪽에 살던 가난뱅이 9백여 명도 어양으로 끌려가고 있었다. 그들이 대택향에 이르렀을 즈음 큰비를 만나게 되었다. 대택향이 원래 늪지와 큰 못 사이의 황무지를 개척해 연 향(鄕)이라 큰비를 만나자 사방은 물바다가 되고 길은 모두 막혀 버렸다. 그 바람에 수졸들은 어쩔 수 없이 대택향에 머물며 길이 열리기만을 기다렸다.

하지만 비는 쉬 멎지 않아 어양에 이르러야 할 기한을 넘기도록 길이 열리지 않았다. 엄한 진나라 법에 따르면, 끌고 가는 진나라 병사들뿐만 아니라 수졸로 끌려가는 이문 왼쪽의 사람들도 모두 목이 날아가게 되어 있었다. 그런데 그 수졸들의 둔장(屯長) 중에 진승(陳勝)과 오광(吳廣)이란 사람이 있었다.

진승은 양성에서 나고 자랐는데 자를 섭(涉)이라 썼다. 보잘것없는 농군의 자식이라 많이 배우지 못했고, 배워 아는 게 없으니 벼슬길에 오르지도 못했다. 일찍부터 생업에 들어갔으나 그렇다고 크게 재물을 모은 것도 아니었다. 가생(賈生, 가의)의 『과진론(過秦論)』에는 진승이 이렇게 그려져 있다.

……진섭(陳涉)은 깨진 항아리의 주둥이를 (벽에) 끼워 창문을 만들고, 새끼로 지도리를 맬 정도로 누추한 집에 살았다. 자라서는 밭을 갈고 씨를 뿌리는 머슴살이 농군으로 지내다가 마침내는 변방으로 내몰리어 길을 떠나게 된 무리 가운데 하

나였다. 재능은 보통 사람에게도 미치지 못했고, 중니(仲尼, 공자)나 묵적(墨翟, 묵자) 같은 어짊과 덕도 없었으며, 도주(陶朱, 월왕 구천의 신하였던 범려로 뒷날 장사로 천금을 모았다.), 의돈(猗頓, 소금으로 거만의 부를 쌓았다는 노나라 사람) 같은 재부(財富)도 없었다…….

하지만 진승의 기상만은 일찍부터 남다른 데가 있었던 듯하다. 젊어서 다른 사람들과 함께 남의 집 머슴살이할 때의 일이었다. 어느 날 밭두렁에서 모두 잠시 일손을 멈추고 쉬는데, 홀로 침울해 있던 그가 갑자기 여럿을 보고 말했다.

"만약 부귀하게 된다면 우리 모두 서로를 잊지 맙시다!"

그때만 해도 진나라가 천하를 통일한 지 오래되지 않은 때라 사회가 안정되고 제도가 정비되어 신분 변동이 쉽지 않을 때였다. 머슴들이 그를 비웃으며 대꾸했다.

"당신이나 우리나 반반한 땅 한 뙈기 없어 남의 머슴살이하는 처지가 아니오? 그런데 무슨 부귀를 얻는단 말이오?"

그러자 진승이 문득 탄식하며 중얼거렸다.

"제비나 참새가 어찌 기러기나 고니의 뜻을 알 수 있으리오[燕雀安知鴻鵠之志哉]?"

어찌 보면 터무니없는 자존망대(自尊妄大) 같기도 하지만, 당시의 의식 수준으로 보아서는 대단한 자기 확신이요 호기였다.

오광은 양하 사람으로 자는 숙(叔)이었다. 진승과 마찬가지로 한미한 집안 출신이라 가계나 어린 시절에 대해 알려진 바가 별로 없다. 자라서는 힘이 세고 몸이 날랬으며, 총명하지는 못해도 신의가 있다는 소리는 들었다.

진승과 오광이 언제 어디서 어떻게 만났는지는 밝혀진 바 없다. 그들의 고향으로 미루어 보면 수졸로 뽑히게 되면서부터 만나게 된 것 같다. 하지만 한번 친해지자 두 사람은 곧 간담을 터놓을 수 있는 사이가 되었다. 그러다가 나란히 둔장이 되어 적지 않은 수졸들을 거느리게 되면서부터는 죽음으로 뜻을 함께 한다는 맹서(盟誓)까지 나누게 되었다.

대택향에서 큰비를 만나 어양에 닿아야 할 기한을 넘기게 되자 진승이 오광을 불러 놓고 가만히 의논했다.

"이제 우리는 어양에 가도 기일을 어겨 목을 베이게 되고, 도망을 친다 해도 막막한 진나라 천지에서 살아날 길이 없다. 진나라에 맞서 들고일어나도[義擧] 마찬가지로 강하고 날랜 진나라 군대에게 잡혀 죽임을 당할 것이다. 하지만 무얼 해도 똑같이 죽을 뿐이라면 천하 뭇 백성을 위해 싸우다 죽는 게 낫지 않겠는가?"

"천하 뭇 백성을 위해 싸우다 죽는다는 말이 무슨 뜻이오?"

오광이 놀란 눈으로 진승을 바라보며 물었다. 진승이 목소리를 가다듬어 말했다.

"천하 사람들이 진나라의 가혹한 다스림으로 고통을 받은 지이미 오래되었다. 이제 마땅히 그들을 위해 진나라와 맞서 일어날 때다.

내가 들으니 이세황제가 된 호해는 막내아들이므로 제위를 계승할 수 없으며 마땅히 황제가 되었어야 할 이는 맏이인 부소라 하였다. 부소가 여러 차례 귀에 거슬리는 간언을 하자 시황제는 그에게 군사를 주어 멀리 변방으로 쫓아 버렸지만, 사람들은 그가 아무 죄 없음을 알고 있었다. 그런데 시황제가 죽을 무렵 곁에 있던 막내 호해가 음모를 꾸며 그를 죽이고 황제 자리를 대신 차지했다고 한다. 하지만 백성들은 부소가 어질고 재질이 있었음을 알고 있으나 정작 그가 죽었는지는 아직 모른다.

또 항연은 초나라의 이름난 장수로서, 거느린 장졸들을 아끼고 여러 차례 싸움에서 공을 세워, 초나라 사람들이 한결같이 우러러 받들었다. 초나라가 망한 뒤에도 어떤 사람은 그가 죽었다고 말하고, 또 어떤 사람은 그가 멀리 도망가서 숨었다고도 한다. 다시 말해, 많은 사람들이 우러러 받들면서도 정작 그가 죽었는지 살았는지는 잘 모른다.

이제 만약 우리가 천하 사람들을 위해 부소와 항연을 가장하고 깃발을 세운다면 그들을 흠모하는 백성들이 구름처럼 몰려들 것이다. 거기다가 진나라를 미워하는 사람들이 모두 팔을 걷어붙이고 도울 것이니 안 될 일이 무엇이겠는가?"

오광이 들어 보니 그럴듯했다. 하지만 조금씩 흔들리기는 해도 아직은 온전한 진나라의 천하라 섣불리 나서기에는 켕기는 구석이 없지 않았다. 큰소리는 쳐도 두렵기는 진승도 마찬가지여서, 둘은 먼저 점쟁이를 찾아가 앞날을 물어보았다.

점쟁이는 한눈에 그들을 알아본 듯했다. 정성을 다해 점치는 데 쓰는 풀[蓍草]을 뽑고 대까치[筮竹]를 가르더니 은근한 목소리로 말했다.

"실로 엄청난 일을 하려고 하는구려. 만약 당신들이 꾀하는 일이 이루어진다면 천하를 위해 큰 공을 세우게 될 것이오. 하지만 사람의 힘만으로는 아니 되오. 반드시 귀신들의 도움이 있어야 할 것이오."

진승은 그 말에 기뻐하였으나 오광은 걱정이 되었다. 점쟁이의 집을 나서기 바쁘게 진승에게 물었다.

"귀신들의 도움을 받아야 한다니, 우리가 무슨 수로 귀신들의 도움을 청한단 말이오?"

그러자 진승이 빙그레 웃으며 오광을 안심시켰다.

"그것은 우리들이 귀신 노릇을 해 사람들로부터 우러름과 믿음을 사라는 뜻일세."

그러고는 그날로 꾀를 부려 괴이쩍은 방도로 사람들을 홀렸다.

진승과 오광이 귀신의 뜻을 가장하기 위해 첫 번째로 이용한 것은 물고기였다. 그들은 흰 비단 위에 주사(朱砂)로 '진승이 왕이 된다[陳勝王].'고 쓴 뒤 몰래 어부가 그물로 잡은 큰 물고기 배 속에 쑤셔 넣었다. 한 장이 아니라 여러 장을 써서 여러 마리의 물고기 배 속에 넣었는데, 그것도 곧 수졸들에게 팔려 갈 물고기들이었다.

아무것도 모르고 그 물고기를 산 수졸들 사이에서 작은 소동이 일어났다. 배를 따자 붉은 글씨가 쓰인 비단 조각이 나왔는데, 일이 기괴할 뿐만 아니라 적힌 내용이 너무도 엄청났다. 자칫하면 그런 글을 보았다는 것만으로도 화를 당할 것 같아 얼른 없애

버리고 말았지만, 진승이 누구인지는 궁금하지 않을 수가 없었다.

다음으로 진승과 오광이 귀신의 뜻을 전하러 온 영물(靈物)로 내세운 것은 여우였다. 진승은 오광을 시켜 한밤중에 몰래 그들 수졸들이 묵고 있는 곳에서 가까운 숲으로 숨어들게 했다. 그 숲 속에는 오래된 사당이 하나 있었다. 오광은 그 사당 앞 공터에 불빛이 별난 모닥불을 피우고 자신은 흰 여우 가죽을 뒤집어쓴 채 뛰어다니며 여우 울음소리를 냈다.

그 시절 오래된 사당에 여우가 집을 짓고 사는 일은 이상할 게 없었고, 거기서 들리는 여우의 울음소리도 귀에 설지 않았다. 하지만 그 울음소리 사이에 끼어드는 높고도 맑은 가락 같은 목소리는 이내 수졸들의 이목을 끌었다.

초나라가 크게 흥하리라[大興楚].
진승은 왕이 되리[陳勝王].

오래되어 음산하고 기괴한 사당 앞에서 푸르스름한 빛살 가운데 크고 흰 여우가 뛰노는 광경도 섬뜩했지만, 그게 노래한 내용은 더욱 그랬다. 아무도 감히 나서서 정말로 여우인지 아닌지 알아볼 엄두를 내지 못했다. 다만 날이 밝자 끼리끼리 모여 간밤의 일을 수군거릴 뿐이었다.

거기서 다시 수졸들의 입에 오르내리게 된 진승이란 이름은 절로 며칠 전 물고기 배 속에서 나온 비단 조각을 상기시켰다. 그러자 하늘이 물고기에 이어 이번에는 여우를 보내 거듭 자신

의 뜻을 밝히고 있는 듯한 느낌이 들었다. 이에 수졸들은 새삼
주의 깊게 진승이란 이름을 가진 사내를 찾아보고 또 살피게 되
었다.

　어느 정도 때가 익었다고 여기자 진승은 먼저 오광을 내세워
일을 벌였다. 오광은 평소 사람들을 자상하게 돌봐 주어 많은 수
졸들이 그를 따랐다. 오광은 그들을 데리고 그들 중에서는 가장
높은 벼슬아치인 장위(將尉)를 찾아갔다.
　장위는 양성현의 두 현위(縣尉) 중 하나로서 병사 수십 명과
함께 그들 9백 명을 어양으로 끌고 가는 일을 맡은 자였다. 끌려
가는 수졸들에게는 평소 똑바로 쳐다보기도 거북할 정도로 높은
벼슬아치였으나, 그날 오광은 조금도 어려워하는 기색 없이 그에
게 다가갔다.
　그때 장위는 술에 취해 있었다. 큰비로 기한을 넘겨 버려 어쩔
줄 모르게 된 심사를 술로 풀고 있던 중이었다. 오광은 바로 그
앞으로 가서 자기를 따르는 수졸들을 돌아보며 짐짓 큰 소리로
떠들어 댔다.
　"이젠 기를 쓰고 어양으로 가 봐야 목 날아갈 일밖에 남지 않
았어. 모두 도망치자구! 그래서 목숨이나 건지는 게 상책이야."
　그러잖아도 불콰하게 술잔을 비우고 있던 장위는 그 말에 벌
컥 성을 냈다.
　"네 이놈. 너는 둔장(屯長)으로서 나서서 말려야 할 처지에 되
레 그 무슨 되잖은 소리냐? 나라의 엄한 법이 무섭지도 않으냐?"

"나라법이 무서우니, 우선 목숨이나 건지자고 하는 소리 아니오? 장위님도 무턱대고 미련 델 처지는 아닌 듯싶소. 목이 날아가도 우리보다 먼저 날아갈 테니……."

오광이 그렇게 이죽거려 장위의 부아를 돋우었다. 벌겋게 달아오른 장위가 벌떡 몸을 일으키며 곁에 두었던 채찍을 집어 들었다.

"네 이놈."

장위가 긴말 할 것도 없다는 듯 채찍을 휘둘렀다. 오광이 재빨리 손을 뻗어 그 채찍을 휘어잡고 한 번 더 이죽거렸다.

"이거 왜 이러십니까? 함께 목 없는 귀신이 될 처지면서……."

장위가 용을 써 보았으나 오광이 워낙 팔 힘이 좋아 채찍을 빼낼 수가 없었다. 그러자 참지 못한 장위는 차고 있던 장검을 빼들었다.

그러잖아도 자기들이 우러르고 따르는 오광을 장위가 함부로 욕보이는 것 같아 못마땅하던 수졸들이었다. 그런데 이제 칼까지 빼어 드니 해도 너무한다 싶었다. 평소 두려워하던 장위였으나, 이제는 모두가 오광 편이 되어 험한 눈길로 쏘아보았다.

오광이 기다린 것은 그런 분위기였다. 무슨 일이 있어도 수졸들이 모두 자신을 편들어 주리란 믿음이 생기자 처음부터 별렀던 대로 손을 썼다. 채찍을 감아쥐고 있던 손을 놓은 뒤, 날쌔게 장위를 덮쳐 오히려 그가 들고 있던 칼을 빼앗아 버렸다.

오랫동안 복종받는 데 익숙해 있던 장위는 그 지경이 되어서도 사태를 알아차리지 못했다. 여전히 진 제국의 권위를 빌어 오광을 억눌러 보려 했다.

"이놈, 네가 감히……."

한껏 소리를 높여 오광을 꾸짖으려 하는데 칼 빛이 번쩍하더니 장위의 목이 떨어졌다. 그때 멀찌감치 서서 보고 있던 진승이 다가와 오광에게 말했다.

"일이 이렇게 되었으니 먼저 사람들부터 모으게. 여기 있는 사람들부터 우리 편으로 끌어들여야겠네."

그 말에 오광은 자기를 따르는 사람들을 시켜 수졸들을 모두 불러 모으게 했다. 오광이 진나라 관리를 죽인 데다가, 이미 그들 사이에 그 이름이 널리 알려진 진승이 함께 있다고 하니 수졸들은 부르지 않아도 절로 그리로 모여들었다. 기다리고 있던 진승이 나서서 그들을 보고 외쳤다.

"여러분 내가 바로 진승이오. 여러분께 드릴 말씀이 있소!"

그러자 수졸들은 기대와 호기심에 찬 눈길로 진승을 바라보았다. 진승이 갑자기 어조를 바꾸어 간곡하면서도 결연하게 말했다.

"그대들은 큰비를 만나 어양에 닿아야 할 날짜를 넘겨 버리고 말았다. 진나라의 모진 법에 따르면 기한을 어긴 자들은 모두 죽임을 당해 마땅하다. 곧 이대로 가면 그대들은 모두 죽게 되었다는 뜻이다. 용케 용서를 받아 변방의 수자리를 산다 해도 그대들이 살길은 별로 없다. 듣기로 변방은 땅이 험하고 오랑캐들은 흉악해 그곳을 지키다 죽는 사람이 열에 일고여덟이라 한다. 장사(壯士)가 죽지 않고 살아날 수 있다면 모르거니와, 만일 죽어야 한다면 반드시 세상에 큰 이름을 남기는 일에 목숨을 바쳐야 한다. 이제 그대들은 나를 따라 진나라를 둘러엎고 새 세상을 열어보지 않겠는가? 왕후장상(王侯將相)이 어디 씨가 따로 있는 것이라더냐!"

'왕후장상이 어찌 씨가 따로 있겠느냐[王侯將相 寧有種乎].'라는 말은 반드시 진승이 지은 말도 아니었다. 진나라의 폭정이 벌써 여러 해 거듭되면서 불평가나 야심가들 사이에서 은밀히 떠돌던 말이었다. 그러나 그날 진승이 여럿 앞에서 소리 높여 외치자 그 말은 우레처럼 사람들의 가슴속을 파고들었다.

"삼가 크신 명을 받들겠습니다."

수졸들이 한결같이 진승과 오광 앞에 엎드리며 그렇게 다짐했다. 진승과 오광은 거기에 만족하지 않고 한 걸음 더 나아가 그들의 충성을 강요할 수 있는 권위까지 조작했다. 진작부터 짜 놓은 대로 이번에는 오광이 나서 여럿을 보고 소리쳤다.

"여기 이 진승이란 분은 실은 부소 태자님이시오. 어질고 재능 있는 분이셨으나 일찍이 바른 말로 시황제에게 간언을 드리다가 미움을 받아 쫓겨나셨소. 하지만 시황제는 죽기 전에 그래도 맏이 되시는 여기 이 부소 태자님께 제위를 물려주었다 하오. 그런데 지금 이세황제가 된 영호해(嬴胡亥)가 대신들과 짜고 유조(遺詔)를 위조해 제위를 훔치는 바람에 이렇게 숨어 살지 않으면 안 되게 되고 말았소!

또 여기 이 몸도 참된 이름은 항연이오. 일찍이 초나라를 위해 여러 번 공을 세웠으나, 육국을 차례로 쳐부수고 밀려드는 진나라의 세력에 밀려 잠시 몸을 감추고 초나라 복국(復國)을 도모하고 있는 중이외다. 이제 나는 부소 태자를 도와 태자께는 진나라의 제위를 찾아 주고, 천하는 예전처럼 칠웅(七雄)이 나란히 번창하는 형국으로 이끌려고 하오. 그리되면 우리 초나라도 다시 서게 될 뿐만 아니라, 천하 모두가 각기 자신의 옛 나라를 찾게 될 것이오."

냉정하게 따져 보면, 진나라 태자 부소와 그 진나라에 맞서 싸우던 초나라의 장수 항연이 난데없이 한편이 되어 일을 벌이는 게 이상할 수도 있었으나, 수졸들은 그대로 믿어 주었다. 어쩌면 정말로 믿어서가 아니라 그렇게 믿고 싶어서였는지도 모르는 일이었다. 그만큼 부소와 항연은 당시 백성들에게서 우러름을 받았고, 세상은 그들이 살아 있어 바닥부터 뒤집어엎어 주기를 기다릴 만큼 살기가 어려웠다.

진승과 오광을 우두머리로 받든 수졸들은 모두 오른쪽 어깨를 벗어 한편임을 나타내고 스스로 일컫기를 '대초(大楚)'의 군사라 했다. 또 높게 단을 쌓아 충성을 맹서하며 하늘에 제사를 드렸는데, 그때 제물은 바로 오광이 목 벤 장위의 머리였다.

거기서 장군으로 높여진 진승과 도위가 된 오광은 먼저 대택향의 관아를 들이치는 것으로 자신들의 봉기를 천하에 알리기로 했다. 대택향은 인적이 드문 늪지와 못들 사이의 기름진 땅을 개척해 만든 외진 고을인 데다, 그곳을 지키러 나와 있는 진나라 병사들도 많지 않았다. 그러나 병사들은 훈련되어 있었고 병기는 날카로웠다.

이에 비해 진승의 무리는 비록 수졸이라고는 하나, 아직은 훈련도 되어 있지 않고 병기도 지급받지 못했다. 오광이 죽인 장위와 그를 따르는 관병에게서 뺏은 창칼 몇 자루 말고는 아무리 민간을 뒤져도 변변한 단검 한 자루 보탤 수가 없었다. 육국을 쳐없앤 시황제가 천하의 병기를 모두 함양에 모아 녹인 뒤 동인(銅人)과 농구(農具)를 만들어 버린 탓이었다.

하지만 때가 무르익은 것인지 진승을 따르는 무리의 기세는 드높아, 죽기를 두려워하지 않고 내달았다. 비록 손쉬운 대로 구해 쥔 농구나 죽창에 몽둥이밖에 없었지만 그런 그들 9백 명이 한꺼번에 밀고 들자 대택향 관아는 힘없이 무너지고 말았다.

그 뒤 대택향은 진 제국에 맞서 첫 번째로 봉기가 있었던 땅으로 널리 세상에 알려지게 된다. 하지만 진승과 오광은 그 운 좋은 승리에 머물러 있지 않았다. 그곳을 기반으로 군사를 더 모으고 병장기를 새로이 벼리게 해 다시 이웃 기현(蘄縣)으로 쳐들어 갔다. 기현만 해도 오래된 고을이라 대택향보다는 뺏기 힘들어 보였다. 지키는 군사만 해도 현위가 거느린 그 지역 출신의 현군에다 적지 않은 진나라의 수비병까지 나와 있었다.

진승과 오광은 한바탕의 힘든 싸움을 각오했으나, 다행히도 기현 또한 힘들이지 않고 차지할 수 있었다. 인근 백성들 사이에서 뽑은 현군은 진나라의 폭정에 시달린 끝이라 싸울 뜻이 없었고, 진나라 병사들은 워낙 처음 겪는 농민들의 저항이라 당황하고 혼란되어 있었다. 그런 그들에게 이미 한 번 승리를 맛보아 기세가 오를 대로 오른 진승의 무리가 들이치니 당해 낼 수 없었다.

대택향에 이어 기현까지 차지하자 봉기의 불길은 한층 거세게 타올랐다. 진승은 부리 사람 갈영(葛嬰)에게 군사를 나눠 주며 기현 동쪽의 고을들을 아우르게 했다. 그리고 자신은 오광과 더불어 나머지 장졸을 이끌고 인근의 다른 고을들을 휩쓸었다.

질현, 찬현, 고현, 자현, 초현 등이 차례로 봉기군에게 떨어졌다. 진승과 오광은 그렇게 땅을 확장해 가는 동안에도 끊임없이 군사를 모으고 병장기를 늘려 갔다. 그리하여 그들이 진(陳) 땅에 이르렀을 때는 이미 전거가 7백 대에 기병이 천여 기요, 보졸은 수만 명이 넘었다. 가생(賈生, 가의)은 『과진론』에서 그 기세를 이렇게 요약했다.

……진승이 한번 병사들 사이에 몸을 던져 수많은 사람들을 굽어보는 우두머리가 되자, 피로에 지치고 혼란되어 흐트러진 수졸들을 이끌어, 그 수백 대오의 창끝[矛頭]을 진나라로 돌리게 하였다. 그들은 나무를 베어 무기를 만들었고 죽간(竹竿)을 높이 쳐들어 기치를 삼았는데, 진의 폭정에 시달리던 천하 백성들이 바람에 몰린 구름같이 모여들어 호응하고 떨쳐 일어났다. 모두 양식을 짊어진 채로 그림자처럼 그 뒤를 따랐다……

진군(陳郡)은 초나라의 서북에 치우쳐 있지만, 치소가 있던 진현(陳縣)은 초나라가 마지막으로 도읍을 삼았을 만큼 중원으로 뻗어 나가기 위해서는 아주 요긴한 땅이었다. 진승과 오광은 대군을 몰아 진현의 성곽을 에워쌌다. 그것은 진(秦) 조정이 임명한 군수가 적지 않은 정규군 장졸을 거느리고 방어하고 있는 굳건한 성을 훈련 안 된 농민군으로 공격한다는 뜻이었다.

하지만 이미 그때의 진나라는 동쪽 여섯 나라를 쳐 없애 천하를 위압하던 그 진나라가 아니었다. 군수와 현령은 앞을 다투어 달아나고 군사들도 달아나는 수령들을 따라 흩어져 버렸다. 겨우 수승(守丞) 하나가 몇 안 남은 군사를 모아 성을 지킨답시고 초루(譙樓, 성곽의 전망대) 위를 불안하게 오락가락하고 있었다.

그사이 갖춘 금 투구, 은 갑옷에 공들여 벼린 보검을 찬 진승은 미리 농군을 가장해 들여보낸 첩자들로부터 진현성 안의 사정을 전해 듣자 가슴을 쓸었다. 옛 초나라가 마지막으로 도읍 삼았던 땅이라 한바탕의 악전고투를 각오했으나 이번에도 어렵지 않게 얻을 수 있을 듯했다. 오히려 그 싸움을 자신의 권위를 강화하는 데 활용하기로 하고, 가장 용감한 체 군사들의 선두에 서서 칼을 빼 들고 외쳤다.

"두려워하지 말라. 하늘은 포악한 진나라를 버리셨다. 비어 있는 성이며 장군과 재상의 자리는 먼저 차지하는 자의 것이다!"

그러자 역시 번쩍이는 투구와 갑주로 몸을 감싼 오광이 보기에도 무시무시한 큰 칼을 휘두르며 달려 나가고 다른 봉기군들도 기세가 올라 다투어 밀고 들었다. 얼마간의 군사와 남겨진 현의 수승이 맞선다고 맞서 보았으나 될 일이 아니었다. 싸움이 시작된 지 한나절도 안 돼 수승은 죽고 남은 군사들은 모두 진승의 무리에게 항복하고 말았다.

하지만 그날 진승이 얻은 것은 진현의 성곽과 관부만은 아니었다. 그동안 진승의 군세는 크게 늘었지만 장수나 모사로 쓸 인재가 별로 없었는데, 그곳에서 비로소 쓸 만한 인재를 얻게 되었다. 백성들 사이에서는 거의 전설이 되어 있던 위나라의 현사(賢士) 장이(張耳)와 진여(陳餘)가 제 발로 찾아온 일이 그랬다.

장이는 하남 대량 사람이었다. 젊어서 위 공자 무기(毋忌, 신릉군)를 섬겨 그 빈객이 된 적이 있었으나, 무슨 일인가로 죄를 짓고 쫓겨 일찍부터 멀리 외황(外黃) 땅에서 떠돌았다. 외황의 한 부잣집 딸이 매우 아름다웠는데 보잘것없는 남자에게 시집을 갔다가 도망을 쳐서, 한때 아버지의 빈객 노릇을 했던 사람에게 몸을 숨겼다. 장이를 잘 알고 있던 그 사람이 옛 은인의 딸에게 권했다.

"내가 장이란 사람을 알고 있소. 어진 남편을 얻으려면 반드시 그를 따르도록 하시오."

이에 그 여자는 남편과 헤어지고 장이에게로 시집을 갔다. 부잣집 딸을 아내로 맞게 된 장이는 이후 자질구레한 세상살이의 근심에서 벗어나게 되었다. 널리 현능한 벗들을 사귀며 다녔는데, 처가에서 후하게 뒤를 봐주어 천 리 먼 곳에 있는 사람까지 부를 수 있을 정도로 넉넉하게 지낼 수 있었다. 그러다가 나중에는 위나라에서 벼슬을 하게 되어 외황의 수령이 되었으며 이름도 더욱 높아졌다.

진여도 대량 사람으로 그는 유가의 학술을 좋아하였다. 젊어서 조나라 고경(苦陘) 땅을 자주 드나들었는데, 그곳의 부자인 공승씨(公乘氏)가 그를 좋게 보아 딸을 주었다. 고향이 같고 둘 모두 부잣집 사위가 된 게 무슨 인연이 되었는지, 진여는 젊어서부터 장이를 아버지처럼 섬기며 서로를 위해 목이 날아가도 아까워하지 않을 정도로 깊은 교분[刎頸之交]을 맺었다.

위나라가 망하자 두 사람은 모두 세상에서 모습을 감추었다. 그런데 몇 해 뒤 진나라는 그들이 위나라의 명사라는 소문을 듣고 혹시라도 사람들을 충동질해 딴 짓을 할까 걱정되었다. 장이에게는 천 금, 진여에게는 5백 금을 상금으로 걸어 그들을 잡으려 했다.

이에 장이와 진여는 이름을 바꾸고 함께 진(陳) 땅으로 숨어들어 어떤 작은 마을의 문지기 노릇을 하며 살게 되었다. 두 사람은 서로 마주 보며 서서 문을 지키고 있었는데, 어느 날 돼먹잖은 아전바치 하나가 공연히 티를 뜯어 진여를 매질했다. 진여가 참지 못해 대들려고 하자 장이가 가만히 진여의 발등을 밟아 말렸다. 그리고 매질이 끝난 뒤 진여를 근처의 뽕나무 아래로 데려가 엄하게 꾸짖었다.

"내 일찍이 공에게 무어라 하였소? 작은 치욕을 참지 못하면 큰일을 그르치는 법이오. 이만 일로 하찮은 아전바치에게 목숨을 내던질 작정이시오?"

진여도 장이의 그와 같은 말을 옳게 여겼다. 그 뒤로는 더욱 조심하여 있는 듯 없는 듯 숨어 살았다. 그리하여 지난 10년 그 두 사람이 어디에 숨어 있는지도 몰랐는데, 이제 홀연히 진승 앞에 나타난 것이었다. 진승이 매우 기뻐하며 그들을 맞아들였다.

그때 진승은 삼로(三老, 진, 한 때의 향관. 지방 교화를 담당했다.)를
비롯한 진현의 향임(鄕任)들과 지방의 호걸들을 모두 관아에 불
러 모아 놓고 있었다. 구실은 그들과 함께 진현의 앞날을 의논한
다는 것이었으나, 실은 지금까지 그를 따른 수졸들과는 질을 달
리하는 그들의 지지를 바탕으로 새로운 권위를 구축하기 위해서
였다.

처음 진나라에 반기를 들 때 진승은 진나라 태자 부소를, 오광
은 초나라 명장 항연을 가장하였다. 아직까지 힘을 지닌 진(秦)
제국의 권위에 의지함과 아울러 세월이 지나도 꺼질 줄 모르는
옛 초나라 유민들의 한에 호소하기 위함이었다. 하지만 채 두 달
이 지나기도 전에 사정은 크게 달라졌다.

많은 사람들이 반진(反秦)의 깃발 아래 몰려들면서, 진승과 오
광을 알아보는 사람도 늘어, 이제 더는 그들이 양성의 진(陳) 아
무개와 양하의 오(吳) 아무개였음을 감출 수가 없었다. 거기다가
생각보다 진의 권위는 약해 부소라는 이름은 큰 힘이 되지 못했
고, 항연의 전설도 벌써 10여 년이 지나면서 희미해져 있었다.
그런데도 그들을 사칭하는 것은 효과도 없는 상징을 유지하기
위해 거짓말로 억지를 부리는 것에 지나지 않았다.

그래서 진승과 오광이 머리를 맞대고 짜낸 꾀가 백성들의 추
대라는, 낡았지만 그래도 아직 효과가 있는 권위 형성 방식이었
다. 그들은 믿고 부리는 졸개들을 몰래 풀어 진(陳) 땅의 향신(鄕
紳)과 부호들을 한편으로는 달래고 한편으로는 위협했다.

"이미 진나라의 천운은 다했소. 당신들은 우리 장군(진승)을 왕으로 추대해 새 세상을 도모하시오. 그리되면 지금 가진 것을 모두 그대로 누릴 수 있을 뿐만 아니라, 재물이든 땅이든 벼슬이든, 망해 가는 진나라로부터 뺏은 것은 모두 전리품으로 나눠 받게 될 것이오. 하지만 만약 우리 장군께 맞선다면 아무것도 지켜 내지 못할 뿐만 아니라 살아남기조차 어려울 것이오. 당신들의 재산은 우리의 군비로 몰수되고, 가솔들은 모두 병졸로 끌려갈 것이며, 종당에는 당신들의 목숨조차 천하를 뒤덮은 난군의 손에 넘겨질 것이외다!"

진현의 호걸들 일부는 겁을 먹거나 꾐에 넘어가고, 일부는 나름의 신선한 기대에 차서 그 말을 받아들였다. 부름을 받고 관아에 모이기 바쁘게 입을 모아 진승에게 권했다.

"장군께서는 몸소 갑옷을 걸치고 날카로운 칼을 잡으시어 무도한 군사를 무찌르고 포학한 진나라를 쳐 없앴습니다. 이제 옛 도읍이었던 이 땅에 걸터앉으시어 원통하게 망해 버린 초나라를 되세우려 하시니, 그 공을 헤아려 볼 때 왕이라 일컬음이 실로 마땅합니다. 게다가 아직 천하가 정해지지 않아 하실 일이 많으니, 여러 장수들을 거느리고 제후들이 엇나가지 않게 살피기 위해서라도 장군께서 왕이 되셔야 합니다. 바라건대 부디 초나라 왕위에 오르시어 도탄에 빠진 백성들을 구해 주십시오."

그러자 진승은 겸손한 척 대답을 미루고 안으로 들어와 장이와 진여에게 가만히 물었다.

"지금 저들이 내게 초나라 왕이 되라는데 선생들은 어떻게 보시오?"

"저 진나라는 무도하여 남의 나라를 멸망시키고 사직을 없애 버렸으며 그 후사를 끊어 놓았습니다. 잦은 싸움으로 백성들을 피폐하게 하였고, 그 재물을 모두 긁어 갔습니다. 이러한 때 장군께서는 두 눈을 부릅뜨고 담력을 크게 내시어 만 번 죽을지언정 구차히 살기를 바라지 않겠다는 결의로 잔악한 무리를 쳐 없앴습니다. 그리하여 이제 바야흐로 진(陳) 땅에 오셨는데, 어찌하여 안목 없고 소견 좁은 무리의 말에 흔들리십니까? 여기서 왕위에 오르신다면 이는 사사로운 욕심을 천하에 드러내는 것이 되고 맙니다.

바라건대 장군께서는 왕위에 오르시는 것을 미루시고, 빨리 군사를 몰아 서쪽으로 가신 뒤에 사람을 풀어 옛 육국의 적통(嫡統)으로 뒤를 잇게 하십시오. 그렇게 하면 장군에게는 한편이 늘어나고, 진나라에게는 적이 불어나게 될 것입니다. 적이 많아지면 힘이 분산되고, 한편이 많으면 군세는 강해지는 법입니다. 들에서는 싸우는 병사가 없고, 성에는 버티고 지키는 자가 없게 되면 저 포악한 진나라를 쳐 없애는 것도 어렵지 않습니다. 그리하여 진나라를 쳐 없애신 뒤에는 그 도읍 함양에 웅거하시어 천하의 제후들을 호령하십시오. 제후들은 모두 한 번 망했다가 장군의 도움으로 다시 일어나게 된 이들이니, 덕으로써 그들을 복종시킨다면 제왕의 대업도 이룰 수 있습니다. 그런데 이제 다만 진(陳) 땅에서 왕이 되신다면 이는 천하를 다시 조각나게 하는 일이 되지 않을까 걱정입니다. 장군을 위해서도, 도탄에 빠져 신음하는 만백성을 위해서도 결코 바랄 만한 일이 못 되니 부디 깊이 헤아려 행하십시오."

두 사람이 입을 모아 그렇게 말렸다. 그러나 이미 먹은 마음이 있는 진승은 못마땅한 표정을 지었다. 아무 말 없이 밖으로 나가더니 진현의 향관과 토호들의 권유에 못 이긴 척 왕위에 오르고 말았다.

진승은 새 나라 이름을 '장초(張楚)'라 하고, 자신을 대초왕(大楚王)이라 부르게 했다. 바로 '초(楚)'를 나라 이름으로 쓰지 못한 까닭은 아직 그 옛 왕족과 유신들이 많이 있어 혈통에 바탕한 정통성 시비에 휘말릴까 꺼려서인 듯했다.

진승이 한낱 수졸에서 몸을 일으켜 여러 고을을 자리 말듯 휩쓸고 마침내 진(陳) 땅에서 왕위에 올랐다는 소문은 살별보다 빠르게 퍼져 나갔다. 그러자 마른 풀밭에 불길 번지듯 사방으로 반란의 불길이 번져 갔다. 진나라 관리도 겁을 먹고, 그 장수도 달아나며, 그 군대도 싸움에 질 때가 있다는 것이 알려지자, 참고 있던 백성들이 일시에 들고일어났다. 그리하여 군수나 현령을 목 베고 그 군사를 쫓아 버린 뒤 스스로 진승을 찾아와 그 밑에 들기를 빌었다.

진승은 마치 그런 변화를 미리 헤아리고 있었다는 듯 그들을 흡수하여 자신의 세력을 키워 나갔다. 뿐만 아니라 진나라와 천하를 다툴 세력으로 그들을 조직할 줄도 알았다. 사마천은 『사기』에서 진승을 「열전(列傳)」에 넣지 않고 「세가(世家)」에 넣어 육국의 왕들이나 제후들과 같이 대접하고 있는데 그것은 아마도 그와 같은 왕자(王者)의 자질을 높이 산 까닭일 것이다.

진승은 먼저 오광을 가왕(假王, 여기서는 대리왕이란 뜻이다.)에 임명하여 여러 장수와 군사들을 이끌고 서쪽으로 형양을 치게 했다. 또 진현 사람 무신(武臣)에게는 장이와 진여를 딸려 북으로 옛 조나라 땅을 공략하게 하고, 여음 사람 등종(鄧宗)에게도 군사를 나눠 주어 남쪽 구강군으로 밀고 들게 했다. 일찍이 기현에서 동쪽으로 길을 잡게 한 갈영(葛嬰)의 군사까지 넣으면 동서남북으로 장수를 보내 세력을 확장하고 있는 셈이었다.

자신이 보낸 장수와 군대가 진의 영토를 사방으로 뒤덮고 있는 사이 진승은 진현을 도읍으로 삼고 그곳에 눌러앉아 왕 노릇에 맛을 들여 갔다. 처음에는 불타다 남은 옛 초나라 궁궐을 고쳐 거처로 쓰다가 곧 크고 으리으리한 부호의 집을 뺏고 급하게 전각 몇 채를 달아 궁궐로 삼았다. 하지만 호사롭기는 옛 육국의 어떤 궁궐에 못지않았다.

젊어서 함께 머슴살이를 했던 옛 친구 하나가 진승이 왕이 되었다는 소문을 듣고 진현으로 찾아왔다. 그가 대궐 문을 두드리며 소리쳤다.

"문 좀 열어 주시오. 나는 진섭을 만나러 왔소!"

웬 초라한 농군 하나가 함부로 왕의 성과 자를 부르며 소란을 떨자 궁문령(宮門令)은 괘씸하게 여겨 그를 잡아 가두려 했다. 그제야 놀란 진승의 옛 친구는 갖은 말로 변명해 겨우 벌을 면했다. 하지만 궁문령이 진승에게 그 일을 전해 주지 않아 자신이 찾아온 걸 알릴 길이 없었다. 몇 날이고 대궐 밖에서 기다리다가 진승이 수레로 궁문을 나서는 걸 보고 그 길을 막으며 소리쳤다.

"어이, 진섭. 날세. 옛 친구가 이렇게 찾아왔네."

무심코 궁궐을 나서던 진승은 자신을 부르는 소리에 수레의 휘장을 걷고 내다보았다. 젊었을 적 함께 고생하던 옛 친구가 초라한 모습으로 서 있었다. 진승은 수레를 세우게 하고 그를 불렀다. 그리고 소박한 정 때문이었는지, 아니면 빈한하던 시절의 친구에게 한번 으스대 보고 싶어서였는지, 그를 수레에 태워 궁궐로 데려갔다.

"정말로 화려하구나. 진섭이 왕이 되니 궁전은 크고 높고 치장은 오묘하구나!"

궁궐에 들어온 진승의 옛 친구는 크고 높은 건물과 으리으리한 치장에 입을 다물지 못했다. 진승의 신하들이 보기에는 제 임금을 욕보인다 할 만큼 솔직한 감탄이었다. 하지만 더 큰 화근은 진승이 미천할 때의 이야기를 함부로 떠들어 댄 일이었다. 거기다가 임금인 진승 앞에 들고 나는 일이며 말투와 행동거지가 방자하기 그지없었다. 보다 못한 진승의 신하 하나가 일러바쳤다.

"저 손님이 우매하고 무지하여 하는 수작마다 허튼소린데, 그나마 눈치 없이 큰 소리로 떠들어 대니 큰일입니다. 대왕의 크신 위엄이 상할까 실로 걱정입니다."

그때는 진승도 제법 왕 노릇에 맛을 들인 뒤였다. 그러잖아도 옛 친구의 무례와 무지에 적지 아니 마음이 상해 있는데 그런 말을 듣자 더 참지 못했다. 신하가 우기는 대로 옛 친구의 목을 베어 임금의 위엄을 지켰다. 어쩌면 그 일은 한 성실한 야심가가 권력에 도취되어 새로운 폭군으로 변해 가는 과정을 보여 주고 있는지도 모른다.

진승이 옛 친구를 죽이자 그날부터 주변에 있던 옛 사람들은 모두 떠나고, 진승에게 진심으로 충성을 바치는 사람들은 없어졌다. 그런데 그보다 더 걱정스러운 일이 군사를 이끌고 멀리 나가 있는 장수들의 자립이었다. 그 첫 번째가 조나라를 치러 간 무신이 그 땅에 눌러앉아 스스로 왕으로 일컫게 된 일인데, 경위는 대강 이러했다.

자기들이 간곡히 말렸음에도 진승이 기어이 왕위에 오르자 장이와 진여는 크게 실망했다. 진승에게는 더 바랄 것이 없다 여겨 몸을 빼낼 궁리를 하다가, 어느 날 가장 충성스러운 체 말했다.

"대왕께서는 양(梁)과 초(楚) 땅의 군사를 거느리고 서쪽으로 가서 함곡관을 깨뜨릴 궁리를 하시느라 하북(河北)을 등한히 하고 계십니다. 그러나 천하를 도모하려는 이에게는 기름지고 넓은 하북의 들판은 결코 등한히 해도 좋을 땅이 아닙니다.

신은 일찍이 조나라를 떠돌아다닌 적이 있어 그곳의 지형과 호걸들을 잘 압니다. 바라건대 기병(奇兵)을 북쪽으로 내시어 조나라의 옛 땅을 거둬들이십시오. 그때는 저희들이 있는 힘을 다해 도와 대왕의 위엄이 북쪽까지 널리 떨치도록 하겠습니다."

그 말에 넘어간 진왕(陳王, 진승)은 오래전부터 특히 가깝게 여겨 온 진현 사람 무신을 장군으로 삼고, 소소(邵騷)를 호군(護軍)

으로 딸린 뒤 군사 3천을 주어 조나라를 치게 했다. 그때 장이와 진여도 좌우 교위가 되어 무신을 따라갔다.

무신이 이끄는 장졸들은 백마에서 황하를 건너 조나라 땅으로 들어갔다. 무신은 싸우기에 앞서 장이와 진여를 먼저 보내 그곳의 호걸들을 좋은 말로 달랬다.

"진나라가 어지러운 정치와 모진 형벌로 천하를 잔혹하게 다스리어 백성들을 해쳐 온 지 오래되었습니다. 북쪽으로는 만 리에 이르는 장성을 쌓는 수고로움이 있었고, 남쪽에서는 오령(五嶺)을 지키느라 피를 흘려야 했습니다. 안팎으로 난리가 잦아 백성들이 어려운데도 엄중하게 세금을 거두어 군사를 부리는 데 쓰니, 재물은 마르고 힘은 다하여 세상을 살아갈 수가 없었습니다.

그러한 때에 우리 진왕께서 팔뚝을 걷어붙이시고 천하를 위해 앞장을 서시었습니다. 대택향에서 몸을 일으키시어 옛 초나라 땅을 자리 말듯 둘러엎으시자, 사방 2천 리 땅에서 이에 호응하지 않은 곳이 없었습니다. 사람마다 스스로 떨쳐 일어나 저마다 원한을 갚고자 원수를 들이쳐, 현에서는 현령과 현승을 죽이고 군에서는 군수와 군위를 죽였습니다. 그리하여 옛 초나라 땅을 모두 회복하고 진(陳) 땅에서 왕위에 오르신 뒤에는 오광과 주문(周文)으로 하여금 백만 대군을 거느리고 서쪽으로 진격하여 진나라를 공격하게 하셨습니다.

이와 같은 때에 공을 세워 제후로 봉함을 받지 못하는 사람은 결코 호걸이라 할 수 없습니다. 여러분들도 한번 깊이 생각하시어 일을 꾀해 보십시오. 천하 사람들이 한마음으로 진나라를 미

위한 지 이미 오래되었으니, 지금이 바로 그 힘을 빌려 무도한 임금과 벼슬아치들을 벌하고 부모의 원한을 풀어 줄 때입니다. 더하여 그 공으로 나라를 얻고 땅을 차지할 수 있다면 이는 바로 사내대장부가 해볼 만한 일이 아니겠습니까?”

옛 조나라 땅의 많은 호걸들이 그 말을 옳게 여겼다. 현령과 군수를 죽이고 무신 아래로 모여드니 그 군사만도 몇 만 명이 되었다. 이에 힘을 얻은 무신은 스스로 무신군(武信君)이라 높인 뒤에 조나라의 성곽들을 들이쳐 여남은 개나 떨어뜨렸다.

무신군의 군대가 동북쪽으로 범양(范陽)을 치려 할 무렵이었다. 범양 사람 괴철(蒯徹, 이름이 한무제의 이름 철(徹)과 같다 하여 사서에서는 괴통(蒯通)으로 나온다.)이 죽기로 성을 지키려 하고 있는 그 현령을 찾아와 말했다.

“공께서 곧 돌아가시게 되었다는 소식을 듣고 조문을 드리러 왔습니다. 그러나 이제 공께서는 이 괴철을 얻어 살아나게 되셨으니 또한 경하드립니다.”

“그게 무슨 소린가?”

현령이 얼떨떨해서 물었다. 괴철이 자리를 잡고 앉아 차분하게 말했다.

“진나라는 법이 모질어 공께서 범양령(范陽令)이 된 뒤 10년 동안 남의 부모를 죽이고 남의 아들을 고아로 만들며, 사람의 목을 베고, 얼굴에 먹을 뜬 일[黥刑]이 한두 번이 아닐 것입니다. 그렇지만 자정 많은 아비나 효성스러운 아들이 비수로 공의 뱃가죽을 갈라놓지 못한 것은 또한 진나라의 엄한 법이 두려웠기 때문이었습니다. 그런데 이제 천하는 크게 어지러워져 진나라의 법이 제대로 시행되고 있지 못하니, 자정 많은 아비나 효성스러운 아들은 저마다 공의 뱃가죽을 갈라 원수를 갚고 그 이름을 드날리려 할 것입니다. 어찌 공을 조문할 일이 아니겠습니까? 거기다가 이제 제후들은 모두 진나라를 저버리고, 무신군의 군사도 곧 이곳에 이를 것이라 합니다. 만약 공께서 굳이 이 범양성을 지키려 하신다면, 젊은이들은 다투어 공을 죽이고 무신군에게 항복하려 들 것입니다. 그러나 공께서 급히 저를 보내시어 무신군을 만나 보게 하신다면, 화를 오히려 복으로 돌릴 수 있으니 이는 또한 공에게 경하드릴 일이 됩니다.”

그 말을 알아들은 범양령은 그날로 괴철을 무신군에게 사자로 보냈다. 괴철이 무신군을 만나 보고 말했다.

“장군께서는 전쟁을 벌여 적을 쳐부순 뒤에야 그 땅을 차지하고, 힘써 들이쳐 이기고 나서야 성을 얻으려 하시니 이는 잘못된 일입니다. 만약 제 계책을 쓰신다면 싸우지 않고 성을 떨어뜨릴 수 있으며, 적을 쳐부수지 않고도 땅을 얻을 수 있습니다. 방금도 격문 한 장이면 천 리를 평정할 수 있는데, 어떻습니까? 제 계책을 한번 따라 주시겠습니까?”

“그 계책이 무엇인가?”

무신군이 그렇게 묻자 이번에도 괴철이 물 흐르는 듯한 말솜씨로 엮어 나갔다.

“지금 범양령은 장졸을 정돈하여 농성을 준비하고 있으나, 실은 겁이 많아 죽음을 두려워하고 욕심이 많아 부귀를 탐내는 자입니다. 그래서 장군께 항복하고 싶어도 앞서 떨어진 열 개의 성에서처럼 진나라 관리라고 해서 죽임을 당할까 봐 그리하지 못하고 있습니다. 한편 성안의 젊은이들은 그들대로 현령을 죽이고 자신들이 성을 근거로 삼아 장군께 항거하려 합니다. 이제 만약 장군께서 제게 제후의 인장을 내리시어 범양령을 제후에 봉하신다면, 범양령은 기꺼이 성을 들어 장군께 항복할 것이고 젊은이들도 함부로 그를 죽이지 못할 것입니다. 그런 다음 범양령으로 하여금 화려한 장식을 한 붉은 수레를 타고 연나라와 조나라의 국경을 달리게 하시면, 사람들은 항복한 그가 받는 대접을 보고 크게 감격할 것입니다. 그리하여 연나라와 조나라의 성들은 싸우지도 않고 항복할 것이니, 이것이 바로 격문 한 장으로 천 리를 평정한다는 뜻입니다."

무신군이 또한 그 말을 알아듣지 못할 사람이 아니었다. 괴철에게 제후의 인장을 주어 범양령에게 보내니 범양성은 싸움 한 번 없이 그의 손에 들어왔다. 뿐만 아니라 범양령을 제후로 봉해 두텁게 대접한다는 소문이 널리 퍼지자 싸우지 않고 항복해 온 성이 서른 개나 되었다.

무신군의 군사가 옛 조나라의 도읍인 한단에 이르렀을 때였다. 장이와 진여는 함곡관으로 간 주문이 진나라 군과의 싸움에 져서 쫓겨났다는 소문과 함께 진왕이 간신들에게 넘어가 장수들을 함부로 대한다는 말을 들었다. 게다가 진왕이 자신들을 장수로 삼지 않고 교위로 쓴 것이 새삼 분해 무신군을 쑤석거렸다.

"진왕은 대택에서 봉기한 뒤 진 땅에 이르러 왕위에 올랐는데,

천하 백성들의 바람과는 달리 더는 육국의 후손들을 찾아 왕으로 세울 것 같지 않습니다. 장군께서는 비록 3천 군사로 출발하셨으나 지금은 수십 개의 성을 항복받아 하북에 웅거하고 계십니다. 하지만 진왕처럼 왕위에 오르지 않고는 이곳 조나라를 모두 진압하기는 어려울 것입니다. 게다가 듣기에 진왕은 간신배들의 모함을 들어 장수들을 죄 없이 죽인다 하니, 돌아가 그 밑에서 일하려 해도 화를 면하지 못할 듯합니다. 차라리 장군께서 왕위에 오르시어 조나라를 다스리시는 게 어떻겠습니까?"

무신군이 듣고 보니 그 말이 그럴 듯했다. 이에 무신군은 스스로 조왕(趙王)이 되고, 진여를 대장군으로 세우고 장이를 우승상, 소소를 좌승상으로 삼아 자립하였다.

조나라를 시작으로 진승의 장수거나, 옛 왕실의 후예들에 의해 진시황에게 망한 육국이 줄줄이 되살아났다. 진승의 장수로서 무신을 따라왔던 한광(韓廣)이 다시 자립하여 연왕(燕王)이 되었고, 적현(狄縣)에 살던 옛 제(齊)나라 왕실의 후손 전담(田儋)은 현령을 죽이고 제나라를 세웠다. 진승의 장수 주불(周市)은 옛 위나라 왕족인 영릉군(寧陵君) 구(咎)를 세워 위왕으로 삼았으며, 훨씬 뒤의 일이지만, 진승 밑에 든 적이 있는 항량도 초나라 회왕(懷王)의 손자 심(心)을 초왕으로 세운다. 그렇게 처음에는 어쭙잖게 보이던 대택의 회오리는 천하를 휩쓰는 바람으로 커져 갔다.

강동에서 이는 구름

……피 튀기는 난전을 헤쳐 나간 일행은 다시 칠흑 같은 어둠 속을 10리나 달려서야 추격을 벗어날 수 있었다. 뒤쫓는 함성 소리가 들리지 않는 야트막한 언덕에 오르자 그들은 누가 먼저랄 것도 없이 털썩털썩 땅바닥에 주저앉으며 가쁜 숨들을 몰아쉬었다. 그동안 잡고 있던 어린 조카 적(籍, 항우)의 손목을 놓으며 항량도 한숨을 돌렸다.

'여기까지 빠져나온 게 도대체 몇이나 될까…….'

항량은 속으로 중얼거리며 어둠 속에 희뜩희뜩 늘어져 앉은 사람들의 머릿수를 가만히 헤아려 보았다. 자신과 어린 조카를 빼면 겨우 다섯이었다. 번쩍이는 비단 겉옷과 머리띠로 셋째 형 숙(叔, 항숙)이 있다는 것 이외에는 누구누구가 거기까지 성하게 따라왔는지 잘 알 수가 없었다. 그때 목소리가 귀에 익은 젊은 가동 하나가 울먹이며 말했다.

"나리, 저기……."

어둠 속이라 아무것도 보이지 않았으나 사방을 둘러보던 항량 은 금세 그가 어디를 가리키고 있는지 알 수 있었다. 그들 하상 에 자리 잡은 항씨 일족이 여러 대를 살아온 장원 쪽이었다. 그 곳에 큰 불길이 일어 하늘 한 모퉁이를 사르듯 타오르고 있었다. 장원이 불타고 있음에 틀림없었다.

"도대체 어떤 놈들이 우리 일을 알고 진군(秦軍)에게 밀고하였 을까요?"

다시 귀에 익은 목소리가 한스러운 듯 그렇게 말하며 이를 갈 았다. 그들의 한 팔이 되어 진나라의 앞잡이들을 죽여 온 젊은 문객(門客)들 중의 하나였다. 셋째 형이 격앙된 어조로 받았다.

"오사(吳奢)와 오서(吳胥, 오자서) 이래로 대를 이어 초나라 왕가 에 원한을 품어 온 오가(吳哥)네 떨거지들일 것이다. 연횡책을 앞 세워 진나라 앞잡이 노릇을 한 지 오래되었지. 하지만 세상 밑바 닥을 구르며 다진 그들의 세력이 만만치 않아 손도 못 대고 있었 는데, 공연히 미루다가 거꾸로 우리가 당한 것 같다."

듣고 보니 항량도 그들에게 혐의가 갔다. 그러나 다급한 그 자 리에서는 아무 쓸모없는 논의였다. 그보다는 다른 가족들이 어찌 되었는지가 더 궁금했다.

"큰형님[項伯]이 이끄신 쪽은 무사히 빠져나갔을까요?"

항량이 그렇게 나직이 묻자 셋째 형은 땅이 꺼질 듯한 한숨과 함께 말했다.

"우리가 이만큼이라도 빠져나올 수 있었던 것은 적의 주력을 피했기 때문일 것이다. 그렇다면 진나라 병사들의 주력은 어디 있었겠느냐? 틀림없이 두 분 형님(항백과 항중)께서는 그들과 정면으로 부딪쳤을 것이다. 다만 형님들이 이끌고 간 가동과 문객들이 더 많았으니 그게 다소나마 도움이 됐을는지······."

그러더니 문득 비장해진 목소리로 이었다.

"하지만 적의 주력을 헤치고 빠져나갔다 한들 그 수가 얼마이겠는가? 특히 그쪽에 맡긴 집안의 아녀자들은 모두 죽었을 것이다. 아아, 우리 하상(下相) 항가(項家)도 이리 끝나고 마는가······."

"형님, 그 무슨 약한 말씀이십니까? 항가가 끝나다니요. 여기만 해도 형님과 제가 이렇게 살아 있고 또 적아(籍兒, 항우)도 있지 않습니까?"

"대를 이어 살던 터전을 잃고 수십백 명 일족에서 겨우 몇몇이 목숨이나 붙어 떠도는 걸 두고 진정 산다고 할 수 있겠느냐? 아무래도 우리가 계책을 잘못 고른 것 같다. 흩어져 달아나 구차하게 뒷날을 꾀하기보다는 우리 모두 장렬하게 죽어 아버님(항연)의 크고 높으신 이름이나 지켜 드리는 게 옳았다."

그런 셋째 형의 말에 항량도 새삼스러운 비감에 젖었다. 하지만 아직은 너무 이른 감정의 사치였다. 갑자기 부근이 수런거리더니 멀지 않은 곳에서 하나둘 횃불이 켜졌다. 횃불은 잠깐 동안에 그들 예닐곱이 앉아 있는 언덕을 빙 둘러 에워쌌다.

항량은 놀라 사방을 둘러보았다. 횃불을 든 사내들의 입성을 뚜렷이 알아볼 수는 없었으나 적어도 진나라 병사들은 아니었다.

"누구냐? 어떤 놈들이냐?"

긴 창을 잘 쓰는 집안 조카뻘 하나가 창을 짚고 일어나며 소리쳤다. '아아, 너도 살아 있었구나…….' 그때 맞은편 횃불 앞에 선 몸집 큰 사내가 이죽거리듯 받았다.

"너희들이 그동안 마소 잡듯 죽여 온 이들의 은혜를 받아 온 사람들이다. 앞문과 관도 쪽은 진나라 군사들이 깔렸으니 항가네 장원에서 용케 빠져나오는 것들이 있다면 이리로 올 수밖에 더 있겠느냐? 풀을 베고 뿌리를 뽑지 않아 뒤탈을 보는 일이 없게 하고자 우리가 여기서 너희를 기다린 지 오래다."

"진나라의 개들이구나!"

셋째 형이 칼을 뽑아들며 차갑게 소리쳤다. 불빛에 보니 온몸에 피를 뒤집어쓰고 있었다. 난전 속을 힘들여 헤쳐 오기는 곁에 있는 가동들과 족당(族黨), 문객들도 마찬가지였다. 지쳐 주저앉았다가 분분히 일어서는 그들도 자신과 남의 피로 온몸이 시뻘겠다.

"일어나거라!"

어린 조카를 재촉해 일으키며 항량도 땅에 뉘어 놓았던 칼을 집어 들었다. 그때 셋째 형이 항량에게 나직하게 말했다.

"우리 다섯은 힘을 다해 횃불이 가장 두텁게 모인 곳을 칠 것이다. 우리가 그들을 베어 넘겨 그곳이 갑자기 어두워지거든 너는 적아를 데리고 그리로 빠져나가라. 뒤는 우리에게 맡기고 되도록 멀리 달아나야 한다. 결코 뒤돌아보아서는 아니 된다."

항량은 그게 무슨 뜻인지 알아들었다. 하지만 그 뜻에 따라야 할지, 마다하고 함께 죽어야 할지를 얼른 정하지 못해 우물거리고 있는데 셋째 형이 나머지 다섯을 내몰듯 결연하게 말했다.

"조금 늦었지만 우리는 초나라에서 으뜸가는 무장가(武將家)의 사람답게 죽을 자리를 얻었다. 나와 뜻을 달리하는 자가 있느냐?"

"없습니다. 기꺼이 이 한목숨을 던지겠습니다!"

그렇게 대답한 다섯은 마치 자신들의 말을 증명해 보이기라도 하듯 각자의 병장기를 꼬나들고 가장 횃불이 밝은 쪽으로 바로 치고 들었다. 역시 칼을 빼 든 셋째 형이 그들을 뒤따라 달려 나가며 항량을 재촉했다.

"어서 나를 따라오너라. 길이 열리면 바로 적아를 데리고 빠져나가야 한다. 하지만 그게 어렵거든 적아를 버려도 좋다. 너라도 살아 반드시 우리 항씨가를 일으키고, 원통하게 돌아가신 아버님의 뜻을 이어 초나라를 되살려야 한다."

그제야 퍼뜩 정신이 든 항량은 비로소 세차게 고개를 저으며 외쳤다.

'안 됩니다. 형님. 죽어도 함께 죽고 살아도 함께 살아야지요. 저 혼자서는 아무것도 할 수가 없습니다……'

하지만 갑자기 말문이 막혔는지 그 말은 머릿속에서만 맴돌았다. 몸도 굳어 버린 듯 도무지 움직일 수가 없었다. 거기다가 어린 조카까지도 잡은 손을 뿌리치고 뛰쳐나가고 있지 않은가. 이래서는 안 된다. 나도 함께 가야 한다. 함께 죽으리라…….

"어르신, 어르신……."

누가 그렇게 자신을 부르며 가볍게 어깨를 흔드는 바람에 항량은 어지럽고 사나운 꿈에서 깨어났다. 눈을 떠 보니 손씨녀(孫氏女)가 희미하게 웃음기 머금은 눈길로 내려다보고 있었다. 간밤 그녀와 함께 잠자리에 들었는데, 어느새 일어나 옷을 갖춰 입고 옅은 단장까지 마친 뒤였다.

"나쁜 꿈이라도 꾸셨는지요?"

손씨녀가 비단 수건으로 항량의 이마에 솟은 땀을 닦으며 나직이 물었다. 간밤의 정사 때문일까, 평소의 그녀답지 않은 다가듦이었다. 평소 같지 않기는 그런 그녀의 스스럼없는 다가듦을 받아들이는 항량의 감정도 마찬가지였다. 왼손으로 가만히 비단 수건을 밀쳐내기는 해도 그녀를 바라보는 눈길은 그리 엄하지 않았다.

진나라 군사들과 그 앞잡이들에게 집안이 결딴나기 전에는 항량에게도 아내와 두 아들이 있었다. 그러나 맏형에게 맡긴 그들이 끝내 모두 진나라 군사들의 칼날에 목숨을 잃은 뒤로는 다시 아내를 맞지도 않았고 달리 자식을 보지도 못했다. 어떤 이는 항량이 추적을 벗어나기 위한 난전 중에 다쳐서 사내구실을 못하게 된 까닭이라 했고, 또 다른 이는 떠돌아다니면서 이따금 어울린 유녀(遊女)들에게서 창병(瘡病)이 옮은 탓이라고도 했다. 하지만 항량 자신은 아내와 자식을 두지 않는 까닭을 달리 말했다.

"이제 와서 새로 자식을 얻어 적아에게 소홀해질 수는 없는 일이다. 적아는 셋째 형이 목숨을 던져 나를 구해 주며 맡긴 조카

일 뿐만 아니라, 우리 하상 항씨 가문의 하나 남은 핏줄이다. 저 아이를 훌륭히 길러 가문을 다시 일으키는 게 홀로 살아남은 나의 크나큰 소임이다."

홀아비로 늙어 가는 그를 걱정하는 사람이 있으면 항량은 늘 그렇게 대답했다. 근년 들어 죽은 줄 알았던 맏형 항백(項伯)이 겨우 살아남은 몇몇 일족의 소식을 가지고 온 뒤에도 마찬가지였다. 그에게는 여전히 이제는 성년이 된 조카 항우만이 항씨가를 이어갈 유일한 혈육이자 그가 이룩한 모든 것의 상속인이었다.

자식을 둘 수 없게 된 것인지, 스스로 두지 않는 것인지는 잘라 말할 수 없지만, 쉰을 넘긴 그때까지도 항량에게는 남성으로서의 욕망이 살아 있었다. 하지만 나이도 나이인 데다, 그동안 오중(吳中, 회계군의 처소로, 지금의 쑤저우) 거리에서 나름으로 쌓은 명망이 있어, 이제는 아무렇게나 유곽(遊廓)을 드나들 수도 없었다. 그래서 집안에 들인 게 손씨녀였다.

손씨녀는 어지러운 시절을 만나 일찍 남편을 여읜 농가의 아낙이었는데, 몸가짐이 조용하고 자색이 있었다. 처음 안채에 들인 구실은 홀로 지내는 항량의 의식 수발이었으나 오래잖아 잠자리도 함께하게 되었다. 하지만 그녀가 조금이라도 안방마님 티를 내려 들면 항량은 매정하게 발길을 끊고 몇 달이고 눈길 한번 주지 않았다.

그날도 항량이 손길을 뿌리치자 손씨녀는 화들짝 놀라듯 물러나 앉아 지나치다 싶을 만큼 공손한 아랫사람의 몸짓과 말투로 돌아갔다.

"아침상을…… 차릴까요?"

그 목소리가 이상하게 쓸쓸하고 애처롭게 들렸다. 항량이 다시 평소 같지 않게 따뜻하고 부드러운 목소리가 되어 받았다.

"그래라. 네 것도 함께 차려라. 같이 아침을 들고 싶구나."

하지만 그 별난 느낌이 바로 곧이어 몰아닥칠 거센 풍운의 예감이리라고는 항량 자신도 모르고 있었다.

회계 군수 은통(殷通)이 보낸 젊은 교위 하나가 요란한 말발굽 소리와 함께 항량의 저택으로 달려온 것은 손씨녀와 함께 아침 상을 받은 항량이 막 식사를 끝내고 일어서려던 참이었다. 무엇이 그리 급한지 안마당까지 말을 달려 들어온 교위는 가동에게 말고삐를 맡기기 바쁘게 집 안으로 뛰어들었다. 허옇게 먼지를 뒤집어쓰고 숨을 헐떡이는 게 벌써 예사롭지 않았다.

"이렇게 일찍 웬일이시오?"

"군수께서 대협을 찾으십니다."

"나를 부르는 일이라면 다리 실한 군졸 하나로도 넉넉할 것이오. 그런데 무슨 큰일이 있기에 교위께서 몸소 달려오셨소?"

"저는 모릅니다. 가서 군수님을 뵙고 직접 듣도록 하십시오."

항량이 거듭 물어도 젊은 교위는 굳어 있는 얼굴로 짧고 무뚝뚝하게 대답했다. 주무(朱武)라고 하는 그 교위는 하남 영양에서 나고 자랐으나 어른이 되어서는 회계군에 와서 벼슬을 살고 있었다. 그때 그는 아직 항량의 사람이라고까지는 할 수 없어도, 항량이 군아(郡衙)를 드나들면서 공들여 사귀어 둔 군리들 가운데 하나였다. 그런데도 알던 정, 보던 정 없이 모르쇠로 나오자 항량은 그게 더욱 심상치 않게 느껴졌다. 슬며시 그에게 평소의 친분을 상기시키며 다시 물었다.

"아니, 주(朱) 교위. 우리 사이에 못할 말이 무에 있소? 무슨 일인지 말해 보시오. 그래도 군수께서 왜 나를 찾는지 대강은 알아야 나도 거기 맞춰 채비를 할 것 아니오?"

그제야 주무도 항량이 누구인지를 알았다는 듯 조금 풀린 얼굴이 되어 하소연하듯 말했다.

"말도 마십쇼. 요즘 저희 군수님은 표정 없기로 이름난 예전의 그분이 아닙니다. 아침저녁 변덕이 죽 끓듯 하시지요. 어제 그제는 본부 병마를 모두 풀어 군계(郡界)를 철통같이 지키라 하더니, 오늘은 또 모조리 오중으로 불러들이란 분부십니다. 그뿐입니까? 속현(屬縣)마다 사람을 보내 병마를 긁어모으는 한편 큰 농성전(籠城戰)이라도 치를 듯 곡식을 거둬들이고 있습니다. 대택(大澤)의 반도(叛徒)들이 밀고 든다는 기별이 있는 것도 아니요, 그것들을 쳐 없애라고 조정의 칙사가 온 것도 아닌데도 말입니다. 대협을 부르는 일도 그렇습니다. 마치 발등에 불이라도 떨어진 듯, 어서 모셔 오라고 성화이십니다만 무엇 때문인지는 전혀 모르겠습니다."

그 말을 듣자 항량은 오히려 조금 짐작 가는 바가 있었다.

'이 의뭉스러운 물건이 드디어 움직이기 시작했구나. 저도 가만히 앉아서 한없이 기다릴 수는 없었을 테지. 그런데…… 무얼까? 이토록 급하게 나를 불러 무엇을 하려는 걸까?'

속으로는 그런 생각을 하면서도 겉으로는 아무런 내색 없이 받았다.

"알겠소. 내 곧 뒤따라갈 테니 먼저 부중(府中)으로 돌아가 그렇게 일러 주시오."

"아니 됩니다. 기다리더라도 대협을 모시고 같이 오라고 하셨습니다."

주 교위가 다시 굳은 얼굴이 되어 그렇게 말했다. 무엇 때문인가 은통에게 적지 아니 시달리다 온 것 같았다.

"그럼 잠깐 옷을 갈아입고 올 테니 그때까지만 뜰에서 기다려 주시오."

항량은 그렇게 말하고 안채로 들어가며 가까이 있던 노복에게 지나가는 말투로 시켰다.

"말에 안장을 얹고 군아(郡衙)로 들 채비를 하라. 그리고 작은 주인을 찾아 얼른 내 방으로 들라 이르라."

항량이 내실로 들어가자 손씨녀가 뒤따라 와서 옷걸이며 벽장에 갈무리해 두었던 나들이옷을 꺼내 왔다. 간밤 잠자리를 함께 한 데다 조금 전에 아침상까지 함께 받은 터라 다시 마음이 풀어진 탓일까, 곁에서 옷 입는 것을 거들며 그녀가 가만히 물었다.

"무슨 일일까요? 무슨 일로 사람을 이리 급히 찾는지요……."

하지만 그때 이미 항량은 골똘한 헤아림에 젖어 그녀의 말을 알아듣지 못했다. 항량이 만일 알아들었다면 이번에는 틀림없이 엄한 눈길로 꾸짖음을 대신했을 물음이었다.

진승과 오광이 대택향에서 군사를 일으킨 것은 벌써 두 달 전의 일이었다. 처음 그 소식이 오중에 전해졌을 때만 해도 항량은 좀 어리둥절했다. 진승과 오광이 진나라 태자 부소(扶蘇)와 초나라의 명장 항연(項燕)을 가장했기 때문이다. 진나라 태자가 진나라를 향해 칼을 뽑았다는 것도 그렇지만, 그가 진나라에 몰려 자결한 아버지 항연과 손을 잡고 일어났다는 데는 더욱 어이가 없었다.

초나라의 명장 항연이 실은 죽은 게 아니라 숨어 살면서 초나라를 되살리려 하고 있다는 소문이 도는 것을 항량도 듣지 못한 것은 아니었다. 하지만 그것은 어디까지나 내막을 잘 모르는 백성들 사이의 일이었고, 바로 그 항연의 아들 되는 항량에게는 그저 가슴 아픈 헛소문일 뿐이었다. 시황제 24년, 항연은 진나라로 사로잡혀 간 부추(負芻)를 대신해 창평군을 초왕(楚王)으로 세우고 회수 남쪽에서 군사를 일으켜 망해 버린 초나라를 되살리려 했다. 그러나 진나라 장수 왕전(王剪)과 몽무(蒙武)가 대군을 이끌고 내려와 항연의 군사를 쳐부수고 창평군을 죽이자 항연도 스스로 목숨을 끊었다. 그런데 벌써 10여 년 전에 한을 품고 자결한 아버지 항연이 원수인 진나라의 태자 부소와 어울려 군사를 일으켰다니 항량이 어찌 황당하지 않겠는가.

나중에 진상이 밝혀져 진승과 오광이 누군지가 드러난 뒤에도 항량이 느낀 황당함은 줄어들지 않았다. 진나라 세상을 뒤엎고 초나라[張楚]를 되일으킨 것이 초나라의 왕족이나 명문거족에서 난 지사가 아니라, 양성과 양하의 두 무지렁이 농군이라는 게 도

무지 믿을 수가 없었다. 그들이 훈련도 받지 못하고 무기도 없는 변방의 수졸 몇 백 명을 이끌고 패배를 모르던 진나라의 관군들을 잇달아 격파하고 있다는 소문은 다만 오래 억압받고 살아온 백성들이 진나라에 앙갚음하듯 꾸며 댄 이야기로만 들렸다.

그런데도 진승과 오광은 승승장구하고, 옛 육국 왕실의 혈통과 그 명문가의 후손들은 다투어 진승 밑으로 머리를 숙이고 찾아들었다. 특히 제나라의 공자 전담(田儋)이나 위나라의 공자 구(咎)까지도 그 밑에 들어가 왕위에 올랐다는 소문은 항량에게 충격이 아닐 수 없었다. 오래 쫓기면서 세상을 떠돌아 그 변화의 기미에 밝은 만형 항백을 다시 하비(下邳)로 보내어 그곳에서 멀지 않은 진(陳) 땅의 형세를 알아보게 한 것도 바로 그와 같은 충격 때문이었을 것이다. 그러나 한편으로는 마음에 짚이는 일도 없지 않았다.

'어쩌면 이것이 바로 사람들이 말하는 바로 그 '때'인지도 모른다. 왕후장상의 씨가 따로 없다는 것은 바로 이러한 때를 두고 하는 말일 것이다. 영웅이 따로 있는 게 아니라 때를 잘 탄 사람이 영웅이고, 진승과 오광은 그런 뜻에서 참된 영웅일 수도 있다……'

그러자 항량은 갑자기 조급해졌다. 그동안 오중 땅에 숨어 사람들을 사귀고, 그들을 엮어 은밀히 세력으로 키워 온 것은 바로 그러한 때를 기다림이 아니었던가. 그때가 오면 떨쳐 일어나 망해 버린 나라와 집안을 되살리리라는 비원(悲願)이 바로 그의 삶에 긴장과 활력을 지탱해 주는 힘이 아니었던가.

그런데 항량이 그동안 기른 세력을 끌어모아 몸을 일으켜 보려 하면 천 근의 무게로 항량을 짓누르는 게 있었다. 바로 회계수(會稽守) 은통의 존재였다.

진승과 오광이 진나라에 맞서 군사를 일으킨 뒤로 천하 서른여섯 군의 태반이 봉기의 회오리에 휩싸였다. 관동에서도 하남과 강동 일대의 옛 진(晉), 초(楚) 땅의 군현이 특히 심했다. 왕족이나 명문가의 후예와 백성들이 저마다 들고일어나 군수와 현령을 죽이고 진승과 오광의 거병에 호응하였다.

초나라를 없애고 만든 세 군 가운데 하나인 회계군도 위치로 보아서는 평온할 수 없는 땅이었다. 그러나 군수 은통은 산악 같은 침착과 의연함으로 벌써 두 달이 넘도록 회계군을 봉기의 회오리에서 지켜 오고 있었다. 그 비결은 군기와 민심의 장악이었다.

평소 은통은 엄격하면서도 세심하게 군사(軍事)를 보살폈다. 그 덕분에 진나라 조정이 보낸 수비대뿐만 아니라 지역 현군까지도 흔들림 없이 은통의 명에 따랐다. 거기다가 군정(郡政)에서 항량 같은 그 지방의 명망가를 활용해 온 것도 민심을 잡는 데 큰 힘이 되었다. 그런 중재자를 내세워 진나라의 폭정을 동의에 바탕한 다스림처럼 얼버무림으로써 그만큼 백성들의 원한을 적게 산 까닭이었다.

그런 은통이 진승과 오광에게서 비롯된 회오리에 대응하는 방식은 부동(不動)의 원리였다. '세상일이란 어떻게든 풀려 가기 마련이다. 나는 움직이지 않고 가만히 지켜보다가 마지막 결말의

순간을 기다리겠다. 그때 대세에 올라타 가장 작은 힘을 들여 가장 큰 것을 얻겠다.'

은통은 마치 그렇게 말하는 듯 꼼짝 않고 군아에 틀어박혀 세상 돌아가는 것을 관망하고만 있었다.

그렇게 되자 항량은 아무리 다급해도 움직여 볼 수가 없었다. 섣불리 일을 벌였다가 은통이 그때까지 전혀 손상받지 않고 유지해 온 관병으로 거세게 반격이라도 해 오는 날이면, 그 뒤가 어떻게 될지는 불 보듯 뻔했다.

'그런데 이제 네가 움직인단 말이지. 드디어 어느 쪽이 쓰러지고 어느 쪽이 남을지를 알게 되었단 말이지…….'

항량은 그렇게 중얼거리며 그날따라 유달리 정성 들여 갖춰 입은 겉옷에 마지막 띠를 둘렀다. 거창하게 겉옷까지 갖춘 까닭은 속옷 안에 걸친 엄심갑(掩心甲, 가슴을 보호하는 철갑)을 감추기 위함이었다. 그때 저벅거리는 발자국 소리와 함께 등 뒤에서 우렁우렁한 항우의 목소리가 들렸다.

"끝엣아버님, 저를 찾으셨습니까?"

"그렇다. 나와 함께 군아에 가 봐야겠다. 은통이 찾고 있다는 구나."

그러면서 뒤를 돌아보니 조카의 눈이 화경(火鏡)처럼 이글거리고 있었다. 무언가 격앙되거나 고양되었을 때 내뿜는 눈빛이었다. 항량은 문득 그 전해 봄 절강 가에서 있었던 일을 떠올렸다.

그해 순수에서 회계산을 돌아본 시황제가 절강을 건널 때였다. 항량과 항우도 그런 시황제의 화려한 순수 행렬을 보기 위해 강

가로 나갔다. 엄청나게 큰 용선(龍船)이 온량거(轀輬車)를 싣기 위해 물가에 닿자 시황제가 잠시 온량거의 창문을 열어 밖을 내다보았다. 이미 병색이 완연했으나, 아직도 그 얼굴에는 바라보는 사람을 위압하는 데가 있었다.

그런데 곁에 있던 항우에게는 느낌이 달랐던 듯했다. 꼭 지금과 같은 눈빛으로 시황제를 쏘아보다가 옆 사람이 다 알아들을 만큼 큰 소리로 중얼거렸다.

"저것(또는 저 사람의 자리)이라면 빼앗아 대신 차지할 만하구나[彼可取而代也]!"

그때 항량은 놀라 그의 입을 막으며 나무랐다.

"함부로 지껄이지 말라. 자칫하면 삼족이 모조리 죽게 된다!"

다행히도 가까운 곳에는 사람이 없어 별일이 없었지만, 그날은 어지간한 항량도 식은땀을 흘리지 않을 수가 없었다.

'그런데 오늘은 무슨 일인가? 무슨 일로 저 아이의 눈빛이 저렇게 타오르는가……'

그때 다시 항우가 두 눈을 번쩍이며 물었다.

"그런데 끝엣아버님. 도대체 끝엣아버님께서는 언제까지나 그 하찮은 작자를 상전처럼 모실 작정이십니까?"

"때가 무르익을 때까지. 하지만…… 어쩌면 그게 바로 오늘이 될지도 모르겠다. 나와 함께 가자."

항량이 그래 놓고 다시 무슨 생각이 들었는지 덧붙여 말했다.

"너도 옷 안에 엄심갑을 걸치고 보검을 차도록 하여라. 그리고 이제부터는 언제든 내가 부르면 올 수 있는 곳에 있어야 한다."

그러자 항우의 두 눈에서 쏟아지던 불길이 조금 잦아들었다. 대신 갑자기 신명이 솟는 듯한 목소리로 대꾸했다.

"보검이라면 주가(朱哥) 놈이 말을 달려올 때부터 차고 나왔습니다. 엄심갑은 옷 안에 걸치기 구차할뿐더러 힘을 쓰는 데 되레 거치적거립니다. 이대로 가도록 하지요. 그럼 먼저 나가 말을 살펴보겠습니다."

그리고 방을 나가는 항우의 시원시원한 목소리와 몸놀림이 어둡고 불만에 찬 표정으로 말이 없던 근래의 그와는 사뭇 달랐다. 그걸로 미루어 그동안 항우는 계부(季父) 항량이 세상과 은통을 살피며 하염없이 기다리기만 하는 걸 답답하고 불만스럽게 여겨 왔음에 틀림없었다.

항량이 군아에 이르니 은통은 호젓한 객청(客廳)에서 기다리고 있었다. 때 아니게 갑주를 갖춰 입어 작달막한 키에도 제법 위의가 넘쳐흘렀다. 그렇게 보아서 그런지 언제나 표정이 없던 그 얼굴에도 어딘가 상기된 기색이 느껴졌다.

"어서 오시오. 항 대협."

그렇게 항량을 맞는 말투도 전과는 달랐다. 언제나 항씨 아우님이라고 부르며 친한 척 너스레부터 떨던 그였다. 그 변화에 항량이 자신도 모르게 긴장해 물었다.

"이렇게 일찍 무슨 일로 저를 부르셨습니까?"

그러자 은통은 지그시 눈을 감고 한동안 말이 없었다. 뜸을 들인다기보다는 희로를 짐작하기 어렵던 평소의 표정을 되살려 보려는 듯했다. 하지만 말하려는 것이 워낙 엄청나 그런지 끝내 상기된 기색을 지우지 못하고 입을 열었다.

"아우처럼 믿고 의지해 온 항 대협이니 둘러말할 것 없이 바로 털어놓겠소. 이제 강서(江西, 양자강 이북) 땅은 모두가 반란을 꾀하고 있는 바, 이는 하늘이 진나라를 멸망케 하려는 때가 온 것이라 보아 크게 틀리지 않을 것이오. 듣기로, 먼저 손을 쓰면 남을 제압할 수 있고[先發制人], 늦으면 남에게 제압을 당한다[後發制於人] 하였소. 이에 나도 더 늦기 전에 이 회계를 근거로 군사를 일으켜 저들과 함께 천하를 다투어 볼까 하오. 그때 대협과 환초(桓楚)를 장수로 앞세우고자 하는데, 대협의 뜻은 어떠시오?"

은통이 그렇게 바로 속을 털어놓자 항량은 잠시 당황했다.

'이 의뭉스러운 작자가 꼼짝 않고 부중에 들어앉아 있을 때부터 뭔가 심상찮은 일을 꾸미고 있다는 느낌은 들었다. 그러나 법을 으뜸으로 여기는 진나라 관리로서 그토록 엄청난 꿈을 꾸고 있으리라고는 짐작조차 하지 못했다. 그리고 보면 그렇게 엄밀하고 위압적이던 진 제국의 법망도 별것 아니었구나……'

하지만 오래 빠져 있을 감회는 못 되었다. 항량에게 당장 급한 것은 그와 같이 돌변한 형세에 적절하게 대응하는 일이었다. 다행히도 은통의 속셈을 뚜렷이 알게 되자 항량도 이내 그 대응을 결정할 수 있었다.

"감히 청할 수는 없었사오나 참으로 바라던 일입니다[不敢請固所願]. 공께서 불러 써 주신다면 기꺼이 앞장서 싸우겠습니다."

항량은 먼저 그렇게 말해 은통의 믿음을 산 다음 슬며시 덧붙였다.

"하오나 환초의 일이……."

"환초가 어찌되었다는 것인가?"

"환초가 오중에서 가장 뛰어난 장수감이기는 하나 얼마 전 죄를 짓고 택중(澤中, 대택 지방)으로 달아나 그가 있는 곳을 아는 사람이 없습니다. 오직 제 조카 적(籍)만이 알고 있을 뿐입니다."

"항적은 어떻게 환초가 있는 곳을 아는가?"

"환초의 수하 중에 용저(龍且)라는 호걸이 있는데 조카가 그와 매우 가깝습니다. 아마도 그 용저를 통해 환초가 있는 곳을 알게 된 듯합니다. 바라건대 그 아이를 불러 환초를 데려오라고 명하십시오."

그러자 은통이 의심쩍어하는 눈빛을 거두며 말했다.

"그렇다면 항적을 불러오라."

"그 아이도 저와 함께 여기 왔으나 대인의 부르심이 없어 밖에서 기다리고 있습니다. 제가 가서 데려오겠습니다."

항량이 그렇게 대답하고 객청을 나와 항우를 찾았다. 그새 항량이 있는 곳을 알아낸 항우는 객청 밖 멀지 않은 곳에서 기다리고 있었다. 항량이 그런 조카를 불러 은통에게로 데려가면서 짧게 말했다.

"드디어 때가 된 것 같다. 문 밖에서 기다리다가 부르거든 들어오너라. 내가 신호하면 바로 은통의 목을 베어 버려야 한다."

항우가 오래된 당부를 다시 한번 다짐받은 사람처럼 까닭 한번 물어보는 법 없이 고개를 끄덕였다. 객청으로 돌아간 항량은 항우를 문 밖에 세워 두고 먼저 안으로 들어가 은통에게 말했다.

"제 조카 항적을 찾아왔습니다. 불러 보시겠습니까?"

"들라 이르시오."

은통이 느긋한 목소리로 그렇게 일렀다. 이에 항량이 소리쳐 항우를 부르자 기다리고 있던 항우가 성큼성큼 객청 안으로 들어왔다.

한 치 앞을 내다보지 못한 은통은 항우의 잘생긴 얼굴과 우람한 체구에 반해 입이 헤벌어졌다. 제 딴에는 좋은 장수감을 하나 더 얻었다는 생각에서였을 것이다. 하지만 은통의 헤벌어진 입이 다물어지기도 전에 뜻밖의 일이 벌어졌다. 항량이 갑자기 항우를 돌아보며 나직하게 외쳤다.

"때가 되었다. 손을 써라[可行矣]!"

그 말에 칼을 뽑은 항우가 한 마리 사납고 날랜 범처럼 은통을 덮쳤다. 번쩍 칼 빛이 스치는가 싶더니 비명조차 제대로 질러 보지 못한 은통의 작달막한 몸이 목을 잃고 객청 바닥에 쓰러졌다. 은통은 '선수를 치면 남을 제압하고, 선수를 놓치면 남에게 제압당한다.'는 말의 실례를 자신의 죽음으로 잘 보여 준 셈이었다.

"인뚱이와 끈[印綬]은 어디 있느냐? 그 목을 간직하려거든 어서 가서 찾아오너라!"

항우가 은통을 죽이는 걸 보고 항량도 칼을 빼어 마침 그곳에 있던 늙은 주리(主吏, 공조리)의 목을 겨누며 소리쳤다. 반나마 얼이 빠진 늙은 주리가 벌벌 떨며 옆방으로 가서 긴 베 끈에 묶인 군수의 관인(官印)을 찾아와 바쳤다. 그걸 받아 허리에 찬 항량은 객청 바닥을 뒹구는 은통의 머리를 찾아 들고 소리 높이 외쳤다.

"놀라지 말라. 은통이 반역을 꾀하므로 우리가 죽였다."

은통이 자리를 은밀하게 한답시고 사람을 물리쳐 객청 안에는 늙은 주리를 비롯한 문관 두엇과 시중드는 노복 몇이 고작이었다. 아무도 항우와 항량에게 맞서 볼 엄두도 못 내고 그저 마룻바닥에 엎드려 목숨만 빌었다. 하지만 부근에 있던 무관이나 파수를 서던 군사들은 달랐다. 사마 하나가 변괴를 알고 관아를 지키던 군졸들을 끌어모아 객청으로 달려왔다.

"이놈들. 은통은 이미 죽었고, 회계군의 인수는 여기 내 손에 있다. 썩 물러나 명을 받들지 못하겠느냐?"

항량이 은통의 머리와 인수를 번갈아 흔들어 보이며 겁을 주었으나 그들은 객청 안의 문관들처럼 쉽게 무릎을 꿇으려 하지 않았다. 모을 수 있는 대로 사람을 모아 병장기를 꼬나들고 다가들었다. 항우가 그들을 노려보다가 훌쩍 몸을 날려 그들 속으로 뛰어들었다.

"네놈들은 아무래도 관을 보아야 사람이 죽은 줄을 알겠구나!"

그런 외침과 함께 허연 검기(劍氣)가 그들 가운데를 휩쓸고 지나가는가 싶더니 피와 살이 튀고 처절한 비명 소리가 뒤를 이었다. 숨 한번 길게 내쉬는 사이에 그 겁 없는 사마와 함께 객청 안으로 뛰어든 수십 명 군졸의 태반이 쓰러졌다.

운 좋게 항우와 맞닥뜨리지 않아 살아남은 군졸들은 놀라기보다는 두려움으로 넋이 빠졌다. 저마다 잡고 있던 창칼을 내팽개치고 열린 문으로 달아났다. 항우가 그들을 뒤쫓으며 벽력같은 고함을 내질렀다.

"이놈들, 어디로 달아나느냐? 어서 항복하지 못할까!"

그 소리에 놀란 군졸들 몇이 폭삭 고꾸라지듯 주저앉더니 그대로 마당에 넙죽 엎드렸다. 그러나 나머지는 그사이에 다시 패를 지어 몰려드는 저희 편을 보고 정신없이 달려가 그들 사이에 숨었다.

이래저래 관아 마당에 모인 현군(縣軍)이 어느새 백 명이 훨씬 넘게 되자 항량은 은근히 걱정이 되었다. 그러나 항우는 조금도 움츠러드는 기색이 없었다. 양 떼 속에 뛰어드는 호랑이처럼 그들 속으로 뛰어들어 무인지경 가듯 하며 베고 찔렀다.

다시 수십 명이 죽고 그보다 더 많은 군졸들이 다쳐 관아 마당을 즐비하게 덮었다. 기록에는 그날 항우가 쳐 죽인 군사만도 백 명에 가까웠다고 한다. 하지만 싸움은 그것으로 끝나지 않았다. 갑자기 새로운 함성과 함께 또 한 패의 군사들이 나타났다. 이번에 군사들을 이끌고 온 것은 바로 그 아침에 항량을 부르러 왔던 주(朱) 교위였다.

"주무, 네 감히 나를 대적하겠느냐?"

고막을 찢어 놓을 듯한 그 한 마디로 주 교위와 군졸들의 얼을 한꺼번에 빼 놓은 항우가 문득 주변을 휘둘러보았다. 무언가 단번에 그들 모두를 위압해 버릴 수 있는 길을 찾는 것 같았다. 마침 객청 축대 아래에는 세 발 달린 커다란 청동 솥[鼎]이 하나 놓여 있었다. 거의가 나무로 된 관아 건물을 화마로부터 지키려고 물을 담아 두는 것인데, 솥 무게만도 3백 근은 훨씬 넘어 보였다.

무슨 생각에선지 항우가 한 발을 들어 그 솥을 걷어찼다. 그 큰 솥이 빈 대접 쓰러지듯 핑그르르 돌며 쓰러지고 담겨 있던 물이 쏟아졌다. 항우가 들고 있던 장검을 땅에 꽂고 두 손으로 쓰러진 솥의 두 다리를 잡았다. 그러더니 장정 대여섯은 붙어야 겨우 움직일 수 있는 그 큰 솥을 어깨 위로 번쩍 들어 올리며 사나운 호랑이가 으르렁거리듯 외쳤다.

"이놈들! 이래도 항복하지 못하겠느냐?"

실로 무시무시한 힘이요 기세였다. 거기다가 하늘이 무너져 내리는 듯한 고함에 이어 불을 내뿜 듯하는 눈빛이 쏘아 오니 마음 약한 군졸들은 제 김에 놀라 창칼을 떨어뜨리며 마당에 폭삭폭삭 주저앉았다. 거기까지는 한 고을을 지키는 교위답게 군졸들을 모아 달려온 주무도 그와 같은 항우를 보고는 얼어붙은 듯 움직임을 멈추었다.

그때 항우를 뒤따라 객청에서 달려 나온 항량이 다시 은통의 목과 인수를 번갈아 쳐들어 보이며 달래는 투로 말했다.

"주 교위, 대세는 이미 정해졌소. 이제 더는 천명을 거슬러 애꿎은 목숨들을 상하게 하지 마시오."

그러자 주무도 퍼뜩 정신이 들었는지 빼 들었던 칼을 황급히 칼집에 꽂으며 소리쳤다.

"모두 창칼을 거두어라! 먼저 항 대협의 말씀부터 들어 보자."

그 말에 그때까지 창칼을 움켜잡고 버티던 군졸들까지도 모두 창칼을 눕히고 땅바닥에 엎드렸다. 항우가 그제야 쳐들고 있던 솥을 내려놓고 발 앞에 꽂아 두었던 장검을 뽑아 들었다. 숨결 한번 흐트러짐 없이 항량 옆에 가서 서는 것이, 그야말로 힘은 산이라도 뽑을 듯[力拔山]하고, 기세는 세상을 뒤덮는 듯[氣蓋世] 했다.

"여러분, 여기서 이럴 게 아니라 동헌으로 갑시다. 그리로 가서 우리 회계군의 앞일을 함께 의논합시다."

항량이 다시 목소리를 높여 외쳤다. 그사이 제법 시간이 흘러 객청 안팎에서의 소동이 관아 안에 널리 알려졌다. 소문을 듣고 달려온 군리(郡吏)들이 저마다 기둥 뒤에 숨어 일이 되어 가는 꼴을 지켜보다가, 항량의 그와 같은 외침에 하나둘 모습을 드러내어 동헌으로 몰려들었다. 그들 중에서도 세력 있는 몇몇은 그대로 항량의 사람이라 해도 좋을 만큼 진작부터 항량과 깊이 사귀어 온 이들이었다.

항우와 주무를 좌우에 거느리고 동헌으로 들어간 항량은 제편을 들어 줄 군리들이 대강 다 모였다 싶자 자리에서 일어나 말했다.

"숭어가 뛰니 망둥이도 따라 뛴다고, 은통은 제 욕심 하나만으로 망령되이 군사를 일으키려 하였소. 나와 환초를 장수로 세우고 우리 회계군을 밑천 삼아 천하를 다투려 했으나 그게 어디 될 법이나 한 일이겠소? 천하는 공기(公器)이니 사사로운 욕심으로 다툴 수 있는 게 아니오. 하물며 저 무도한 진나라가 한 줌의 군사들과 함께 우리를 쥐어짜러 보낸 군수 나부랭이에게 가당키나 하겠소? 자칫하면 우리 회계군은 여기저기서 몰려든 난군들의 싸움터가 되거나, 기운을 차린 진나라가 보낸 대군에게 쑥밭이 되고 말 것이오.

　이에 나는 여기 있는 조카 우(羽)와 더불어 은통을 죽이고 회계군의 인수를 거두었소. 하지만 진왕(陳王, 진승)이 일으킨 바람은 거세고, 영웅들은 곳곳에서 그 바람을 타고 구름처럼 일고 있소. 나무가 가만히 있으려 하나 바람이 멈추지 않으니 어찌하겠소? 머지않아 우리 회계군도 그 바람에 휩쓸릴 터, 무언가 이 땅을 지킬 방도를 찾지 않으면 안 되겠소. 모두 가슴을 터놓고 의논해 봅시다. 자, 이제 우리는 어찌했으면 좋겠소?”

　“대협께서 회계군을 맡으시어 이 땅과 우리를 지켜 주십시오!”

　누가 시킨 것도 아닌데 군리들이 입을 모아 말했다. 내심 기다리던 말이었으나 항량은 손을 저으며 사양했다.

　“그리되면 내가 은통을 죽인 게 또한 사사로운 욕심이 되고 말지 않겠소? 그리할 수는 없소이다. 달리 덕 있는 이를 뽑아 군수로 세우도록 하시오!”

　그러면서 인수까지 벗어 놓았다. 하지만 눈치 빠르기로 이름난 게 고을 구실아치[吏屬]와 아전바치[胥吏]들이라, 이미 대세가 어떻게 돌아가는지를 훤히들 꿰고 있었다. 거기다가 온몸에 피를 뒤집어쓴 항우가 불길이 뚝뚝 듣는 듯한 눈길로 노려보고 서 있으니 어떻게 감히 딴 사람을 내세울 수 있겠는가.

　“우리 오중에 항 대협 말고 누가 그같이 큰일을 치러 낼 수 있겠습니까? 이 땅과 백성들을 불쌍히 여기시어 부디 회계군을 맡아 주십시오.”

　군리들이 입을 모아 그렇게 간청하고, 항량이 풀어놓은 인수를 다시 갖다 바쳤다. 뜰에 있던 군졸들도 창 자루로 땅바닥을 두드려 그런 군리들에게 찬동한다는 뜻을 드러냈다. 그래도 항량은 몇 번이나 사양하다가 마지못한 듯 받아들이며 말했다.

"좋소. 제공(諸公)들이 이렇게 간곡히 바라시니 잠시 이 군수의 인수를 맡겠소. 하지만 무릇 일이란 반드시 대의와 명분이 앞서야 하오. 회계 같은 큰 고을을 주고받는 일은 더욱 그러하오. 나는 조상 대대로 섬겨 온 초나라를 되세우고, 원통하게 돌아가신 선친의 한을 씻는 것을 나의 가장 큰 소임이자 회계수(會稽守)를 맡는 구실로 삼겠소. 이는 공들에게도 내세워 부끄럽지 않을 대의명분이 되니 부디 힘을 아끼지 말고 거들어 주시오."

그러고는 풀어놓았던 인수를 도로 거두어들였다.

항우를 앞세운 한 줄기 질풍 같은 선공(先攻)으로 군아(郡衙)와 군리(郡吏)들을 장악하기는 했어도 그걸로 회계군의 군정(郡政)까지 모두 장악된 것은 아니었다. 군리들 중에는 겁이 나서 달아난 이도 있지만 항량 밑에 있기가 싫어 숨어 버린 경우도 있었다. 유협과 토호들도 모두가 항량을 따르는 것은 아니었다.

항량은 급하게 사람을 풀어 평소에 자신을 따르던 오중의 호걸들을 불러 모았다. 그들에게 각기 알맞은 벼슬을 주어 먼저 군아의 빈자리부터 채우고, 다시 그렇게 자리 잡아 가는 권력을 바탕으로 자기 밑에 들기를 마다하는 건달패거리나 지방 터줏대감들을 어르고 달랬다. 그리하여 군정을 장악하기 바쁘게 회계의 하현(下縣, 속현)들에도 자기 사람들을 내려 보내 관부를 거두어들이고 흔들리는 군민(軍民)들의 마음을 다독였다.

회계군은 진나라가 초나라를 멸망시키고 그 자리에 설치한 세 군 중의 하나로서, 치소가 있는 오현(오중) 이외에 곡아, 무석, 단도, 오정, 부춘, 산음 등 스물여섯 개 현에 22만 호, 백만여의 인구가 있었다. 항량이 보낸 사람들이 그 모든 현성과 향읍(鄕邑)을 장악하자 잠깐 동안에 강동에도 만만찮은 세력권이 하나 형성되었다.

항량은 초나라 부흥을 내세워 먼저 군사부터 모았다. 은통이 죽은 뒤 항복한 진나라 군사도 있고, 아우른 현군들도 있었으나 그들만으로는 부족했다. 좀 더 정예하고 믿을 만한 자신의 군대가 필요했다.

항량이 군사를 모은다는 소문이 나자 그를 믿고 그가 내세운 초나라 부흥의 대의에 호응하는 사람들이 회계군 곳곳에서 모여들었다. 스물여섯 군데 현에 백만 인구를 가진 군이라 그 수가 금세 몇 만 명이 되었다. 물론 그들 중에는 다만 갈 곳이 없어 밥이라도 얻어먹고자 따라나선 유민들도 적지 않았다.

항량은 모여든 이들 중에서 강동, 곧 옛 초나라 땅의 젊은이들만 8천 명을 골랐다. 그리고 항우를 부장(副將)으로 세운 뒤 그들을 거느리게 했다. 그 뒤 항우가 몰락할 때까지 그의 주력으로 충성을 다하는 이른바 '강동자제(江東子弟) 8천 명'이 바로 그들이었다.

장수로 쓸 인재들도 모여들었다. 여번군(餘樊君)이나 종리매(鍾離昧, 종리가 성이다.)같이 여기저기 떠돌다가 오중으로 흘러든 호걸도 있고, 주무와 여마동(呂馬童)처럼 이전부터 회계군에서 교위 노릇하던 이도 있었다. 큰형 항백이 살아남은 또 다른 조카 항장(項莊)을 데려와 각기 한 갈래 군사를 맡아 주었고, 숨어 있던 환초와 용저도 오래잖아 항량의 부름을 받아들였다.

'황금 1백 근을 얻는 것보다 계포의 허락 한마디[季布一諾]를 받는 것이 낫다.'라는 말이 생겼을 만큼 신의로 이름을 얻은 계포(季布)와 그의 외삼촌 정공(丁公, 정고)이 항씨의 깃발 아래 든 것도 그때였다. 둘 모두 끝내 항우를 저버린 꼴이 되지만, 어느 시기까지는 초나라의 손꼽을 만한 맹장들이었다.

항량은 그들에게 교위, 후(侯), 사마 같은 벼슬을 주고 능력에 맞게 군사를 맡겼다. 또 문서나 경리를 관장하는 관리나 곁에서 돕는 모사도 그동안 사귀었던 오중의 호걸들 중에서 뽑아다 썼는데, 사람과 자리가 한결같이 잘 맞았다. 그런데 오랫동안 항량을 따라다녔으나 끝내 한자리를 얻어걸리지 못한 사람이 있었다. 그가 어느 날 항량을 찾아와 불평했다.

"저는 사람을 끌어모으는 재주는 없지만, 모인 사람을 나누어 부리는 데는 요령을 얻었다 할 만합니다. 게다가 누구 못지않게 오래 공을 모셔 왔는데 어찌 써 주지 않으십니까?"

그러자 항량이 차갑게 받았다.

"그대는 작년 오씨가(吳氏家)의 장례식을 잊었는가? 그때 나는 그대의 자부(自負)와 사람들의 평판만 믿고 그대에게 접객(接客)과 출상(出喪)의 일을 맡겼다. 그러나 그대는 내가 딸려 준 적지 않은 사람들을 고단하게 부렸으되, 오는 손님도 제대로 접대하지 못했고 떠나는 망자(亡者)도 편안하게 모시지 못했다. 결코 사람을 잘 부릴 줄 아는 자의 처사가 아니었다. 내가 그대를 쓰지 않은 것은 바로 그 때문이다."

또 어떤 서생(書生)이 찾아와 따졌다.

"저는 셈이 밝고 이재에 능해 공께서 늘 칭찬해 주셨습니다. 그런데 이번에는 어찌하여 저를 외면하십니까?"

이번에는 항량이 꾸짖듯 받았다.

"나는 아직도 몇 해 전 굴씨가(屈氏家) 노마님이 돌아가셨을 때를 잊지 못하겠다. 그때 나는 그대를 믿고 물자의 출납을 맡겼는데 어떻게 되었는가? 그대의 기록에는 들어온 부의도 가지런하게 올라 있지 않았고 나간 비용도 밝게 드러나 있지 못했다. 게다가 출납이 형평까지 잃어 곤궁한 유족을 더욱 곤궁하게 만들었으니, 한 상사(喪事)의 출납도 제대로 감당하지 못하는 사람에게 무슨 일을 맡길 수 있겠는가? 그대가 셈이 밝고 이재에 능한 것은 내 알겠으나, 천하를 경영하는 일에도 그러할지는 내 모르겠다."

그러자 그 서생은 얼굴이 벌겋게 되어 돌아가고 곁에 있던 사람들은 탄복해 마지않았다. 항량이 사람을 쓰는 법이 그러하고, 대의가 우뚝해 모여드는 사람이 많으니 그 세력은 날로 커졌다. 그러나 죽은 은통에게서 배운 것인지 산악같이 버티고 앉아 세상을 관망만 할 뿐 가볍게 움직이려 하지 않았다.

패공 일어나다

사수군 서북쪽 끄트머리에 탕현(碭縣)이 있고, 탕현 동남에는 두 개의 큰 산이 남북으로 마주 보고 있었다. 북쪽에 있는 것이 망산(芒山)이요 남쪽에 있는 산이 탕산(碭山)인데, 두 산 모두 골짜기가 깊고 숲이 짙었다. 거기다가 서로 간 그리 멀리 떨어져 있지도 않아 어떤 때는 두 산을 아울러 망탕산(芒碭山)이라 부르기도 했다.

그 망산과 탕산 사이의 한 골짜기에 여러 달 전부터 한 떼의 사람들이 자리 잡고 숨어서 지냈다. 그 전해 시황제의 능묘 공사를 위해 인부들을 이끌고 여산(驪山)으로 가다가 도중에 인부들을 풀어 주고 달아난 사상 정장(亭長) 유계가 이끄는 패거리였다.

원래 유계는 끝내 떠나지 않은 인부 수십 명과 함께 풍읍에서 멀지 않은 늪지대로 숨어들었다. 그러나 '동남쪽에 천자의 기(氣)가 있다.'는 말로 그 지역의 불온한 기운을 경계하며 회계까지 순행(巡幸) 나온 시황제에게 겁을 먹었다. 거기다가 소하가 사람을 보내 더 깊숙이 숨기를 권해 와 보다 멀고 골짜기가 깊은 망산과 탕산 사이로 옮겼다.

그 뒤 날이 갈수록 유계를 따르는 무리가 늘어, 그 무렵에는 어느 새 백 명을 넘어서고 있었다. 먼저 그들 패거리의 머릿수를 늘린 것은 그 골짜기에 자리 잡고 있던 좀도둑 떼나 인근을 떠돌던 유민들이었다. 그들이 유계와 그가 거느린 무리의 결속을 무슨 큰 세력으로 여겨 저마다 의지해 오니 어찌할 수가 없었다.

하지만 유계네 패거리에서 가장 머릿수가 많은 것은 아무래도 소문을 듣고 찾아온 패현 사람들이었다. 이미 늪지대에 있을 때 달려와 한패가 된 노관 외에도 평소 유계를 우러르고 있던 그곳의 많은 호걸과 건달들이 망탕산으로 찾아들었다. 풍읍 인근에서 농사를 짓고 있던 기신(紀信)처럼 글을 배우고도 포의로 지내던 몇몇 불우한 서생이 유계 아래로 들어간 것도 그때였다.

"교룡의 정기를 받아 태어난 적제(赤帝)의 아들이 마침내 백제(白帝)의 아들을 베고 몸을 일으켰다."

그들이 유계에게 끌린 까닭을 그 시대의 신화적인 수사로 꾸미면 그쯤 될 것이고, 요즘 말로 하면 이런 말이 될 것이다.

"우리 속에서 자라 오던 이 비상한 인물이 드디어 낡은 세계의 사슬을 끊고 새로운 세계를 열기 위해 일어섰다."

패현의 젊은이들에게 그런 믿음을 주기 위해서는 누군가 패현에 남아 끊임없이 상징을 조작하고 유계의 신화를 퍼뜨려야 했다. 실제가 그랬다. 패현성 안에서는 소하와 조참이 유계의 장인 여공과 함께 그 일을 하고 있었고, 풍읍 중양리에서는 늙은 태공이 그 일을 맡아 했다.

그런데 그 무렵 들어서는 유계의 아내 여치(呂雉)도 그 일에 한몫을 단단히 했다. 그 한 예가 유계가 있는 곳에 떠돌았다는 '구름 기운[雲氣]' 이야기다.

유계가 망산과 탕산 사이에 숨어 있을 때 찾아온 패현 사람들 중에는 아내 여씨도 있었다. 그러나 그녀에게는 아직 어린 아들 영(盈, 뒷날의 효혜제)과 딸아이 노원(魯元, 뒷날의 노원공주)가 본가에 남아 있어 유계 곁에 오래 머물지 못하고 며칠 묵은 뒤에는 중양리로 돌아가지 않을 수 없었다. 그러다 보니 패현 쪽에서는 유계가 숨은 곳을 아는 유일한 사람이 되어 다음에 그를 찾아오는 사람은 그녀의 안내를 받아야만 했다.

하지만 유계가 망산과 탕산 사이의 골짜기에 숨었다 해도 한곳에 붙박혀 있었던 것은 아니었다. 유계와 그를 따르는 무리가 모두 진나라의 법을 어긴 죄인인 데다, 나중에 몰려든 사람들도 대개는 이런저런 죄로 쫓기는 사람들이었다. 언제 있을지 모르는 관부의 추적을 피하기 위해 이리저리 옮겨 다니지 않을 수 없었다.

따라서 여씨가 사람들을 안내해 다시 돌아왔을 때 유계네 패거리는 멀리 떨어진 다른 골짜기에 숨어 있을 때가 많았다. 게다가 망산과 탕산 사이의 골짜기는 한둘이 아니었고, 대개는 나라의 법을 어긴 사람들이 숨어들 만큼 골이 깊고 숲이 짙었다. 그런데도 여씨는 용케 유계가 숨은 곳을 알아보고 사람들을 그리로 이끌었다.

"내가 여기 있는 걸 어떻게 알았소?"

아내의 그 별난 재간을 기이하게 여긴 유계가 어느 날 그렇게 물었다. 그러자 여씨가 곁에 있는 사람들이 다 들을 만큼 큰 소리로 말했다.

"그거야 쉽지요. 당신이 계시는 골짜기 위에는 언제나 밝고 환한 구름 같은 기운이 어려 있어 그것만 따라가면 언제나 당신을 찾을 수가 있어요."

마치 물어 주기를 기다리고 있었던 사람 같았다.

아마도 실제 그녀를 이끈 것은 그녀 특유의 직관이나 남편의 습성을 근거로 한 추리였을 것이다. 하지만 뒷날 그녀가 보여 준 놀라운 정치적 감각은 아마도 그때 이미 작동하고 있었던 것 같다. 희미하게나마 시대가 남편에게 떠맡긴 역할을 알아본 그녀는 자신의 직관이나 추리를 그런 남편에게 유리하게 윤색한 것임에 틀림없었다.

그 말을 들은 그곳 사람들이 놀라 머리 위를 쳐다보았으나 그들 눈에는 아무것도 보이지 않았다. 하지만 이미 유계에게 삶을 의지하기로 마음먹은 그들은 그 말이 참이기를 간절히 빌었고, 그러다 보니 어떤 때는 자신들도 그걸 본 듯한 느낌이 들었다. 소문이란 종종 확신이 없을 때 더욱 과장되는 법, 그리하여 그 소문을 전해 들은 패현의 젊은이들은 한층 더 유계를 우러르고 따르고자 하였다.

유계는 나중에 천자가 된 뒤 방(邦)이란 이름을 지어 썼다고 하나, 실은 그 이름이 쓰이게 된 것도 그 무렵이었다. 옛날 진납국(眞臘國)에서는 형과 누이를 모두 방(邦)이라 했고, 그 무렵에도 방은 형(兄)을 뜻하는 그 지역의 사투리였다. 따라서 새로 유계 밑에 들게 된 그곳 사람들이 그를 친근하게 여기면서도 높이는 뜻으로 '유방(劉邦)'이라 불렀는데, 뜻은 '유씨 형님[劉兄哥]'과 다르지 않았다. 그런데 나머지 사람들도 그 호칭을 따라 불러 끝내는 그게 유계의 이름처럼 되어 버렸다고 한다.

그 유방에게 사람이 많이 모여든다는 것은 세력이 불어난다는 뜻이기도 하지만 반드시 좋아할 일만은 아니었다. 오히려 사람이 늘수록 걱정거리도 늘어 갔다. 그중에서도 무엇보다 큰 걱정거리는 그 많은 입을 먹여 살릴 식량이었다.

머릿수가 수십 명일 때만 해도 소하가 패현에서 몰래 거두어 보내는 것과 유방을 찾아오는 젊은이들이 얼마간씩 지고 온 것들로 그럭저럭 견딜 만했다. 하지만 백 명이 넘어서면서 사정은 달라졌다. 산열매와 나무껍질, 풀뿌리로 곡식을 대신하고 사냥과 고기잡이로 먹을 것을 보태도 그들 사이에는 주린 기색이 점차 번져 갔다.

그럴 때 손쉬운 해결은 지나는 길손을 털거나 가까운 마을을 노략질하는 것이었다. 하지만 그때는 피해를 입은 군현의 모진 토벌을 불러들일 위험이 있었다. 거기다가 유방에게는 무엇인지 모르지만, 그렇게 세상을 막보아서는 안 될 것 같다는 느낌이 있어 몇 달째 굶주리면서도 아직 도적질로 나서지는 않고 있었다.

유방이 이끈 무리가 점점 궁색하고 고단해져 갈 무렵이었다. 패현에서 찾아온 젊은이 하나가 놀라운 소문을 전해 주었다. 그해 7월에 진승과 오광이란 농군이 수졸 9백과 더불어 들고일어나 곳곳에서 진나라 군사를 무찌르고 '장초(張楚)'라는 나라를 세웠다는 내용이었다.

그때까지도 느긋하게 지내던 유방이었으나 그 소문을 듣자 문득 낯빛이 변했다. 이어 그답지 않게 놀라움과 근심이 묘하게 얽힌 표정으로 노관을 찾았다. 노관이 불려 오자 유방이 가라앉은 목소리로 물었다

"관(綰)아, 너도 들었느냐? 진나라의 천하가 뒤집히고 있다는 소문 말이다. 진승과 오광이란 자의 얘기……."

"실은 나도 그 소문을 듣고 놀라고 있는 중이다."

그렇게 대답하는 노관의 얼굴에는 그저 신기해하고 재미있어하는 표정뿐이었다. 유방이 한층 어두운 얼굴로 물었다.

"혹시…… 우리가 여기서 1년이 넘도록 세월을 헛되이 축내고 있었던 것은 아니냐?"

"세월만 헛되이 축내다니?"

그제야 유방의 표정이 심상찮음을 느꼈는지 노관이 어렸을 적부터의 버릇대로 눈을 깜박이며 물었다. 긴장하고 있다는 뜻이었다. 어렸을 적부터의 친구라 하지만 그때 이미 노관은 유방을 주인처럼 섬기고 있었다.

"사람들이 말하는…… 그 '때'를 놓쳐 버린 게 아닐까? 먼저 시작하는 유리함을…… 잃어버린 게 아닐까?"

전에 없이 신중하고 진지해진 유방이 그렇게 더듬거리자 노관은 이내 그의 속마음을 모두 읽어 냈다.

"아니, 그렇지는 않은 것 같다. 그때는 아직 '때'가 아니었어. 아직 시황제가 살아 있었고, 진나라의 군사들도 그때까지는 흔들림이 없었지. 더구나 너를 따르는 무리도 겨우 스무남은 명이었어. 그때 일어났다면 반드시 끔찍한 꼴을 당했을 거야."

"때라는 것이 머릿수나 군사가 날래고 씩씩함에만 의지하지는 않을 것이다. 민심이……."

"그래도 그래. 진승과 오광은 그때부터 1년이나 지난 뒤에 일어났지만 아직도 제대로 때를 타고 있는지는 몰라. 저들이야말로 너무 일찍 일어난 것이 아닐지. 거창하게 들리는 저들의 '장초(張楚)'라는 나라도 실은 노름판에서의 초장 끗발 같은 것, 아니 거사 초기의 반짝하는 기세일 수도……."

"그럴까……?"

평소의 태평스러운 성격대로 그렇게 물러서기는 했지만 그날 유방의 어두운 얼굴은 종내 밝아지지 않았다. 그러더니 다음 날 다시 노관을 불러 불쑥 말했다.

"아무래도 네가 패현을 한번 다녀와야겠다."

"거긴 왜?"

노관이 영문을 몰라 머뭇거리며 되물었다.

"소하에게 물어봐야겠다. 그러면 우리가 이제 무얼 해야 되는

지 알겠지. 네가 가서 한번 물어보아라."

하지만 그때 소하는 패현에 없었다. 진나라의 어사(御使, 군수(郡守)를 감독하는 관리. 뒤에 자사(刺史)가 된다.) 한 사람이 사수군을 감독하러 왔다가 패현에 들렀는데, 소하의 빈틈없는 일솜씨에 반해 버렸다. 이에 그 어사는 소하를 사수군으로 불러들여 졸사(卒史, 군의 중급 관직) 자리에 앉혔다. 노관이 그 일을 상기시켰다.

"소하는 패현에 없을 텐데. 듣기로 소하를 군으로 데려간 그 어사는 진나라 조정에까지 글을 올려 소하를 추천했다고 하더군. 어쩌면 지금쯤 소하는 멀리 함양에서 진나라의 높은 벼슬아치가 되어 거드럭대고 있을지도 몰라."

"그럴 리가 없어. 소하는 지금쯤 틀림없이 패현에 돌아와 있을 거다."

유방이 무엇을 믿는지 그렇게 잘라 말하고는 노관에게 길 떠나기만을 재촉했다.

개백정 번쾌가 처형이 되는 여치와 함께 부른 듯 유방 앞에 나타난 것은 노관이 마지못해 길 떠날 채비를 하고 있을 때였다.

"무슨 일로 여기까지 왔느냐?"

노관을 몰아댈 때와는 달리 유방이 다시 평소의 느긋한 표정을 되찾아 번쾌에게 물었다. 번쾌가 약간 들뜬 목소리로 말했다.

"형님, 드디어 기다리던 때가 왔습니다. 어서 패현으로 돌아가십시다!"

"그게 무슨 소리냐?"

"현령이 찾고 있습니다. 어서 가셔서 패현을 취하십시오!"

"현령이 날 부른다는데, 가서 패현을 차지하라니? 도통 알 수가 없구나. 차근차근 말해 보아라."

"진승과 오광이 진나라에 맞서 들고일어난 뒤로 지금 천하는 악머구리 끓듯 하고 있습니다. 백성들이 군수나 현령을 죽이고 진승과 오광 밑으로 달려가는가 하면, 어제까지 진나라 관리였던 자들이 오늘은 옛적 제후들처럼 제 땅과 백성들을 업고 진나라에 맞서기도 합니다. 우리 패현 현령이 형님을 부르는 것도 제 딴에는 따로 무슨 꿍꿍이속이 있어서일 겁니다. 하지만 형님께서는 오히려 이 틈을 타 그자를 없애고 패공(沛公, 패현의 현령이란 뜻. 진나라 때는 현령을 공(公)이라 했다.)이 되시어 품고 계신 큰 뜻을 펼쳐 보도록 하십시오."

평소에는 말이 없지만 한번 말문이 열리면 제법 열변을 토할 줄도 아는 번쾌였다. 무엇에 내몰리는 사람처럼 그렇게 거침없이 엄청난 소리를 내뱉었다. 그러나 유방은 별로 놀란 기색 없이 다시 물었다.

"소하가 그러더냐?"

"예. 바로 보셨습니다. 소 주리(主吏)께서도 그렇게 말씀하셨습니다."

그때는 노관도 번쾌가 왔다는 소리를 듣고 그 자리에 와 함께 있었다. 영 알 수 없다는 얼굴로 번쾌에게 물었다.

"그럼 소하가 패현에 돌아와 있다는 말이냐?"

"예. 벌써 지난달에 돌아오셨습니다. 다시 현에서 공조 일을 맡고 계십니다."

"그것 참 알 수 없는 일이로구나. 어사가 추천해 높은 벼슬아
치로 함양의 진나라 조정에 든다더니 그건 어찌 되었느냐?"

노관이 그렇게 묻자 유방이 빙긋이 웃으며 번쾌를 대신해 대
답했다.

"한낱 어사가 추천했다 한들 썩어빠진 진나라 조정이 소하를
얼마나 높이 써 주겠느냐? 또 높이 써 준다 한들 누가 다 망해 가
는 나라의 녹을 먹다가 목 없는 귀신이 되려 하겠느냐?"

"소하가 돌아온 걸 벌써 알고 있었구나. 누가 전해 주었나? 누
구에게 들었나?"

노관이 이상하다는 듯 유방에게 물었다. 유방이 다시 빙긋 웃
었다.

"누구에게 들어서가 아니다. 소하의 안목을 알기에 하는 소리
다."

그러고는 이내 웃음기를 거두며 번쾌에게로 고개를 돌렸다.

"현령의 꿍꿍이속이란 어떤 것이냐? 네가 아는 대로 소상히 말
해 보아라."

"다른 큰 고을의 관장(官長)들처럼 제 힘만으로 자립할 처지가
못 되는 패현 현령은 머리를 쓴답시고 스스로 백성들을 이끌고
진승을 찾아가 그 세력에 빌붙어 보려 했습니다. 하지만 고을 사
람들이 따라 주지 않을까 봐 걱정이 되어 속으로만 꿍꿍 앓고 있
었지요. 그걸 눈치 챈 소 공조와 조 옥연(獄掾, 옥리)이 현령에게
가만히 일러 주었지요……."

"소하와 조참이 뭐라고 하였느냐?"

"먼저 현령에게 겁부터 주었다고 합니다. 곧 진나라의 관리로서 고을 젊은이들을 거느리고 진나라에 반역을 꾀하면 틀림없이 고을 젊은이들은 현령의 뜻을 따라 주지 않아 위태로울 것이라고요. 그런 다음에, 죄를 짓고 도망쳐 숨어 사는 우리 고을 사람들을 불러들이면 수백 명이 될 것인데, 그들로 하여금 고을 젊은이들을 이끌게 하면 될 것이라고 달랬습니다."

"패현에서 죄를 짓고 도망쳐 숨은 이가 나만은 아닐 터, 그런데 현령은 어찌하여 유독 나를 불렀느냐?"

"말할 것도 없이, 소 공조와 조 옥연이 은근히 부추긴 까닭이지요. 현령은 형님이 우리 고을을 떠나 있는 이들 중에서 가장 미덥고 어질며, 따르는 젊은이도 많다고 믿어 저를 보낸 겁니다."

거기까지 듣자 유방도 일의 앞뒤를 훤히 알 수 있을 것 같았다. 그리고 그게 어쩌면 자신에게 다가온 때일지도 모른다는 직감에 지체 없이 무리를 모으게 했다.

"잘 들어라. 우리는 이제 패현으로 간다. 그곳이 고향인 사람들도 있고 타향인 사람들도 있을 것이나, 우리가 그곳으로 가는 목적은 같다. 가깝게는 부모 형제를 진나라의 폭정에서 구해 주는 것이요, 멀게는 방금 일고 있는 천하 대풍운의 기세를 타려 함이다.

나와 함께 가기를 원치 않는 자는 여기 남아도 좋다. 혹은 함께 산을 내려가다가도 도중에 다른 길을 잡아 떠나도 좋다. 하지만 나와 함께하려는 이는 모두 병장기부터 먼저 갖추도록 하라.

쇠붙이가 없으면 나무를 깎아 몽둥이를 만들고, 푸른 대를 쪄서라도 활과 화살을 갖추도록 하라!"

유방의 그와 같은 말에 고요하던 골짜기가 한동안 수런거렸다. 하지만 누구도 유방을 떠나 제 갈 길을 가는 이는 없었다. 오래잖아 저마다 무기로 쓸 만한 것들을 마련해 다시 모여들었다. 제대로 된 창칼은 얼마 되지 않아도, 백 명이 넘는 젊은이들이 하나같이 무언가 사람을 해칠 수 있는 도구를 매거나 든 채 줄지어 서니 그런 대로 기세가 일었다.

골짜기를 떠날 때쯤 하여 유방이 다시 한번 그들을 모아 놓고 당부했다.

"너희들은 도탄에 빠진 만민을 구하고자 진나라에 맞서 일어난 의군이다. 다시 한번 서로를 살펴 용모를 바루고 언행을 가다듬으라. 그리고 형편이 닿는 대로 기치와 의장(儀仗)도 갖추도록 하라."

유방의 사람 부리는 솜씨는 그 무렵의 어떤 봉기군(蜂起軍) 우두머리보다 뛰어난 데가 있었다. 있는 듯 만 듯 멀찌감치 서서 각자가 가진 바 재주를 마음껏 펼치도록 지켜보다가, 위아래를 뒤집으려 들거나 단결과 화목을 깨는 따위, 꼭 필요할 때가 되어서야 나서는 방식이 그랬다. 손발의 움직임 하나하나까지 법령으로 간섭해 온 진나라의 통치에 시달려 온 그들은 조금도 억눌리거나 부림을 당한다는 느낌 없이 유방의 명을 따랐다.

사람들은 유방의 그와 같은 용인술을 흔히 도가적이라고 풀이

한다. 실제로도 그의 막료들 중 장량과 소하, 조참, 진평 등 중요한 몇몇은 분명히 도가의 원리를 처세와 치란(治亂)에 적용하였다. 그러나 유방이 의식적으로 도가적 원리를 채택한 것 같지는 않다. 훨씬 뒷날의 얘기지만, 그의 무자비한 공신억멸책(功臣抑滅策)으로 미루어 보면 그의 용인술은 어떤 사상적 원리보다는 본능적인 정치 감각을 소박하게 공식화한 것에 가까워 보인다.

유방이 이끌고 있는 패거리도 특별히 조직되거나 훈련받은 이들이 아니었다. 그동안 함께 지내 오면서 골짜기가 난장판이 되는 것이나 겨우 면할 만큼 위아래를 정하고 규율을 세운 도망자의 무리에 지나지 않았다. 거기다가 대개가 유방과 한 고향에서 나고 자란 이들이라 냉정한 제도적 조직의 엄격한 위계질서와는 많이 달랐다. 아무리 차림을 가다듬고 기치를 높이 쳐들어도 골라 뽑아 단련한 정예군의 위의(威儀)는 나오지 않았다.

따라서 유방과 그를 따르는 무리는 패현에 이르는 동안 어디서도 제대로 된 의군으로서의 대우를 받지 못했다. 진승과 오광의 군대처럼 섞여 뒤따르면 무슨 수가 날 성싶을 만큼 기세가 엄청나지도 않았고, 우두머리가 옛 왕족이나 명문의 후예이며 대의가 그 땅과 긴밀하게 결합되어 있는 것이어서 따라나서고 싶은 것도 아니기 때문이었다. 기껏 백성들이 표현한 호의랬자 진나라 군사들의 행군과 마주쳤을 때처럼 숨거나 피하지 않았다는 게 고작이었다.

하지만 하루 낮을 걸어 풍읍 가까운 곳에서 묵고 점점 패현으로 다가가면서 유방이 이끄는 무리는 차츰 달라졌다. 그사이 소문을 듣고 달려온 옛날 패현 저잣거리 패거리들이 그 무리에 들어 유방을 떠받듦으로써 오직 유방만을 우두머리로 삼는 군사 집단의 성격을 뚜렷이 했다.

하기야 그 전에도 그들 무리에 노관이나 기신 같은 유방의 심복이 없었던 것은 아니었다. 거기다가 골짜기를 떠날 때는 번쾌까지 더해졌으나, 모두가 나중에 끼어든 데다 머릿수도 많지 않아 나머지 사람들을 손아귀에 넣고 부릴 정도는 못 되었다. 그런데 풍읍 부근에서 패현으로 떠날 무렵 하여 염(殮)장이 주발이 힘깨나 쓰는 패현 건달들을 모아 달려오고, 다시 조무상(曹無傷)이 또 다른 저잣거리 주먹패를 이끌고 와서 무리에 끼어들면서 그들 무리는 이제 유방의 사사로운 군사[私兵]처럼 되었다.

그들이 패현에 이른 것은 다음 날 정오 무렵이었다. 패현 경내로 접어들 때까지만 해도 유방은 현령이 목을 빼고 기다린다는 번쾌의 말만 믿고 속으로 우쭐해하면서도 약간 들떠 있었다. 그런데 패현 성곽이 보이는 곳에 이르렀을 때 뜻밖의 일이 벌어졌다.

홀연 성 쪽에서 한 줄기 흙먼지 바람을 뒤에 달고 두 사람이 꽁지에 불이라도 붙은 듯 앞서거니 뒤서거니 말을 달려오고 있었다. 두 기뿐이라도 칼을 차고 있어 긴장하여 살피는데, 달려와 말에서 뛰어내리는 사람은 바로 소하와 조참이었다. 온몸이 땀에 젖어 있는 게 몹시 급하게 달려온 듯했다.

"아니, 우리 공조 나리와 옥연 나리께서 갑자기 무슨 일이시오?"

유방은 그런 그들의 모습이 심상찮게 느껴졌지만 짐짓 느물거리듯 물었다. 먼저 숨결을 고른 소하가 또한 지지 않겠다는 듯 차분하게 말했다.

"유 형. 잠시 행군을 멈추셔야 되겠소. 성안 사정이 달라졌소."

"왜, 무슨 일이오? 성이라도 무너졌소?"

유방은 그래도 웃음기를 거두지 않고 그렇게 되물었다. 함께 온 조참이 참지 못하고 거칠게 받았다.

"우리는 겨우 목숨을 건져 성을 빠져나왔는데 유 형께서는 웃고 계시군요. 너무 태평이십니다그려."

"아니, 그게 무슨 소린가? 누가 감히 그대들을 해치려 했단 말인가?"

유방이 그제야 정색을 하며 물었다. 이번에는 소하가 나서서 유방의 말을 받았다.

"유 형께서 수백의 무리와 함께 오고 있다는 소문을 듣자 현령의 마음이 달라진 것 같습니다. 우리가 유 형과 힘을 합쳐 모반을 일으킬까 봐 걱정된 것이겠지요. 현령은 갑자기 성문을 걸어 잠그고 현군을 풀어 성을 굳게 지키도록 했습니다. 그리고 우리를 찾는데, 먼저 우리를 죽여 안에서 호응하는 것을 막으려 함이었습니다. 우리를 데리러 온 군리(軍吏, 군교)의 기세가 심상치 않아 뇌물을 듬뿍 집어 주고 물었더니 그렇게 털어놓더군요. 그래서 이렇게 도망쳐 오는 길입니다."

"하후영은 어찌 되었소?"

유방이 문득 걱정스러운 얼굴로 물었다. 오래전 유방이 잘못하

여 칼로 그를 다치게 하였을 때, 모진 매를 맞고 옥에 갇히면서
도 그 사실을 밝히지 않아 유방을 구해 준 적이 있는 하후영이었
다. 그 뒤 다시 현에서 사어(司御)로 일하고 있었지만, 그가 유방
에게 가슴이나 배[心腹] 같은 사람이라는 것은 패현 사람이라면
모두 알았다.

"지금은 현령리(縣令吏, 현령의 부관격)가 되어 현령과 가까이 지
내고 있습니다만 자못 걱정됩니다. 기별은 보냈는데 탈 없이 빠
져나올 수 있을는지……."

조참이 어두운 얼굴로 그렇게 받았다. 소하도 자기들만 빠져나
온 게 적잖이 마음에 걸리는 듯 표정이 밝지 못했다. 그런데 그
때 함께 있던 노관이 문득 한쪽을 가리키며 물었다.

"저건 또 뭐지? 수레 같은데……."

그 말에 모두가 함께 바라보니 방금 소하와 조참이 달려온 그
길로 다시 부옇게 먼지가 일며 수레 한 대가 달려오고 있었다.
두 마리의 말이 끌고 덮개가 있는 게 꽤 높은 벼슬아치의 수레
같았다.

"저건 현령이 공무로 고을을 돌아볼 때 쓰는 수레가 아닌
가……."

소하가 그 수레를 알아보고 중얼거렸다. 조참도 고개를 끄덕여
같은 뜻을 나타냈다.

"현령의 수레라고? 그럼 사람들에게 싸울 태세를 갖추게 해야
지."

노관이 그러면서 멀지 않은 곳에 서 있던 장정들을 불러 모았

다. 그때 유방이 나직한 목소리로 말렸다.

"그럴 필요는 없을 것 같군. 수레 앞뒤에 따르는 인마가 없지 않은가? 저 수레 가득 군사가 타고 있다고 해도 그리 걱정할 일이 아니네. 현령이 보낸 사자거나 아니면……."

"아니면, 뭐야?"

노관이 눈을 깜박이며 유방을 쳐다보았다. 유방이 수레에서 눈을 떼지 않은 채 천천히 말했다.

"하후영이 오고 있는지도……."

"뭐! 하후영이?"

"우리 패현에서 하후영 말고 누가 저렇게 빨리 저 수레를 몰 수 있는가? 다 알다시피 하후영은 현리 노릇을 마구간에서 시작하였고, 얼마 전까지만 해도 사어로서 바로 저 수레를 몰지 않았나?"

그러자 유방 못지않게 하후영을 걱정하던 노관이 고개를 기웃거리며 중얼거렸다.

"제발 그랬으면 얼마나 좋겠나……."

그사이에도 수레는 한 줄기 바람처럼 먼지를 일으키며 다가들더니 갑자기 그들 앞에 멈춰 섰다. 이어 부옇게 먼지를 덮어쓴 사람이 어자(御者) 자리에서 뛰어내렸는데, 중키에 호리호리한 몸매가 다름 아닌 하후영이었다.

"영아, 정말 네가 왔구나. 걱정했다."

유방이 하후영의 손을 잡으며 반기고, 소하와 조참도 한마디씩 보탰다.

"벌써 기별이 갔던가?"

"성문 빠져나오기는 어렵지 않았어?"

"한가롭게 기별이나 기다리고 있을 틈이 어디 있겠습니까? 두 분께서 성을 빠져나갔다는 소리를 듣기 바쁘게 이 수레를 끌고 뒤따랐지만 벌써 성문이 굳게 닫혀 있더군요. 나는 현령의 명을 받고 두 분을 뒤쫓는 중이라고 둘러대었지요. 거기다가 내가 이 수레를 몰고 나서서 그런지 성문을 지키던 교위가 어렵잖게 속아 주더군요."

하후영이 그러면서 씩 웃었다. 아무리 다급한 지경에 빠져도 흔들림이 없는 그의 일면을 잘 드러내는 웃음이었다. 하지만 무언가 갑자기 떠올린 게 있다는 듯 덧붙였다.

"그건 그렇고 풍읍 중양리에도 빨리 사람을 보내야 합니다. 현령은 우리가 모두 달아난 걸 알면 반드시 군사를 그리로 보내 태공과 그곳에 남아 있는 가솔들을 인질로 잡으려 할 것입니다."

"그거라면 걱정하지 말게. 우리가 떠나기 전에 여공(呂公)께 일러 양가 모두 멀리 피신하시게 해 두었다네."

소하가 차분하게 받았다. 그때 유방이 다시 그들을 일깨우듯 말했다.

"자, 하후영까지 왔으니 성안에서 빠져나와야 할 사람은 대강 빠져나온 듯하오. 이제 사람들을 모아 패현을 차지할 궁리나 해 보는 게 어떻소? 번쾌와 주발을 불러오고 임오와 기신도 이리 오라고 하시오. 여럿이 머리를 맞대고 꾀를 모으면 힘들이지 않고 성을 뺏을 수도 있을 것이오."

이에 유방의 무리는 그곳에 잠시 군사를 머무르게 하고 군막 한곳에 몰려 앉아 꾀를 짜내기 시작했다. 힘이 남다르고 무예가 뛰어난 번쾌와 강한 활을 잘 쏘는 주발뿐만 아니라 조참이나 기신까지도 모두 무장에 가까워 도필리인 소하를 빼고는 한결같이 힘으로 성을 우려뺄 궁리만 했다. 하지만 유방은 그들과 생각이 달랐다.

"싸움이 꼭 피를 흘리고 적을 죽여야만 이기는 건 아니지. 참으로 이기는 것은 나와 남이 아울러 상하지 않고 뜻하는 바를 이루는 것이야. 게다가 우리 군사는 훈련도 안 되고 병장기도 제대로 갖추지 못했어. 어떻게 싸우지 않고 패현을 손에 넣어 그곳을 근거 삼아 우리 힘을 키우는 수는 없을까?"

유방이 그렇게 묻자 싸움에 별로 자신이 없어 겉돌던 소하가 얼른 받았다.

"싸우기 전에 한번 꾀해 볼 만한 일이 있소. 비록 몇 백의 현군을 거느리고 있다고 하나 현령에게는 이곳이 타향이외다. 수천의 백성들이 성안에 있고, 또 그들은 우리의 부모 형제가 되니 어찌 두렵지 않겠소? 현령에게 사람을 보내 한번 달래 보도록 합시다. 싸움은 그 뒤라도 늦지 않소."

"그리 쉽게 항복할 현령이 왜 성문을 닫아걸고 두 분을 죽이려고까지 했겠습니까?"

노관과 조참이 먼저 그렇게 못마땅한 기분을 나타냈고, 다시 번쾌와 주발이 거들었다.

"이미 시작된 싸움인데 이제 와서 무얼 망설인단 말이오? 오늘

밤 불시에 들이쳐 현령 놈에게 정신 차릴 겨를을 주지 말고 패현을 둘러엎어 버립시다."

유방이 무겁게 고개를 가로저으며 천천히 말했다.

"아니, 소 형의 말이 옳아. 먼저 달래 보고 그래도 안 되면 그때 싸우지, 뭐."

그러고는 하후영을 돌아보았다.

"아무래도 네가 한 번 더 성안을 다녀와야겠다. 너는 근래 현령리로서 현령과 가깝게 지냈으니 그래도 네 말이라면 현령이 들어 보려고 하지 않겠느냐?"

하후영의 얼굴이 잠깐 흐려지는 듯하더니 이내 평상을 회복했다.

"한번 가 보지요. 그런데 현령을 만나 무어라고 하면 되겠습니까?"

"가서 말하거라. 이 유 아무개에게는 고향 땅과 부모 형제를 지키려는 것뿐 딴 뜻은 없노라고. 만약 우리를 받아들여 함께 힘을 합친다면 이 패현 군민의 다행일 뿐만 아니라, 현령께서도 벼슬과 몸을 아울러 보존하는 길이 되리라고. 현령은 이 유 아무개가 반드시 지켜 주리라고."

그러고는 사자의 표식으로 삼을 흰 깃발 하나를 내주며 수레와 함께 성안으로 돌려보냈다.

"위태롭습니다. 겨우 죽을 곳을 빠져나온 사람을 다시 돌려보내다니요."

"근래 현령과 가깝게 지냈다지만, 그래서 자신을 버리고 달아난 하후영이 더욱 미울 수도 있지 않나?"

조참이나 노관이 그렇게 걱정했지만 유방은 무엇을 믿는지 별로 걱정하는 기색이 없었다.

"아무리 싸움터라도 사자는 함부로 죽이는 법이 아니다. 거기다가 현령 제 놈도 답답하기는 마찬가지니, 뭔가 내게 할 말이 있을 거다. 제 말을 내게 전하기 위해서도 하후영을 죽이지는 않을 것이다."

그러면서 느긋하게 기다렸다.

성안으로 들어간 하후영은 한 시진도 안 돼 되돌아왔다. 수레는 뺏기고 비루먹은 군마 한 마리를 빌어 탄 채 돌아왔지만 몸이 상한 것 같지는 않았다.

"성안으로 돌아가니 현령이 대뜸 나를 묶게 하고 목을 베겠다며 엄포를 놓더군요. 그러면서 은근히 우리 군세를 묻기에 한껏 부풀리어 말해 주었더니 비로소 묶은 것을 풀게 하며 온 까닭을 물었습니다. 그래서 형님께서 하신 말씀을 그대로 전해 드렸습니다. 현령은 겉으로는 벌컥 성을 내는 척했지만, 속으로는 무언가 깊이 헤아리고 있는 듯했습니다. 한참이나 말이 없다가 형님께 전하라고 하더군요. 모두 병장기를 놓고 하나씩 성안으로 들어와 현군(縣軍)에 든다면 받아들이겠지만 그렇지 않으면 역도로 처벌하겠다고. 그러고는 느닷없이 창칼을 든 군사 5백을 늘여 세워 겁을 주었습니다."

그게 하후영이 돌아와서 하는 말이었다. 유방이 별다른 표정 없이 물었다.

"내가 싸우지 않고 저를 거두려 했더니, 거꾸로 제가 내 항복을 받으려 드는구나. 그래, 성안 군사는 얼마나 되더냐?"

"성벽 위에 세워 둔 군사까지 더하면 1천 명은 돼 보였습니다."

"무기는?"

"창칼에 활과 화살을 넉넉히 갖추고 있었습니다. 성안 대장간마다 창칼 벼리는 소리가 요란한 게 늙고 젊고를 가리지 않고 성안 백성은 모조리 군사로 끌어다 쓸 작정인 듯했습니다."

"듣기로 적을 공격하기 위해서는 두 배의 세력이 필요하고 에워싸려면 다섯 배가 필요하다 하였다. 그런데 거꾸로 우리의 세력이 적의 절반에도 미치지 못하니, 그렇다면 더욱 싸워서는 안 되겠구나……."

유방은 그 말과 함께 긴 한숨을 내쉬며 다시 생각에 잠겼다. 번쾌나 주발 같은 무골들도 하후영이 전하는 성안의 군세를 듣고는 무턱대고 싸우자고 우기지 않았다.

"이렇게 하자!"

이윽고 유방이 퍼뜩 생각에서 깨어나며 말했다. 저마다 생각에 잠겨 있던 소하와 번쾌 등이 기대에 찬 눈으로 유방을 쳐다보았다.

"성안에 있는 우리 편을 쓰자. 그들을 보태면 우리가 현령보다 머릿수가 많다."

"성안에 있는 우리 편?"

노관이 알 수 없다는 듯 눈을 깜박거리며 되물었다. 유방이 그런 노관을 무시하고 소하를 돌아보며 말했다.

"소 형의 글 솜씨를 좀 빌려야겠소. 비단 몇 폭을 구해 글을 쓴 뒤 화살에 묶어 성안으로 쏘아 보냅시다."

"무슨 글을…… 쏘아 보내려 하시오?"

소하가 얼른 짐작이 가지 않는 듯 물었다. 유방이 한층 기운찬 목소리로 대꾸했다.

"성안의 나이 드신 어른들에게 호응을 당부해 봅시다. 그들은 몸이 성안에 갇혀 어쩔 수 없이 현령을 따르고 있을 뿐 마음은 우리 편이오. 그들이 들고일어나면 우리는 현령보다 훨씬 많은 군사를 가진 셈이 되니 성을 떨어뜨릴 수도 있소!"

"알겠습니다. 지금으로서는 그것도 좋은 방도의 하나가 되겠습니다."

그제야 유방의 말을 알아들은 소하가 고개를 끄덕이며 받았다. 그때 다시 노관이 꾀를 보탰다.

"그 글이 효과를 보려면 먼저 패현성부터 에워싸야 할 거다. 장정들에게 시켜 깃발을 많이 만들어 세우고, 가까운 마을 사람들을 모아 함성을 보태게 하여 되도록 우리 군사가 많은 듯이 꾸미자. 또 마소를 많이 빌어 그들이 일으키는 먼지와 울음소리로 기마까지 갖춘 것처럼 하자. 그래야만 성안 사람들이 우리를 믿고 일을 벌일 수 있을 것이다."

유방은 그 말을 따랐다. 번쾌와 주발 등을 시켜 장정들을 몰아 성을 에워싸게 하고 자신은 소하와 함께 성안으로 쏘아 보낼 격문을 지었다.

패현성 안에 계신 어르신들께 유계가 삼가 아룁니다.

천하의 뭇 백성들이 진나라의 학정으로 괴로움을 겪어 온
지 이미 오래되었습니다. 지금 어르신들께서는 현령을 위해 외
로운 성을 지키고 계시나, 전국의 제후들이 모두 들고일어났으
니 머지않아 이곳 패현에도 밀려들 것입니다. 성안의 여러분께
서는 모두 힘을 합쳐 현령을 죽인 뒤에 재주 있고 덕 많은 젊
은이를 우두머리로 세워 제후들에게 호응하도록 하십시오. 그
리한다면 가솔과 재산을 온전히 지켜 낼 수 있을 것이나 그리
하지 못하면 아비와 자식이 한가지로 헛되이 죽임을 당하고
말 것입니다…….

대강 그렇게 내용을 정한 뒤에 소하가 깎은 듯한 글씨로 비단
에 써 내려갔다. 그리고 날이 저물기를 기다려 그 비단 폭을 화
살에 묶고 성안으로 쏘아 보냈다.

그런데 화살을 쏘아 보내기를 다섯 대나 하였지만 깊은 우물
에 바늘 떨어지 듯 패현성 안은 조용하기만 했다. 삼경이 다 되
도록 성벽 위의 횃불과 화툿불만 휘황할 뿐이었다.

그럭저럭 삼경이 지나고 새벽닭이 울기 시작했다.

"바보 같은 것들 뭣하고 있는 거야? 평소 그렇게 으스대던 뚝
심은 다 어디 두고 비리비리한 현령 한 놈 해치우지 못해?"

먼저 번쾌가 그렇게 투덜거리며 성안에 남은 저잣거리 건달들
을 나무랐다. 세밀한 만큼 소심한 소하도 걱정스러운 얼굴이 되

었다.

"일이 잘못된 게 아닐까요?"

"현령을 죽이는 일이 그리 쉬울 리가 있겠소? 좀 더 기다려 봅
시다."

무얼 믿고 그러는지 유방이 태평스럽게 소하의 말을 받았다.
바로 그때 요란스럽게 함성이 일며 성문 근처에서 잠시 창칼 부
딪는 소리가 들렸다. 그러더니 갑자기 문루가 횃불로 훤히 밝아
지며 누가 큰 소리로 외쳤다.

"유씨 형님[劉兄哥]은 어디 있소? 무씨(武氏) 어른께서 찾고 계
시오."

유방이 문루를 올려다보니 저잣거리에서 가장 형세가 좋은 무
가네 피륙전에서 점원 노릇을 하는 건달이 기세 좋게 외치고 있
었다. 그 곁에는 성안 무씨 집안의 어른 되는 무태공이 집안 젊
은이에게 뭔가를 들린 채 서 있었다. 유방이 말을 탄 채 불빛 아
래 나가 섰다.

"유계는 여기 있소. 무슨 일로 나를 찾으시오?"

그러자 문루 위의 사람들이 이리저리 횃불을 비춰 가며 유방
을 살폈다. 그러다가 무태공이 목소리를 가다듬어 말했다.

"유 대협. 여기 현령의 목과 인수가 있소. 먼저 현령의 목을 내
려 보낼 터이니 그게 맞거든 성안으로 드시어 우리 패현을 지켜
주시오!"

그리고 문루 위에서 현령의 목과 인수가 떨어졌다. 소하와 조
참이 현령의 목을 확인하기도 전에 유방이 성문 앞으로 말을 몰

았다. 노관이 유방의 말고삐를 잡았다.

"속임수가 있을지 모르니 현령의 목이 맞는지 아닌지 먼저 알아보고 가자."

그러나 유방은 박차로 말 배를 차며 호탕하게 소리쳤다.

"패현의 부로(父老)는 다 나의 부모요 군민은 모두 나의 형제다. 부모 형제가 하는 일에 무슨 속임수가 있겠느냐?"

그러고는 앞장서서 성안으로 들어갔다. 소하와 번쾌 등이 장정들을 이끌고 뒤따라 성안으로 들자 패현의 부로들이 유방에게 인수를 바치며 말했다.

"여기 패현의 인수가 있습니다. 대협께서는 이제 패공(沛公)이 되시어 우리를 지켜 주시오."

언제나 태평스러운 얼굴에 부드럽기만 하던 유방의 표정이 무엇 때문인지 일시에 굳어졌다.

"바야흐로 천하가 어지러워지니 제후들이 다투어 일어나고 있습니다. 이때 무능한 사람을 장수로 세우면 싸움에 무참하게 져서 땅은 짓밟히고 사람은 죽거나 다칠 것입니다. 지금 내가 여러 어르신의 명을 받들지 못하는 것은 감히 이 한목숨을 무겁게 여겨서가 아닙니다. 내가 어리석고 힘이 없어 이 땅과 사람들을 지켜 내지 못할까 두려워서입니다. 누구를 패공으로 삼는가는 실로 중대한 일이니, 부디 신중하게 고르시어 재능 있는 이를 세우도록 하십시오."

유방을 오래 알고 지내던 사람들에게는 처음 보는 신중함이요, 겸손이었다. 그래도 마을 사람들은 유방에게 패공이 되어 달라고 거듭 졸랐다. 유방이 다시 사양했다.

"여기 이 소 형은 오랜 세월 현의 주리로서 일해 왔습니다. 빈틈없고 차분할 뿐만 아니라 우리 패현의 일이라면 누구보다 많이 아는 사람이니 현령의 일을 맡겨 보는 것이 어떻겠습니까?"

그러자 소하가 펄쩍 뛰며 두 손을 저었다.

"대나무를 깎고 붓을 묶어 문서를 꾸미거나, 산(算)가지를 놓아 숫자를 셈하는 일이라면 저도 남만큼은 합니다. 그러나 무리를 이끌고 적과 싸우는 일이라면 현군의 졸개보다 못합니다. 이같이 어지러운 세상에 남의 우두머리로는 결코 맞지 않습니다."

이에 유방은 다시 조참을 내세웠으나 놀라며 물러서기는 조참도 마찬가지였다.

"저는 한낱 옥리로서 도필(刀筆)로 일하는 것조차 소 주리에게 크게 미치지 못합니다. 하물며 한 무리의 장수 되는 일이겠습니까? 더욱이 저는 미관말직이나마 진의 관리 노릇을 했던 자로서, 이 같은 일에 앞장섰다가 뒷날 잘못되기라도 하면 멸족의 화를 면치 못할 것입니다. 실로 두려운 일이니 유 형께서 맡아 주시오."

그렇게 사양했다. 조참이 나중에 덧붙인 핑계는 패공의 자리를 유방에게 양보하기 위해 억지로 꾸며 댄 것으로 보인다. 그러나 『사기』는 소하와 조참이 사양한 까닭을 오직 그것으로만 밝히고 있다.

어쨌든 물망에 오른 사람들이 한결같이 사양하자 패현 부로들은 다시 유방에게 매달렸다.

"일찍부터 우리는 귀공께 여러 가지 기이하고 불가사의한 일이 많았음을 들어 왔습니다. 틀림없이 높고 귀한 분이 되실 것이라 믿습니다. 또 시초(蓍草)와 서죽(筮竹)을 갈라 점을 쳐 보아도 귀공만큼 길한 점괘가 나온 이는 아무도 없었습니다."

하지만 그래도 유방은 몇 번이나 더 사양하다가, 아무도 우두머리가 되려고 나서는 사람이 없어 결국은 패공, 곧 패현 현령을 맡았다. 이후 한동안 유방의 이름처럼 쓰이게 되는 벼슬자리였다.

그때의 패현 현령이 해야 할 일은 무엇보다도 군사적 지도자로서 군민을 이끌어 그 땅과 사람을 지키는 것이었다. 따라서 패공이 된 유방은 먼저 패현 관아에서 한 장수로서 치러야 할 의식부터 시작했다. 곧 소와 말을 잡아 전술에 뛰어난 황제(黃帝)와 여러 가지 병기를 새로 만들어 낸 치우(蚩尤)를 제사 지내고, 그 피를 북에 발라 무운을 빌었다. 탁록의 싸움에서 황제에게 지고 죽어 신화에서는 흔히 악신(惡神)으로 여기는 치우를 군신(軍神)으로 떠받든 기록은 그때가 처음인 듯하다. 그때는 거의 상징의 수준으로 자리 잡은 유방의 신화도 구체적으로 색깔이 되어 그의 정체성을 분명히 했다. 유방은 자신이 백제의 아들을 베어 죽인 적제의 아들임을 공공연하게 내세우며, 붉은색을 자신의 색깔로 삼고 그때부터 자신을 따르는 모든 군사들의 깃발을 붉은색으로만 쓰게 했다.

장수로서의 의식을 끝내자 유방은 널리 방을 붙여 군사들을 모아들이게 했다. 패현 곳곳에서 유방을 우러르던 젊은이들이 몰려와 며칠이 가기도 전에 3천이 넘는 군세를 이루었다. 이웃 수양현에서 비단 장수를 하던 관영(灌嬰)이 젊은이 수십 명을 이끌고 오고, 오래 유방에게 맞서 오던 풍읍의 건달패 두목인 옹치(雍齒)가 패거리와 함께 유방 아래 든 것도 그때였다. 사수군의 졸사(卒史)로 있던 주가와 주창 종형제도 유방의 소문을 듣자 졸사 자리를 헌신짝 버리듯 하고 달려왔다.

유방은 그를 따르던 무리에게 각기 알맞은 벼슬을 주어 군민의 허리로 삼았다. 먼저 소하를 현승(縣丞)으로 올려 현 안팎의 공무를 맡게 했다. 또 조참은 주발과 관영과 함께 중연(中涓)이 되어 각기 한 갈래 군사를 이끌게 하였다. 조무상은 좌사마로 바깥에서 군무를 돌보게 하고, 노관은 빈객을 삼아 안에서 모든 논의를 함께했다. 번쾌는 사인(舍人)으로 언제나 큰 칼을 들고 뒤따르게 하였으며, 하후영은 칠대부(七大夫)의 작위를 가진 태복(太僕)으로 유방의 수레를 몰게 했다.

안팎의 진용이 모두 짜이자 소하가 나서서 여럿에게 말했다.

"무릇 일에는 순서가 있고 사람의 모임에는 상하가 있는 법이외다. 유 공은 지금까지는 우리의 벗으로 허물없이 지냈고, 형제처럼 뒹굴었으나 이제는 우리의 주군이 되었소. 앞으로는 반드시 패공으로 불러 사사로운 정으로 대하는 일이 없어야 할 것이오. 또 지금까지는 계(季)란 자를 이름 대신 써 왔으나 이제부터는 방(邦)을 천하에 드러내는 휘자(諱字)로 삼는 게 어떻겠소? 이미 여러 사람이 그렇게 불러 오고 있을 뿐만 아니라, 그 글자가 뜻하는 바 또한 작지 않으니 한 무리를 이끄는 수령의 이름으로 모자람이 없을 것이오."

권력의 그늘

시황제 시절 함양 부근 2백 리 안에는 2백 개가 넘는 궁궐이 있고, 그 궁궐들은 모두 구름다리와 용도(甬道, 흙담을 두른 길)로 이어져 있었다. 황제는 그 궁궐들을 가만히 옮아 다니며 자신이 어디에 묵고 있는지 알 수 없게 하였으며, 그걸 함부로 밝히는 자에게는 죽음을 내렸다. 또 황제가 머무는 곳은 곁에서 모시는 신하들이나 내시들[侍御者]밖에 드나들 수가 없어 금중(禁中)이라 불리었는데, 이세황제 호해(胡亥)도 그와 같은 아비의 작태를 모두 본떴다.

진(秦) 이세황제 2년 10월 중순 어느 날이었다. 호해는 위수 남쪽의 장신궁(長信宮)을 금중으로 삼아 머물고 있었다. 뒷날과는 달리, 그래도 중대한 국사는 아직 황제와 대신들이 얼굴을 마주 보며 논의하던 때의 일이었다.

그날 장신궁에서 낭중령부(郎中令府)로 쓰고 있는 전각의 한 깊숙한 방 안에는 낭중령 조고(趙高)와 그 아우 조성(趙成)이 머리를 맞대고 앉아 있었다.

"그래, 자세히 알아보았느냐?"

조고가 환관 특유의 높고도 카랑카랑한 목소리를 낮춰 아우에게 물었다. 조성은 어디를 바삐 돌아치다 왔는지 아직 숨결도 고르지 못하고 있었다. 길게 숨을 내뿜어 한 번 더 숨결을 고른 뒤에 형의 물음을 받았다.

"예. 제가 직접 희수(戲水) 근처로 가서 보고 들었을 뿐만 아니라, 날래고 눈치 빠른 사람을 적도들 틈에 몇 명을 풀어 보기도 했습니다."

"그래, 적도들의 병세는 어떠했고 장수는 누구더냐?"

"적도들은 스스로 큰소리치기는 몇 십만이라 하되, 그저 먹을 것이나 얻고자 따르는 무리가 적잖이 섞여 있어 군사라 이름 할 수 있는 자들은 10만을 넘기기 어려울 것입니다. 거기다가 병장기가 허술하고 훈련도 제대로 되지 않은 농투성이가 태반이었지만, 그 기세만은 실로 대단했습니다. 그들을 이끄는 장수는 이름을 주문(周文)이라고도 하고 주장(周章)이라고도 하였는데 몇 가지 이력만 들어도 만만찮은 자임을 알 만했습니다. 그자는 원래 진(陳) 땅 사람으로 일찍이 초나라 장수 항연(項燕) 막하에서 시일(視日, 군대를 따라다니며 천문을 살피고 길흉을 점치던 사람. 일자라고도 한다.)을 지냈으며, 한때는 춘신군(春信君, 초나라의 영윤을 지낸 사람으로 식객 3천 명을 거느리고 전국시대 말기 한때를 주무른 풍운아)을 모신 적도 있다고 합니다.

주문이 역도의 우두머리 진승의 눈에 들어 장군인을 받고 감히 진나라를 치겠다고 나설 때 그가 이끈 군사는 만 명도 채 되지 않았습니다. 그런데 서쪽으로 오는 도중에 끌어모은 군사가 10만 명이 넘고, 장수 수십 명에 전거(戰車)가 천 승에 이른다 하니, 어찌 가볍게 볼 수 있겠습니까?"

조성 또한 환관이라 마음이 격해지자 절로 목소리가 높아져 안달 부리는 아낙네처럼 쨍쨍거렸다. 그러나 조고는 여전히 차고 가라앉은 눈길로 그런 아우를 바라보며 다시 물었다.

"다른 세상 소식도 새로 들은 것이 있으면 말해 보아라."

"지금 시끄러운 것은 대택이나 강남만이 아닙니다. 이미 함곡관 동쪽은 우리 진나라의 천하가 아닌 듯합니다."

"그건 나도 대강은 들어 알고 있다."

"그런데도 형님은 계속 구경만 하실 겁니까? 진나라가 없으면 황제도 없고, 황제가 없으면 위세 좋은 낭중령도 없습니다."

그런 조성의 말투에는 어딘가 형인 조고를 두려워하면서도 나무라는 듯한 데가 있었다. 조고가 잠시 조용한 물처럼 앉았다가 아무 일 없는 사람처럼 말했다.

"알았다. 나가 보아라."

그러고는 말없이 방을 나가는 아우에게 다시 생각난 듯 덧붙였다.

"소부(少府, 구경의 하나로 황실 재정 담당관) 장함(章邯)을 찾아 오라 일러라.”

“소부 장함을……?”

그렇게 되묻는 조성의 눈이 궁금함으로 번쩍했다. 그러나 함부로 되묻는 것을 좋아하지 않는 형의 성품을 잘 아는지 굳이 그 까닭을 알아보려 하지 않고 그대로 방을 나갔다.

“알겠습니다. 그리 전하지요.”

조고는 그런 아우의 말을 귓가로 흘려들으며 혼잣말로 중얼거렸다.

‘더는 밖의 일을 미룰 수가 없다. 아직 궁궐 안의 일이 모두 정해지지는 않았지만, 이쯤에서 손쓰지 않으면 애써 쌓아 올린 조정의 권세도 아무런 의미가 없어진다. 아우의 말대로 진나라와 황제가 없으면 이 조고도 없다.’

그러면서 얇은 입술을 지그시 깨무는 그의 머릿속에는 지난 1년 남짓의 숨 가쁜 세월이 한꺼번에 떠올랐다.

시황제가 죽은 뒤 유서를 바꿔 부소를 죽이고 호해를 이세황제로 세운 때부터 피비린내 나는 공포정치로 보낸 나날이었다. 황제의 아들딸이라 하여 거드럭거리며 환관인 자신을 제집에서 기르는 개만큼도 여기지 않던 공자와 공주들이 그 앞에서 사지가 찢기며 목이 날아가는 것을 조고는 그동안 수없이 보았다. 대개는 악담과 저주로 정직하게 자신의 감정을 드러내며 죽어 갔지만, 더러는 스스로 목숨을 끊어 가면서 애절하게 자비를 빌기도 했다.

몽염과 몽의를 비롯해 수십 명의 공경대신이 그 앞에서 죽어 가던 모습도 묘한 쾌감 속에 떠올랐다. 대를 이은 명가의 자손이다 또는 장군이다, 대신이다 으스대며 내시인 자신을 벌레처럼 여기던 그들이었으나, 죽어 갈 때는 그들도 파리 목숨이었다. 거기다가 말들은 또 왜 그리 많던지. 형을 시행하고 돌아온 사자들이 전하는 바에 따르면, 그들은 한결같이 아녀자들처럼 징징거리며 끊임없이 사설을 늘어놓다 죽어 갔다.

황제가 높고 조정의 공경대신이 귀한 줄만 알았지, 대궐 안에 내시부(內侍府) 있고 낭중령 무서운 줄은 모르던 군현의 촌것들도 톡톡히 맛을 보았을 것이다. 높게는 군수, 현령부터 낮게는 졸사, 현리에 이르기까지 새 황제의 위엄을 세우기 위해 조고 자신이 강화한 법망에 걸려 죽은 자가 또 몇 천 명이 되었다.

검은머리 백성들도 제정신이 아니었을 것이다. 이웃은 옥리보다 무서운 감시자가 되고, 본 적도 들은 적도 없는 죄에 연좌되어 하루아침에 목이 날아가거나 몸이 감옥에 내던져졌다. 운 좋게 작통법과 연좌제를 피해도 그들의 삶은 죽음보다 별로 낫지 못했다. 부역이다 수자리다 여기저기 끌려다녀야 했고, 용케 제집에 남아 있는 자들은 농사지은 것보다 많은 조세에 쥐어짜였다.

그런데 조고에게 알 수 없는 일은 그 모든 엄한 법과 모진 형벌과 가혹한 착취가 주는 효과였다. 그가 알고 있는 법가(法家) 지식에 따르면, 시달리고 억눌려 넋이 빠진 사람들에게는 모반이나 저항의 의지가 남아 있지 않아야 했다. 하지만 막상 시행해 보니 그렇지도 않았다. 처음 몇 달 천하가 숨을 죽이고 사람들은 조고가 뜻한 대로 움츠러든 것처럼 보였으나, 반년도 안 돼 전혀 다른 움직임이 감지되었다. 더 잃을 것이 없게 되자 두려움까지 잃었는지 천하 구석구석에 불온한 수런거림이 일고, 도둑 떼가 여기저기 나타났다.

그러다가 그해 7월에 마침내 반란이 터졌다. 대택향에서 수졸들을 꼬드겨 들고일어난 진승과 오광의 무리가 무인지경 가듯 수천 리를 휩쓸다가 진(陳) 땅에 이르러 장초(張楚)를 세웠다. 때마침 동쪽으로 사신 갔던 알자(謁者, 사령을 맡은 관직 이름)가 함양으로 돌아와 관동에 반란이 일어났음을 이세황제에게 알렸다. 그러나 벌써 절대권력의 독한 기운에 머리가 돌기 시작한 이세황제는 그 발칙한 모반을 믿을 수가 없었다. 벌컥 성을 내며 좌우를 돌아보고 소리쳤다.

"누가 감히 짐을 거슬러 들고일어난단 말이냐? 저놈을 옥에 가두어라. 터무니없는 헛소리로 상하를 아울러 혼란케 한 그 죄를 엄히 물으리라!"

하지만 이세황제도 속으로는 은근히 걱정이 되지 않을 수가 없었다. 얼마 뒤에 동쪽으로 갔던 다른 알자가 돌아오자 가만히 불러들여 물었다.

"형(荊) 땅에서 모반이 일었다는데 어찌 되었느냐?"

그 알자는 이미 먼저 돌아온 알자가 당한 일을 듣고 있었다. 그동안 보고 들은 일은 모두 감추고, 황제가 듣기 좋은 말만 했다.

"그것들은 하찮은 도적 떼로, 각 군현을 지키는 관리들이 모조리 잡아들여 없애 버렸습니다. 지금은 그 뿌리까지 뽑아 세상이 다시 잠잠해졌사오니, 지엄하신 폐하께서 심려하실 일이 결코 아닙니다."

그 말에 황제가 매우 기뻐하며 그 사자에게 크게 상을 내렸다. 일이 그렇게 되자 그 뒤로는 아무도 황제 앞에서 함곡관 동쪽의 일을 입에 담지 않았다.

조고는 그때 이세황제와 가장 가까운 곳에 있으면서 그 총애로 엄청난 권력을 휘두르고 있었다. 가혹하게 법을 집행할뿐더러 사사로운 앙갚음까지 곁들이니, 조정의 높고 낮은 벼슬아치들은 멀리서 그의 그림자만 보아도 벌벌 떨었다. 못된 관리들이 또한 그를 본받아 백성들을 모질게 다스렸다. 이에 길에 다니는 사람의 절반은 형벌을 받았던 적이 있는 사람들이고, 저잣거리에는 사형당한 사람들의 시체가 나날이 쌓여 갔으며, 백성들을 많이 죽인 관리가 충신으로 여겨졌다.

조고도 진승과 오광의 봉기를 모르지는 않았다. 풀어놓은 눈과 귀를 통해 오히려 대궐 안의 누구보다도 사태의 변화를 날카롭게 살피고 있었다. 하지만 굳이 무시하고 싶어 하는 이세황제에게 그 진상을 알려 쓸데없이 그를 자극하고 싶지는 않았다.

조고는 어려서부터 환관이 되어 긴 세월 궁중에 살면서 거의 본능의 수준으로 그 특유의 정치적 감각을 익혀 왔다. 거기에 따르면, 반란으로 긴장된 황제가 자기도취에서 깨어나는 것은 결코 바람직한 일이 아니었다. 자기같이 총애받는 신하가 권세를 유지할 수 있는 길은 바로 그런 자기도취 같은 권력의 저열한 특성에 의지하는 수밖에 없기 때문이었다.

하지만 조고 자신은 진작부터 아우 조성에게 많은 재물과 사람을 딸려 주며 세밀하게 천하의 형세를 살피게 하였다. 따라서 진승과 오광이 장초를 세운 일뿐만 아니라, 그 뒤 진승의 장수였던 무신(武臣)이 자립하여 조왕(趙王)이 되고, 위구(魏咎)는 위왕(魏王)이 되었으며, 전담(田儋)은 제왕(齊王)이 된 것까지도 조고는 잘 알고 있었다. 심지어는 옛 초나라 땅에서 항연(項燕)의 아들과 손자를 자처하는 패거리가 회계군을 중심으로 일어났다는 것까지 알았다. 하지만 그 모두가 멀리 관동의 일이라 강 건너 불 같았는데, 이제 진승의 장수 주문이 대군을 이끌고 관중까지 밀고 들어와 사태가 더는 방치할 수 없을 만큼 위급해져 버렸다.

"소부 장함이 낭중령께 뵙기를 청합니다."
생각에 잠겨 있는 조고에게 곁에 두고 부리는 젊은 환관이 알려 왔다. 조고는 얼른 몸을 일으켜 맞으러 나가려다가 짐짓 꼿꼿이 앉아 장함을 불러들였다.
비록 황제의 총애를 받는 낭중령이라고는 하지만, 환관인 조고가 그래도 구경의 하나인 소부를 앉아서 맞는다는 것은 큰 무례일 수도 있었다. 하지만 조고에게는 굳이 그럼으로써 떠보고 싶은 게 있었다. 바로 장함의 사람됨이었다.
진승과 오광의 반란이 심상치 않다는 걸 진작부터 알았으면서도 조고가 나서서 황제를 깨우쳐 주지 않은 데는 황제가 정신 차려 정사에 전념하는 것이 자신에게 이롭지 않다는 것 말고도 까닭이 하나 더 있었다. 곧 황제가 유능한 장수를 뽑아 모반을 일으킨 도적들을 쳐부수고 공을 세우게 함으로써 새로운 몽염이 생겨나는 게 싫어서였다. 이제 더는 어찌할 수가 없어 평소 장수의 자질이 있다고 알려진 장함을 추천하게 되었지만, 먼저 그 됨됨이를 알아 두고 싶었다.

'일껏 저를 장수로 세워 줘도 공을 세운 뒤에 등을 돌리면 호랑이 새끼를 기른 꼴이 되고 만다. 내 평생에 두 번 다시 몽염 형제와 같은 적은 만들고 싶지 않다……'

그게 차가운 얼굴로 감추고 있는 조고의 속마음이었다.

"낭중령께서 저를 찾으셨습니까?"

방 안에 들어와 가볍게 두 손을 모으며 그렇게 묻는 장함의 태도에는 조고를 환관이라 깔보는 듯한 데도 없었지만 권신이라고 굽신대는 것은 더욱 아니었다. 조고가 여전히 윗자리에 앉은 채 아랫자리를 내주게 하며 간간하게 말했다.

"그렇소. 내 소부께 물어볼 일이 있어 보자 하였소."

"무슨 일이신지……."

장함이 별로 개의치 않는다는 표정으로 조고가 권한 자리에 앉으며 물었다. 조고가 꼿꼿한 자세를 조금 허물며 물었다.

"소부께서는 지금 함곡관 밖의 도적들에 대해 어떻게 알고 계시오?"

"기세가 심상치 않다고 들었습니다. 그 한 갈래가 희수(戱水)까지 이르렀는데 무리가 10만에 이른다고 하더군요."

말은 짧아도 조고로서는 장함이 한 말에 은근히 놀라지 않을 수 없었다. 자신이 아우에게 수만 전을 주고 사람을 풀어 알아낸 것을 궁궐 안에서 지내다시피 하는 장함도 훤히 알고 있는 것 같았기 때문이다.

"지금 비록 소부께서는 폐하를 위해 돈과 곡식을 셈하고 계시지만 실은 이 나라의 기둥이나 대들보감이라 들었소. 그런데 이제 보니 헛소문이 아닌 듯하구려. 황실의 살림꾼에 지나지 않으면서 어찌 그렇게 함양 밖의 소식까지 훤하시오?"

"산하와 지택(池澤)의 세금을 거두어들이는 것들에게서 귀동냥한 것에 지나지 않습니다. 나라의 기둥이나 대들보감이라니요? 지나친 말씀입니다."

"그렇지 않아요. 선제께서 일찍이 천하를 하나로 아울러 태평케 하시지 않았다면, 소부께서는 진작부터 장수가 되어 천군만마를 이끌고 전장을 내달아야 했을 사람이었소. 어떤 이는 왕씨니 몽씨니 하는 장군가에 가려 아직도 소부로 돈과 곡식이나 셈하고 계시는 것을 애석하게 여기기도 했소."

"그 또한 감당하기 어려운 말씀입니다. 글을 읽는 중에 몇 권 병서(兵書)를 읽고, 몸을 기르고 닦는 사이에 창검을 다루는 일과 활쏘기를 약간 익혔을 뿐입니다."

'겸손하면서도 자부가 전혀 없지는 않구나.'

조고는 속으로 그렇게 헤아리면서 마지막으로 가장 궁금한 것을 물었다.

"내 이제 폐하께 소부를 장군으로 추천하려 하는데 어떻게 생각하시오?"

아무리 궁궐의 문호와 백관의 출입을 도맡아 다스리는 낭중령이요, 이세황제의 유별난 믿음과 총애를 받고 있다고는 하나 그래도 조고는 어디까지나 환관이었다. 구경의 하나를 제 방으로 불러 하는 말치고는 아무래도 지나친 데가 있었다. 하지만 장함은 조금도 고까워하는 표정이 없었다.

"이 몸이 비록 재주 없으나 폐하께서 써 주신다면 몸과 마음을 다하겠습니다."

그렇게 정중하게 말해 놓고 다시 은근한 말투로 조고에게 사사로운 고마움까지 나타냈다.

"아울러 어리석고 무딘 이 몸을 위해 힘써 주신 낭중령의 은혜도 마음에 새겨 길이 잊지 않겠습니다."

'마음먹기에 따라 스스로 커질 수도 있고 작아질 수도 있으며, 굽힐 줄도 알고 젖힐 줄도 아는 위인이로구나.'

조고는 그런 장함을 바라보며 머릿속으로 재빨리 그의 사람됨을 가늠해 보았다.

'위험하지만, 턱없이 곧기만 하거나 앞뒤 없이 부딪히고 보는 것들보다는 낫다. 감시만 게을리 하지 않으면 오래도록 밑에 잡아 둘 수가 있고, 맞서려 들 때도 이익으로 달래 볼 수가 있겠다……'

"좋소. 그럼 폐하께 말씀 올릴 터이니 소부께서도 도적을 깨뜨릴 방략을 준비해 두시오. 나중에 폐하께서 조정백관을 불러 물으시거든 소부께서 일어나 그 방략을 아뢸 수 있도록."

이윽고 조고는 장함에게 그렇게 이른 뒤에 황제를 찾아갔다.

그때 이세황제 호해는 궁궐 뒤뜰에서 미녀들 속에 파묻혀 질

154

탕하게 술판을 벌이고 있었다. 하지만 옛 스승이자 자신을 황제로 만들어 준 조고만은 어려워할 줄 알았다.

"낭중령께서는 무슨 일로 짐을 찾아오셨소?"

호해가 좌우를 물리치고 조고에게 물었다. 조고가 가장 충성스러운 체 말했다.

"폐하, 재주 없이 나라의 봉록만 축내는 무리들이 아무래도 동쪽의 일을 크게 그르친 것 같사옵니다. 진나라를 거역한 수졸의 무리가 함곡관을 넘어 희수 가에 이르렀다고 하옵니다. 속히 문무백관을 모으시어 그 도적들을 깨칠 논의를 하게 하옵소서."

굳이 백성들의 봉기를 아는 체하고 싶지 않아 하던 호해도 조고가 정색을 하고 그렇게 말하자 정신이 확 들었다. 미룰 것도 없이 조고에게 그날로 백관을 모두 불러 모으게 했다. 백관들이 대전에 늘어서자 황제 호해가 그들에게 물었다.

"도적 떼가 마침내 도성 가까이 밀려들었다니 이 일을 어찌하면 좋겠소?"

그러나 백관들은 조고의 눈치만 볼 뿐 아무도 나서서 대답하는 이가 없었다. 황제의 신임을 받아 법을 집행하는 조고가 그동안 수많은 대신들에게 죄를 씌워 가혹하게 죽여 온 터라 모두가 그의 눈에 띌까 두려워했다. 그때 장함이 일어나 말했다.

"도적들이 이미 이곳까지 이르렀을뿐더러 그 머릿수가 많고 세력이 강대하다 하니, 이웃 군현에서 군사를 끌어오기는 때가 늦었습니다. 지금 여산과 아방에는 죄수들이 많이 끌려와 있는데 이들을 군사로 써 보시면 어떻겠습니까? 엎드려 바라건대 그들

의 죄를 사면해 주고 무기를 내리시어 방자한 도적들을 쫓아내
도록 하시옵소서."

함양에는 그동안 화초처럼 길러 온 5만 군사뿐이라 황제도 달
리 어찌해 볼 길이 없었다. 이에 황제 호해는 다음 날로 천하에
대사면령(大赦免令)을 내리고 아방궁을 짓던 죄수와 노비의 자식
들 중에서 젊고 날랜 장정 20만을 뽑아 장함에게 주었다.

"경에게 대장군의 부월(斧鉞)을 내리니, 아무쪼록 도적을 무찔
러 사직의 근심을 없이 하고 놀란 백성들을 진정케 하라!"

장함은 그날로 그들에게 병기와 복색을 내주게 해 군졸로 삼
고, 함양에 남아 있는 조련된 군사 약간을 긁어모아 그 군대의
허리로 삼았다. 그리고 밤이 되기 바쁘게 그들을 이끌고 서둘러
희수를 향했다.

"조련되지 않은 군사를 급하게 싸움터로 내모는 것은 백성을
함부로 죽이는 짓이라 했소. 장군께서는 너무 싸움을 서두르고
계신 게 아니오?"

걱정이 된 대신 하나가 떠나는 장함을 잡고 그렇게 말했다. 장
함이 자신에 찬 얼굴로 받았다.

"비록 우리 군사들이 잘 조련되어 있지는 않으나, 죄수로 끌려
와 오래 함께 먹고 자며 일해 온 자들이라 나름대로는 규율과 상
하가 있습니다. 오다가다 따라붙은 농투성이 떼거리보다야 못하
겠습니까? 또 이들은 지금 죄를 사면받고 진나라 군사가 되어 한
창 기세가 올라 있습니다. 그동안 싸움다운 싸움 한번 못해 보고
여기까지 와 기강이 해이해진 까마귀 떼 같은 도적들과는 크게

다를 것입니다. 게다가 머릿수도 우리가 훨씬 많으니 무얼 더 걱
정하겠습니까?"

그런 장함의 헤아림은 옳았다. 그때 장초의 진왕(진섭)이 보낸
주문의 무리는 기강이 풀어질 대로 풀어져 있었다. 희수 가에 이
른 지 여러 날이 되도록 맞서 오는 진나라 군사가 없자, 경계심
은 무디어지고 허풍만 늘어 갔다.

"저것들이 겁을 먹었다. 저렇게 꿈쩍 않고 들어앉았으니 우리
가 함양으로 치고 드는 수밖에 없겠구나."

주문은 그런 말로 군사들의 기세를 올렸으나, 속으로는 난감하
였다. 말이 그렇지 아무리 망해 간다 해도 황제가 있는 진나라의
도성을 들이치는 게 쉬울 리 없었다. 함부로 밀고 들지도 못하고
물러설 수도 없어 엉거주춤 머물다 보니, 군사들의 기강이 말이
아니었다. 느느니 노름과 술이요, 취했다 하면 삼삼오오 떼를 지
어 인근의 민가를 돌며 약탈과 행패를 일삼았다.

그렇다고 장수인 주문까지 마음을 놓고 있었던 것은 아니었다.
성문을 드나드는 백성들 사이에 간세를 끼워 넣어 오히려 전보
다 더 세밀하게 함양성 안의 움직임을 살피게 했다. 그들이 맡은
일에 게으르지 않아 그날 성안에 크게 사면령이 내려지고 죄수
들 중에서 군사를 뽑는다는 소식은 진작 주문의 귀에 들어왔다.
하지만 그렇게 급작스레 얽은 군대가 바로 그날 밤에 자기들을
급습하리라고는 짐작조차 하지 못했다.

그날 밤 삼경 무렵 하무[枚, 군사들이 소리를 내지 못하게 무는 나무

토막]를 물린 장함의 20만 대군이 갑자기 주문의 군사를 들이치자 조용하던 희수 가는 한순간에 아수라장으로 바뀌었다. 장함의 군사들이 지른 불로 대낮같이 훤한 강변에서 싸움이라기보다는 일방적인 도살이 벌어졌다. 기강이 풀어져 보초도 세워 놓지 않고 술에 취해 자고 있던 장초의 장졸들은 제대로 싸워 보지도 못하고 무너졌다. 희수는 불길과 진병의 창칼을 피해 뛰어든 그들의 시체로 메워지고, 강변 모래밭은 그들의 피로 흥건히 젖었다.

홀로 깨어 있던 주문이 발을 구르며 장졸들을 몰아댔으나 이미 기운 대세를 돌이킬 수는 없었다. 어둠을 틈타 겨우 희수 가에서 몸을 빼낸 주문은 함곡관을 버리고 정신없이 달아났다. 날이 밝은 뒤 겨우 함곡관을 빠져나와 남은 군사를 수습해 보니 한때 10만을 웃돌던 머릿수가 3만을 다 채우지 못했다.

"조양(曹陽)으로 가자. 거기서 다시 한번 세력을 키워 보자."

주문은 그렇게 말하면서 자기들이 함곡관으로 들기 전 마지막으로 기세를 올렸던 땅으로 군사를 물렸다.

주문의 군사들이 쫓겨 가자 진나라로서는 다급한 불을 끈 셈이었다. 함곡관 안은 겉으로는 평온을 되찾은 듯했다. 조고에게 보내는 이세황제 호해의 믿음과 총애도 변함이 없었다.

그러나 조고는 주문과 그 군사들이 자극한 위기의식 때문에 호해가 권력의 도취에서 깨어나는 게 두려웠다. 거기다가 대신들이 쉽게 황제를 만날 수 있게 됨으로써 자기가 저지른 못된 짓을 몰래 일러바치는 것도 은근히 걱정이 되었다. 머리를 굴린 끝에 꾀를 내어 호해에게 권했다.

"선제께서는 일찍 등극하시어 천하를 다스리신 지 오래되었기 때문에, 신하들이 감히 그릇된 짓을 하거나 모질고 삿된 말을 올리지 못했습니다. 지금 폐하는 젊으신 데다 이제 막 즉위하셨으면서 어찌하여 나랏일을 모두 대신들과 의논해 결정하려 하십니까? 일이 잘못되면 여러 대신들에게 폐하의 어둡고 모자란 곳만 보여 주게 됩니다. 천자가 스스로 짐(朕)이라 하는 것은, 본래 천자란 그저 크고 거룩한 한 조짐(兆朕) 같은 것이어야 하기 때문입니다. 천자의 모습을 다른 사람이 쉽게 볼 수 있고, 그 소리를 아무나 들을 수 있게 해서는 결코 아니 됩니다."

조고가 가장 충성스러운 체 그렇게 말하니, 모처럼 깨어나려던 이세황제 호해의 정치적 감각은 다시 조고가 교묘하게 비틀어 놓은 권력의 단맛으로 무디어졌다. 그때부터는 깊은 대궐 안에 거처하면서 오직 조고하고만 나랏일을 의논했다.

함양에서 불어온 역풍

　장함은 희수 가의 한 싸움으로 장초왕(張楚王) 진승이 보낸 10만 대군을 여지없이 쳐부수었으나 달아나는 적을 급하게 내몰지는 않았다. 그 장수 주문이 남은 졸개들을 이끌고 함곡관을 빠져나가도 뒤쫓지 않았을 뿐만 아니라, 그 뒤 달포가 넘도록 병력을 움직이지 않았다. 위수 남쪽 넓은 벌판을 골라 군사들을 풀어놓고 오직 그들을 조련하는 데만 힘을 쏟았다.

　그사이 주문은 조양까지 물러나, 희수에서 살아 도망쳐 온 군사들을 수습하고, 새로 인근의 백성들을 받아들여 세력을 불려가고 있었다. 사람을 시켜 살피고 있던 조고가 아우 조성을 보내 장함에게 물었다.

　"장군은 어찌하여 도적을 쫓아 그 뿌리를 뽑아 버리지 않으시는 게요?"

"쥐도 막다른 곳에 몰리면 되돌아서 고양이를 무는 법이외다. 저들은 바로 그 막다른 곳에 몰린 쥐 같은 무리라, 공연히 뒤쫓다가 소중한 군사를 잃을까 걱정되어서 그랬소이다."

"그래도 한 달이 넘도록 군사를 움직이지 않는 것은 무슨 까닭이오? 지난번에 군사를 낼 때는 따로 조련이 필요 없다며 오히려 서둘지 않았소?"

"그때는 많은 머릿수로 제 땅에 앉아서 먼 길을 온 도적 떼를 갑자기 들이치는 일이었소. 기세와 신속함을 위주로 하는 야습이라 역도(役徒)로서 일하며 받은 조련만으로도 되었지만, 이제는 달라졌소이다. 함곡관을 나가면 우리는 오히려 적지에서 온갖 어려움을 이겨 내며 싸워야 하니, 조련이 없으면 그야말로 아무런 가르침 없이 백성들을 죽음으로 내모는 꼴이 되오."

장함은 그렇게 말해 놓고 다시 덧붙였다.

"하지만 돌아가서 낭중령께 심려 마시라 이르시오. 선제 때부터 싸워 본 적이 있는 장졸들을 찾아 모아 머리와 허리로 삼았더니, 다행히도 조련이 빨라져 이제 곧 쓸 만한 군사가 될 듯하오. 군량과 병기만 지금처럼 대 주신다면 이들을 이끌고 동쪽으로 나가 크고 작은 도적 떼를 모조리 쓸어버리겠소!"

그리고 꼭 두 달을 채운 뒤에야 군사를 휘몰아 함곡관을 나갔다. 이때 장함을 거들어 그들을 이끌고 있는 장수는 장함이 그동안 찾아낸 왕리(王離)와 소각(蘇角, 소공 각(角)이라고도 한다.), 섭간(涉間) 등이었다. 천하가 통일된 후 오래 큰 싸움 없이 지내는 동안에 잊혀 가고 있었지만, 장수로서의 이력으로 보면 모두가 싸움터에서 잔뼈가 굵었다 할 만했다.

한편 그 무렵 조양에 머물며 힘을 기르던 주문은 두 달 전 함곡관으로 밀고 들 때의 세력을 거의 회복해 있었다. 장함이 뒤쫓아 온다는 소리를 듣자 새로운 각오로 전열을 펼치고 매서운 반격을 노렸다. 일찍이 대재상 춘신군(春信君)과 명장 항연 밑에서 자신을 단련하였고, 진(陳) 땅의 현인으로 널리 우러름을 받았던 주문에게는 무엇보다도 희수 싸움으로 짓밟힌 자신의 위신을 되살리는 일이 급했다.

양군이 맞닥뜨린 것은 조양정(曹陽亭)에서 멀지 않은 들판이었다. 이전의 세력을 회복했다고는 하나 주문의 군사는 장함이 거느린 20여 만 명에 비해 우선 머릿수부터가 훨씬 적었다. 긁어모은다고 긁어모은 것이 10만 명을 다 채우지 못했다.

"겁내지 말라. 적군은 죄수들을 끌어모아 온 오합지중(烏合之衆)이다. 한 싸움으로 무찔러서 우리 장초의 기상을 보여 주자!"

주문이 그렇게 봉기군의 의기에 호소했으나, 넓은 들판에서 정면으로 장함을 맞은 것은 아무래도 무리였다. 머릿수뿐만 아니라 규율과 조련에서도 진군(秦軍)은 이미 두 달 전의 그 죄수와 노비를 뒤섞은 잡동사니가 아니었다. 거기다가 날카로운 병기와 든든한 갑옷에 병참까지도 주문의 군대와는 달랐다. 주문의 군사들은 무엇이든 현지에서 조달해야 하는 데 비해, 장함의 군대는 아직 본국 진나라와 이어진 든든한 병참선을 유지하고 있었다.

하지만 주문의 군대가 장함의 진군에게 뒤지는 것은 무엇보다도 장수들이었다. 항연 군대의 시일(視日)이나 춘신군의 모사였다는 전력이 말해 주듯이 주문 자신도 제대로 된 무장은 아니었지만, 그 밑의 장수들은 더했다. 잘해야 녹림(綠林)이나 초적(草賊)의 우두머리요, 그도 아니면 뚝심 하나로 장수 노릇을 하는 건달이 고작이었다.

거기에 비해 장함은 비록 문관인 소부(少府) 일을 맡고 있었으나 오랫동안 자신을 갈고닦아 온 장재(將材)였다. 장수들 중에도 그가 힘들여 찾아 데리고 나온 왕리와 소각, 섭간 등은 수많은 싸움터를 헤쳐 온 무골들로, 시황제 시절에 진나라 장수들이 누리던 명성을 이을 만했다. 특히 왕리는 시황제 때의 명장 왕전(王翦)의 손자로서 일찍부터 몽염을 따라 흉노와 싸우면서 장수로서의 이력을 쌓아 온 맹장이었다.

나중에 싸움터에 이르러 주문의 진세를 둘러본 장함이 장수들을 불러 명을 내렸다.

"왕리와 소각, 섭간은 각기 한 갈래 갑병을 이끌고 적진을 관통하여 도적 떼를 몇 토막으로 흩어 놓으라! 그 뒤를 우리 삼군이 일시에 들이쳐 토끼 몰듯 하리라!"

그러자 세 장수는 각기 한 갈래의 갑병을 휘몰아 나름으로는 진세라고 벌여 놓은 주문의 대군 속으로 뛰어들었다. 갑옷으로 단단히 몸을 감싼 채, 당시의 어떤 병기보다 강하고 날카로운 진과(秦戈)를 앞세운 군사들이 대쪽을 쪼개는 듯한 기세로 뚫고 나가면서 주문의 대군을 서너 토막으로 갈라놓았다. 놀란 주문이

끊긴 지휘선을 다시 이으려고 하는데 틈을 주지 않고 장함이 남은 군사를 휘몰아 파도처럼 덮쳐 왔다.

원래도 머릿수가 적고 조련과 병기에서 아울러 뒤진 주문의 군사들이었다. 거기다가 전술까지 서툴러 벌판에서 정규전을 벌이다 강습을 당하고 나니 견뎌 낼 재간이 없었다. 순식간에 뭉개져서 대오고 뭐고 엉망진창이 되었다. 장졸을 가리지 않고 거미새끼처럼 뿔뿔이 흩어져 달아나기 바빴다.

기실 이런 형태의 싸움은 나중에 항우의 강병을 만나 무너질 때까지 장함이 관동의 반란을 진압할 때 쓴 전략 전술의 한 전형이 되었다. 곧 집중되어 강화된 전력으로 분산되어 약화된 봉기군의 갈래를 강습으로 일격에 격파해 버리는 방식이었다.

봉기군의 우두머리들은 그동안 압제에 시달린 백성들의 지지 아래 소규모의 병력밖에 없는 군현을 상대로 잇따라 승리해 왔다. 거기다가 실속 없이 요란하기만 한 자기들의 기세에 스스로 취하여 마땅히 의지해야 할 유격전의 이점을 까맣게 잊어버리고 말았다. 그리하여 진나라 조정이 마지막 힘을 짜내 내보낸 정규군의 대군에 겁 없이 정면으로 맞섰다가 무참하게 무너져 갔다.

주문이 패군을 수습한 것은 조양에서 한나절이나 도망을 친 뒤였다. 뒤쫓는 군사들의 함성이 잦아져 한숨을 돌리며 주위를 돌아보니 거기까지 따라온 것은 부장 두엇과 몇 십 기의 호위 군사뿐이었다.

"여기가 어디냐?"

주문이 그렇게 묻자 길을 잘 아는 군사가 대답했다.

"민지로 가는 길목입니다."

그때 부장 가운데 하나가 일깨워 주듯 말했다.

"민지라면 지난번 우리가 지나갈 때 백성들이 매우 따뜻이 맞아 주던 곳입니다. 장군께서는 먼저 그리로 가셔서 진왕(陳王, 진승)께 구원을 청하시는 한편 그곳 백성들을 다독이고 계십시오. 저는 여기서 기다리다가 흩어진 인마를 모아 그리로 가도록 하겠습니다."

주문도 달리 길이 없어 그 부장의 말을 따랐다. 그사이 모여든 몇 백 명을 데리고 먼저 민지로 갔다. 그리고 한편으로는 진승에게 위급을 알리고 다른 한편으로는 백성들 사이에서 새로 장정들을 뽑았다. 이튿날이 되자 조양에서 흩어진 인마도 셋에 하나 정도는 찾아들어 다시 몇 천의 군세를 이루었다. 그대로 가면 다시 오래잖아 몇 만 군사는 모을 수 있을 듯도 싶었다.

하지만 장함이 그럴 여유를 주지 않았다. 희수에서와 달리, 이번에는 아예 끝을 볼 생각인지, 장함은 싸움에 이긴 군사를 며칠 쉬게 하지도 않고 바로 주문을 뒤쫓기 시작했다. 사방에 사람을 풀어 주문이 달아난 곳을 알아내고, 열흘도 안 돼 민지로 밀고 들었다.

10만에 가까운 군사로도 두 번이나 깨강정 으깨지듯 했는데, 만 명도 안 되는 패잔병으로 승세를 타고 뒤쫓아 오는 대군을 당해 내기란 불가능했다. 어찌할 바를 몰라 허둥대는 사이에 군사들은 흩어지고 주문을 비롯한 몇 백 장졸만이 겹겹이 에워싼 장함의 진군(秦軍) 속에 갇히고 말았다. 사방을 둘러보던 주문이 문득 칼을 빼 들고 하늘을 우러러보며 외쳤다.

"내 끝내 망국의 한을 풀지 못하고 무도한 진나라의 칼날 아래 죽게 되었구나. 유유한 푸른 하늘아, 이 몸을 빌려 뜻한 바가 무엇이더냐!"

그러고는 스스로 목을 찔러 죽었다. 그런 주문과 함께 진나라를 쳐 없애려고 기세 좋게 서쪽으로 밀고 들었던 장초의 정예군 한 갈래가 자취 없이 사라지고 말았다.

주문을 죽인 장함이 다음으로 칼끝을 들이댄 것은 장초의 또 한 갈래 강력한 별동대인 오광의 대군이었다. 그때 오광의 군사는 형양을 에워싸고 있었다. 하지만 장함의 군사가 형양으로 달려갈 무렵 오광은 이미 살아 있는 사람이 아니었다. 거느리던 장수들에게 죽임을 당해 그 군사는 전장(田臧)이란 장수가 거느리고 있었다.

진승과 함께 군사를 일으켜 가왕(假王, 대리왕)까지 된 오광은 원래 적잖은 장졸을 나누어 받아 곡창지대인 형양 일대를 차지하러 갔다. 그러나 이사의 아들인 이유(李由)가 삼천 군수로 있으면서 형양을 잘 지키는 바람에 성을 떨어뜨릴 수가 없었다. 실속 없이 형양성을 에워싸고 날짜만 끌고 있는데 서쪽으로 간 주문의 군대가 장함에게 궤멸되었다는 풍문이 들려왔다. 장초에서 으뜸가는 명장이라는 주문이 죽고, 가장 정예라던 그 군사들이 하나도 돌아오지 못했다는 말이 돌자 군심이 흉흉해지고 장수들 사이에는 불화가 생겼다. 그 가운데서도 공명심에 들뜬 전장이란 장수가 공공연하게 들고일어나 다른 장수들을 쑤석거렸다.

"주문의 군사들은 이미 싸움에 크게 져서 뿔뿔이 흩어졌고, 장함이 이끄는 진나라의 대군은 머지않아 이곳으로 밀려들 것이라하오. 그런데 우리는 형양성을 에워싼 지 오래되었으나 아직 떨어뜨리지 못하고 있으니, 만약 이때 진나라 병사들이 쳐들어오면반드시 끔찍한 꼴을 보게 될 것이외다. 형양성에는 적을 성안에가둬 두기에 넉넉한 군사들만 남겨 놓고 나머지 날랜 군사들은모두 서쪽으로 가서 장함의 대군과 맞서 싸우는 게 차라리 옳을것이오. 그런데 지금 가왕 오광은 거만하고 횡포하기만 할 뿐, 군사를 부리는 일은 전혀 알지 못하니, 그와는 아무 일도 함께 꾀해 볼 수가 없소. 이대로 가다가는 이 형양성에 묶여 앞뒤로 적을 받고 모두 죽게 될 뿐이외다. 이제 오광을 없애고 잘못을 바로잡지 않으면 반드시 큰일을 그르치고 말 것이오!"

그 또한 권력이 부패시킨 것일까. 예전에는 의리 있고 남을 보살필 줄 안다 소리를 듣던 오광이었다. 그러나 가왕이 되어 진승다음가는 권력을 움켜쥐자 전장이 말한 것처럼 사람이 달라지고말았다.

"좋소. 진왕의 명을 위조하여 오광을 죽입시다. 나중에 자세한사정을 아뢰면 진왕께서도 우리의 충정을 알아주실 것이오."

그러잖아도 오광에게 불만을 품고 있던 장수들이 그렇게 받으며 전장을 편들어 일을 꾸몄다. 먼저 진왕의 명을 사칭하여 오광을 죽인 뒤에 다시 진왕에게 오광의 목을 보내며 그간의 사정을저희에게 유리하게만 꾸며 알렸다.

전장의 무리가 보낸 사자와 함께 오광의 목이 이르자 진왕(陳王) 진승은 놀랍고도 슬펐다. 돌이켜 보면 오광은 오랜 벗이었을 뿐만 아니라 목숨을 걸고 큰일을 함께 이룬 동지이기도 했다. 특히 수졸(戍卒)들과 더불어 들고일어나 세운 장초에서는 누구보다 우뚝한 건국공신이었다.

　그 때문에 진승은 자기가 없는 곳에서는 자기를 대신해 왕 노릇을 할 수 있게 오광을 가왕으로 삼았다. 그리고 힘깨나 쓰는 장수와 날랜 군사를 있는 대로 긁어모아 딸려 주며, 몰려드는 유민들을 먹이는 데 없어서는 안 될 곡창지대인 형양을 치러 보냈다. 빼앗아야 할 땅이 요긴한 만큼 빼앗은 공도 크리라 여겨 그렇게 했는데, 이제 그 오광이 죽어 목만 돌아온 것이다.

　진승은 떨리는 손으로 사자가 바친 글을 읽어 보았다. 먼저 오광을 죽인 다음 그 죄상을 알려 온 것도 그렇지만, 알려 온 오광의 죄상 또한 석연치 않은 데가 많았다. 하지만 그때 이미 진승은 비정한 권력의 속성에 속속들이 길들여져 있었다. 아무리 전장과 그를 따르는 패거리의 죄가 뚜렷하다 해도, 하루가 멀다 하고 불길한 파발이 달려오는 때에 대군을 이끌고 나가 있는 장수들에게 죄를 물을 수는 없었다.

　'오광, 뒷날 내 반드시 그대의 한을 풀어 주리라…….'

　진왕은 속으로 그렇게 이를 갈면서도 겉으로는 아무것도 모르는 척 전장이 원하는 대로 해 주었다. 사자를 형양성으로 보내 전장에게 초나라 영윤(令尹, 재상)의 인수를 내리고, 더하여 그를 상장군으로 올렸다.

오광을 대신해 모든 장졸을 맡게 된 전장은 곧 자신이 우겨 온 대로 군사를 움직였다. 먼저 이귀(李歸)에게 장수 몇 명과 군사 약간을 남겨 주며 멀찌감치 형양성을 에워싸고만 있게 했다. 그리고 자신은 나머지 날래고 굳센 군사들을 모두 이끌고 기세 좋게 장함을 찾아 달려 나갔다. 세력이 뒤지면서도 유리한 곳을 골라 지키며 적이 다가오기를 기다리지 못하고, 조급한 공명심에 휘몰려 목숨을 재촉하러 나선 셈이었다.

전장이 군사들을 휘몰아 한나절이나 내달은 끝에 장함이 이끄는 진나라 대군을 찾아낸 것은 오창 부근이었다. 오창에는 진나라가 건조한 황토지대의 구릉을 이용해 큰 구덩이를 파고 곡식을 갈무리하던 일종의 지하 창고가 있었다. 창고는 이미 굶주린 유민들에게 털리고 난 뒤였지만, 그래도 그곳은 부근의 다른 어떤 고을보다 곡식이 넉넉했다.

주문을 죽인 장함은 오광을 들이치기 전에 먼저 오창을 차지하고 함양에서 멀어질수록 불안해지기 시작한 군량부터 확보했다. 그리고 주문과의 싸움으로 지쳐 있는 장졸들을 잠시 쉬게 하는 한편, 탐마를 풀어 형양성의 형세를 알아보게 했다. 그런데 그 탐마가 돌아오기도 전에 오광의 자리를 뺏은 전장이 스스로 군사를 이끌고 장함의 진채를 찾아왔다.

멀리 나가 살피던 군사가 달려와 적병이 가까웠음을 알리자, 장함은 전처럼 훤히 트인 벌판에 진세를 벌이게 했다. 병졸들의 머릿수를 부풀리는 방식도 아니고, 장수의 재주를 자랑하는 것도 아닌 배치로 겉보기에는 평범하기 짝이 없었다. 그러나 실은 그들이 함곡관을 나오기 전 가장 공들여 익힌 진세였다.

처음 봉기했을 무렵에 누렸던 승세에 취해 적을 모르기는 전
장도 죽은 주문에 못지않았다. 거기다가 전장은 타고난 무골의
단순함으로 공을 서둘기까지 했다. 장함이 따로 유인하는 계책을
쓸 필요도 없이, 그물처럼 펼쳐 놓은 진나라 군의 진세 속으로
장졸들이 휘몰아 뛰어들었다.

장함은 장수들을 풀어 전장의 퇴로를 끊게 한 뒤, 남은 전군을
들어 무서운 기세로 받아쳤다. 빽빽한 창칼의 숲속에 갇힌 뒤에
야 전장은 비로소 왜 주문같이 헤아림 깊은 장수가 그렇게 어이
없이 무너졌는지 알 듯했다.

"물러나라. 뒤로 멀리 물렀다가 다시 전열을 정비한 뒤에 싸
우자!"

전장은 소리 높이 외치며 군사를 물리려 했으나 이미 때는 늦
은 뒤였다. 아무리 몸부림을 쳐도 사방을 철통같이 둘러싼 진군
(秦軍)들을 뚫고 나올 수는 없었다. 전장은 적에게 에워싸여 어지
럽게 뒤엉킨 군사들 속에서 이리 뛰고 저리 뛰고 하다가 끝내는
누군지도 모를 병졸의 칼에 목 없는 귀신이 되고 말았다.

그 뒤 장함이 보여 준 용병의 신속함은 실로 눈부신 바 있었
다. 들짐승 몰듯 하여 전장의 군사들을 모조리 잡아 죽인 장함은
쉴 틈도 없이 군사를 휘몰아 형양성으로 달려갔다. 길이 별로 멀
지 않아 자정 무렵에는 전장의 부장 이귀가 진채를 얽은 곳에 이
를 수 있었다.

그때 저희 상장군 전장의 기세만 하늘같이 믿고 있던 이귀는

가까운 장수들과 함께 태평스레 술을 마시고 있었다. 갑자기 군사 하나가 달려와 알렸다.

"멀지 않은 곳에서 말발굽 소리와 함께 수많은 사람과 말이 다가오는 기척이 있습니다. 횃불까지 켜 들었는지 하늘 한 모퉁이가 훤합니다."

"그게 어느 쪽이더냐?"

"동북쪽입니다."

그러자 이귀는 혼자 다 알은척 말했다.

"밤중에 행군하면서 군졸들에게 하무[枚]도 물리지 않고 횃불까지 켜 들었다면 야습을 하려는 군사가 아니다. 거기다가 동북쪽에서 온다니 진군도 아니다."

함께 술을 마시던 부하 장수 하나가 아무래도 걱정되는지 조심스레 권했다.

"그래도 장졸들에게 영을 내려 만일에 대비하도록 하는 게 어떻겠습니까?"

하지만 무엇에 홀렸는지 이귀는 얼굴까지 실쭉해지며 핀잔주듯 말했다.

"소란 떨 거 없소. 상장군께서 이기고 돌아오시는 길이 아니면 진왕(陳王)께서 원병을 보내신 것일 게요."

그사이 말발굽 소리는 군막 안에서도 들릴 만큼 가까워지더니 갑자기 망보기를 나갔던 군졸이 숨이 턱에 찬 채 뛰어들며 말했다.

"어느 편인지 모를 기마대가 진채로 뛰어들고 있습니다. 아무래도 적군 같습니다."

이어 더욱 다급한 외침이 들려왔다.

"적이다. 적의 야습이다!"

그제야 이귀도 술자리를 털고 일어났으나 혼란은 이미 걷잡을 수가 없는 상태로 빠져들고 있었다. 적병 기마대가 진채 안을 무인지경으로 휩쓸듯 베고 찌르며 내닫는 가운데 여기저기서 불길이 솟아올랐다. 오래잖아 적군 보졸들도 함성과 함께 밀려들었다.

거기다가 어떻게 연통이 되었는지 그동안 굳게 지키기만 하던 형양성 안의 군사들도 가만히 있지 않았다. 갑자기 성벽 여기저기에 횃불이 오르더니, 뒤이어 적지 않은 인마가 함성과 함께 성밖으로 뛰쳐나왔다.

그러잖아도 얼마 되지 않던 이귀의 군사는 그와 같이 앞뒤로 적을 맞게 되자 얼이 빠졌다. 한번 싸워 볼 엄두도 내보지 못하고 달아나 제 한목숨 건지기에도 급했다. 하지만 적이 워낙 대군인 데다 앞뒤로 가로막고 들이치니 살아서 빠져나갈 길이 없었다. 그날 밤 이귀를 비롯해서 형양성 밖에 남겨졌던 장초의 장졸들은 아무도 그 에움을 벗어나지 못하고 몽땅 놀란 넋이 되고 말았다.

주문이 이끌고 함양으로 쳐들어간 군대와 오광이 이끌고 형양성을 공격하던 군대는 진왕 진승의 군대 중에서 가장 굳세고 날랜 군사들로 이루어져 있었다. 몇 번의 싸움으로 그 두 갈래의 군대를 여지없이 쳐부순 장함은 다시 진현 부근에서 봉기한 다른 농민군을 치기 시작했다. 관동 민란의 괴수로 지목된 진승의 근거지인 진현으로 밀고 들기 전에 등 뒤에서 위협이 될 수 있는 세력을 미리 쓸어버리기 위함이었다.

그들 중에서 장함이 먼저 군사를 보내 치게 한 것은 등열(鄧說)이 이끄는 세력이었다. 등열은 진승과 같은 양성 사람으로 담(郯) 땅에서 군사를 일으켜 그 수가 몇 만에 이르렀다. 그러나 진승 밑으로 들어가지 않고 따로 세력을 이루어 진나라에 맞서고 있었다.

장함은 왕리(王離)에게 군사 3만을 내주며 등열을 치게 했다. 등열은 겁내지 않고 맞서 싸웠으나 병기가 날카롭고 조련이 잘 된 데다 승세까지 탄 진군을 당해 낼 수 없었다. 한 싸움에 무참하게 져, 거느리고 있던 군사를 모두 잃고 제 한 몸만 겨우 빼내 진승이 도읍 삼고 있는 진현으로 달아났다.

그때 허(許) 땅에는 질현(銍縣)의 군사들이 머물고 있었다. 진 승과 오광이 진나라에 맞서 군사를 일으키자 오서도 농민군을 모아 일어났는데, 그 세력이 또한 만만치 않았다. 보기(步騎) 10만이라 큰소리치며, 그 또한 진승 밑에 들지 않고 따로 한 갈래 세력을 이루었다.

장함은 왕리가 돌아오기를 기다렸다가 대군을 몰아 이번에는 오서의 무리를 쳤다. 오서가 힘을 다해 버텨 보았으나 될 일이 아니었다. 하루도 안 돼 군사들은 장함의 진군에게 조각조각이 나 흩어지고 오서만 겨우 목숨을 건져 진승에게로 달아났다.

등열과 오서를 쳐 없애자 진현 부근에는 진승이 직접 거느린 군사들 말고 달리 위협이 될 만한 세력이 없어졌다. 이에 장함은 드디어 장초의 도읍인 진현으로 밀고 들었다. 이세황제 2년 섣달 초순으로, 장함이 함곡관을 나온 지 한 달 만이요, 진승과 오광이 군사를 일으킨 지 다섯 달 만의 일이었다.

그해 7월 진승이 대택향에서 수졸 9백과 더불어 일어나 왕위에 오를 때까지 승승장구하던 시절의 엄청난 기세를 돌이켜 보면, 그같이 급속한 반전은 얼른 이해하기 어려운 데가 있다. 어떤 이는 그걸 그저 하늘의 뜻[天命]으로밖에는 설명할 수 없다고 한다. 그러나 하늘의 뜻 같은 것을 믿지 않는 사람들은 대개 장함의 뛰어난 용병술과 그가 이끈 군사들의 우수함을 그 원인으로 내세운다.

틀림없이 장함은 여러 가지로 뛰어난 장수였다. 그러나 뒷날 비루한 왕 노릇과 자살로 끝을 맺은 그의 삶을 총체적으로 헤아려 보면 그가 뛰어났다 해도 천하대세를 바꾸어 놓을 만큼은 아니었다. 장함이 거느린 군사들도 그랬다. 사면된 죄수와 노비의 자식으로 꾸며진 군대치고는 잘 싸웠지만, 오래잖아 그들 20만 명이 산 채로 한 구덩이에 묻히는 것으로 보아 반드시 시대 흐름을 되돌릴 만큼 대단한 군사들은 아니었다.

따라서 장함이 그렇게 아무도 도와줄 이 없어 외롭게 된 진현으로 밀고 들게 된 것은 천하대세의 반전이라기보다는 장초를 세우고 그 왕위까지 누린 진승의 영락이라고 보는 편이 낫다. 그리고 그 급속한 영락의 원인은 무엇보다도 먼저 진승 자신과 그를 둘러싼 세력 내부에서 찾아보는 게 옳을 듯하다.

진승이 변했다는 소문은 그가 왕이 된 지 얼마 지나지 않아서부터 돌기 시작했다. 대개는 미천했던 시절에 알고 지내던 사람들이 높고 귀해진 그에게 기대러 왔다가 푸대접을 받은 데서 생겨난 말이었다. 아마도 그 첫 번째가 그의 장인이 될 듯싶다.

진승이 장가를 든 것은 남의 머슴살이를 하고 있을 때여서 처가도 변변치 못했다. 장인 되는 사람은 가난한 농부로서 진승에게 딸을 준 뒤에도 어렵게 살아가고 있었는데, 어느 날 문득 사위가 임금이 되었다는 소문을 들었다. 반가운 마음에 가을걷이조차 미루고 한달음에 진현으로 달려갔다.

그때 진승은 한창 임금 노릇에 맛을 들이고 있는 중이었다. 궁궐을 으리으리하게 꾸미고 백관을 두어 임금으로서 지녀야 할 위엄을 키우고 있는데, 장인이 찾아왔다. 새로 얻은 미인들에게 마음을 뺏긴 그에게 어려운 시절에 만났던 아내가 대단할 리 없었고, 아내가 그러하니 찾아온 장인 또한 반가울 리 없었다. 마지못해 만나 주기는 했으나 길게 읍(揖)할 뿐 절을 하지 않았다.

진승의 장인은 비록 가난하고 힘들게 살아도 사람까지 모자라지는 않았던 듯싶다. 사위가 자신을 맞아들이는 꼴을 보고 벌컥 성을 내며 소리쳤다.

"세상이 어지러운 틈을 타 함부로 왕을 일컫고[怙亂僭號], 어른에게는 오만 방자하니 네가 그리 오래가지 못하겠구나!"

그러고는 자리를 박차고 일어났다. 그제야 놀란 진승이 무릎을 꿇고 빌었으나 장인은 끝내 뒤 한번 돌아보지 않고 가 버렸다.

진승이 자신을 찾아온 옛 친구를 죽인 일도 좋지 않은 소문이 되어 진승의 평판을 깎아내렸다. 처음 진승이 반겨 맞아들여 궁궐에 머물게 된 그 옛 친구는 지난날의 정분만 믿고 왕을 대하는 예를 지키지 않았을 뿐만 아니라, 어렵게 지내던 시절의 얘기를 함부로 하고 다녔다. 보다 못한 신하가 그 일을 일러바치자 진승은 마침내 옛 친구의 목을 베게 하여 그 입을 막았다.

진승은 왕이 된 자신의 위엄을 지키기 위해 어쩔 수 없이 그랬다고 핑계 댔을 것이다. 하지만 실은 그때 이미 권력의 단맛에 취해 제정신을 조금씩 잃어 가고 있었다고 보는 게 옳다. 그 뒤 그를 왕위에 끌어올린 옛 사람들은 모두 떠나가고, 새로 온 사람들도 밝고 어질다 하면 아무도 그 곁에서 오래 일하려 들지 않았다.

그렇게 되니 진왕의 주변에는 권력을 탐내고 이익을 노리는 소인배만 모여들었다. 진왕은 그들 중에서 주방(朱房)이란 자를 총애하여 중정관(中正官)으로 삼고, 또 호무(胡武)란 자를 믿어 사과관(司過官)으로 삼았다. 그리고 벼슬아치를 뽑아 쓰는 일과 그 잘못을 캐고 벌주는 일을 그들 두 사람에게 모두 맡겼다.

그렇게 되자 장초의 조정은 주방과 호무가 주무르게 되었다. 진왕 밑에서 벼슬을 하려는 사람은 먼저 그 두 사람에게 뇌물을 바쳐야 했고, 그래서 벼슬을 얻어도 그들 눈에 벗어나면 성하게 살아남지 못했다. 장수들이 싸움을 이기고 돌아와서도 그들에게 뇌물을 바치지 않으면 오히려 죄를 물었으며, 진왕에 앞서 그들의 명을 받들지 않으면 바로 반역으로 몰렸다.

주방과 호무는 또 죄를 다스림에 가혹한 것을 진왕에 대한 충성으로 여겼다. 하찮은 일도 끔찍한 벌을 주어 보는 이를 떨게 했고, 또 진왕에게는 큰 공을 세운 양 자기들이 다스린 죄를 턱없이 부풀려 말하였다. 그러자 대신과 장수들은 그들과 마주치기 싫어 진왕 가까이 가기조차 꺼려 했다.

각처로 파견한 장수들이 너무 빨리 자립하여 왕이 된 것과, 그런 그들을 통제할 아무런 수단이 없었다는 것도 진왕이 그토록 일찍 장함에게 되몰리게 된 원인이었다. 장수들이 떠날 때마다 많건 적건 군사를 나누어 주다 보니 종주국 격인 장초는 군사적으로 차츰 공동화(空洞化)되어 갔다. 그래서 진왕에게는 자립하여 왕이 된 그들의 충성을 강제할 힘이 남아 있지 않을뿐더러 든든한 동맹을 담보할 수단조차 없었다.

장초 조정의 그와 같은 취약점은 조나라가 자립할 때 이미 그 모습을 드러냈다. 처음 장군 무신(武臣)이 자립하여 조왕(趙王)이 되었다는 말을 듣자 진왕은 몹시 성을 냈다. 진현에 있는 무신의 가족뿐만 아니라, 그 밑에서 좌우 승상이 된 장이(張耳)와 소소(邵騷), 그리고 대장군이 된 진여(陳餘)의 가족들까지 모조리 잡아들이게 했다. 가까운 날 저잣거리로 끌어내어 목을 벰으로써 다른 장수들에게 본보기로 삼을 작정이었다.

그때 상주국(上柱國, 초나라 무관 최고직)이던 방군(房君) 채사(蔡賜)가 나서서 말렸다.

"천하의 공적(公敵)인 진나라를 아직 쳐 없애지 못하였는데, 조왕과 그 장상(將相)의 가족을 죽인다면 이는 또 다른 진나라를 적으로 만드는 것과 같습니다. 조나라는 땅이 넓고 백성들이 많

은 데다 방금 새로 일어나 그 기세가 만만치 않습니다. 이를 적
으로 삼느니보다는 차라리 그들을 경하해 주고, 그들로 하여금
빨리 서쪽으로 군사를 보내 진나라를 치도록 만드시는 게 낫겠
습니다."

그때 진왕은 사람이 좀 변하기는 했어도 아직 온전히 돌지는
않은 채였다. 곰곰 헤아려 보니 채사의 말이 옳았다. 곧 옥에 가
두었던 사람들을 궁중으로 옮겨 살게 하고, 장이의 아들 오(敖)를
성도군(成都君)에 봉했다. 그런 다음 사신을 조나라에 보내 무신
의 등극을 경하함과 아울러 하루빨리 군사를 서쪽으로 내어 함
곡관으로 쳐들어가라 당부하였다.

얼른 보아서는 꽤나 그럴듯한 계책이었으나 그 뒤가 진왕이
바란 대로 되지 않았다. 사신을 통해 진왕의 경하와 당부를 들은
장이와 진여가 가만히 조왕을 만나 보고 말했다.

"대왕께서 조왕이 되시는 걸 경하해 준 것은 초(楚, 여기서는 장
초)나라의 참뜻이 아니라, 저들의 계책에 따라 대왕을 달랜 것에
지나지 않습니다. 초나라가 진나라를 쳐 없앤 뒤에는 반드시 조
나라에 칼끝을 들이댈 것이니, 바라건대 대왕께서는 군대를 서쪽
으로 움직이지 마시옵소서. 북쪽으로 연(燕)과 대(代)를 쳐서 얻
으시고, 남쪽으로 하내(河內)를 거두시어 먼저 영토부터 넓혀 두
셔야 합니다. 조나라가 남쪽으로는 대하(大河)에 의지하고, 북쪽
으로는 연과 대를 차지하고 있으면, 초나라가 비록 진나라를 이긴
다 하더라도 조나라를 함부로 억누르려 들지는 못할 것입니다."

조왕은 그 말을 옳게 여겼다. 군사를 서쪽으로 내는 대신 장수

들을 보내 연과 대 땅을 거두어들이게 하였다. 곧 한광(韓廣)은 옛 연나라 땅을 거두게 하고, 이량(李良)은 상산(常山)을 치도록 했으며, 장염(張魘)은 상당(上黨)을 우려뽑게 하였다.

그런데 한광이 다시 연왕(燕王)으로 자립하여, 진왕과 조왕 사이에 있었던 일을 조왕과 다시 되풀이하게 된다. 진왕과 직접 관련은 없으나 당시 새로 일어난 제후국들의 성격을 보여 주는 데가 있어 대충 훑어보면 이렇다.

한광이 대군을 이끌고 연나라에 이르자 그곳의 호족들이 모여 한광에게 권했다.

"초나라도 왕을 세웠고, 조나라도 왕을 세웠습니다. 우리 연나라가 비록 적다 하나 병거 만 승의 나라였으니 자립하기에 넉넉합니다. 부디 장군께서 연왕에 오르시어 이 땅과 백성들을 지켜 주십시오."

"여러분의 뜻은 고마우나 늙으신 어머니와 처자가 조나라에 있어 따를 수가 없소이다."

한광이 무겁게 고개를 가로저으며 받았다. 그러자 연나라 호족 가운데 하나가 자신 있게 말하였다.

"조나라는 이제 서쪽으로는 진나라를 걱정해야 하고, 남쪽으로는 초나라를 걱정해야 합니다. 그런 그들이 무슨 힘이 남아 우리를 칠 수 있단 말입니까? 거기다가 초나라는 강대한 데도 오히려 조왕과 그 장상의 가족들을 해치지 못하였는데, 방금 생긴 조나라가 어찌 함부로 장군의 가족을 해칠 수 있단 말입니까?"

한광이 가만히 들어 보니 그 말이 옳았다. 마침내 자립하여 연왕이 되었다. 그 뒤는 연나라 사람들이 헤아린 대로였다. 몇 달이 지나지 않아 조나라는 연나라 왕이 된 한광의 어머니와 가족들을 연나라로 보내 주었다.

하지만 일은 거기서 끝나지 않았다. 개구리 올챙이 시절 모른다고, 조왕은 어쩔 수 없이 한광의 자립을 허용하고 나서도 마음속의 꺼림함을 다 털어 내지 못했다. 거기서 또다시 당시 새로 일어난 제후들과 그 장상들 사이의 이반과 결속의 양태를 잘 보여 주는 일이 터졌다.

조왕은 나라의 틀이 잡히는 대로 장이, 진여와 더불어 북쪽으로 군사를 내어 연나라를 쳤다. 그런데 어느 날 홀로 진채 밖을 거닐다가 마침 정탐하러 나온 연나라 군사들에게 사로잡히고 말았다.

연나라 장군은 조왕을 가두어 두고 조나라의 땅을 절반 떼어 주면 조왕을 놓아주겠다고 통보해 왔다. 뜻밖의 낭패를 당한 장이와 진여가 다른 조건을 내걸어 보았으나 소용이 없었다. 사자를 보내기만 하면 목을 베어 돌려보내며, 땅을 내놓지 않으면 왕도 죽여 버리겠다고 을러댔다.

그때 조나라 진채에 나무하고 말 기르는 군졸[廝養卒]이 하나 있었는데, 함께 일하는 군졸들을 보고 결연히 말했다.

"내가 연나라 장수를 달래 조왕을 수레에 싣고 돌아오겠다!"

그러자 군졸들이 비웃으며 말했다.

"벌써 사신으로 간 사람만 여남은 명이 되지만, 가는 족족 모조리 죽임을 당하였다. 그런데 네깟 것이 어떻게 왕을 구해 올 수가 있단 말이냐?"

하지만 그 군졸은 아무 대꾸 없이 연나라 성벽 아래로 달려가 성을 지키는 연나라 장수에게 만나기를 청했다. 연나라 장수가 마지못해 성벽 위로 나오자 그 군졸이 위를 올려 보며 크게 소리 쳐 물었다.

"장군께서는 제가 무엇 때문에 뵙기를 청했는지 아십니까?"

"아마도 너희 왕을 구하고 싶어 하는 것일 테지."

연나라 장수가 시답잖다는 듯 대꾸했다. 그 군졸이 다시 물었다.

"장군께서는 우리 우승상 장이와 대장군 진여가 어떤 사람인 지 알고 계십니까?"

"슬기롭고 밝은 사람들이지."

"그럼 그들이 무엇을 하기를 원하는지 아십니까?"

"자기들의 왕을 구하려 하겠지."

연나라 장수가 듣지 않아도 뻔하다는 투로 받았다. 그러자 그 군졸이 껄껄 웃으며 깨우쳐 주듯이 말했다.

"장군께서는 저 두 사람이 어떤 사람인지 모르시는 것처럼 그 들이 원하는 바도 알지 못하시는군요. 무신과 장이, 진여는 말채 찍을 흔드는 것만으로도 조나라의 수십 개 성을 떨어뜨렸을 만 큼 꾀 많고 헤아림이 깊지만, 또한 속으로는 제각기 남면(南面)하 여 왕이 되고자 했던 사람들입니다. 그런데 이제 와서 누구는 왕 이 되고 누구는 경상으로 머물겠습니까? 무릇 임금과 신하의 지 위는 결코 같은 것이라 말할 수 없습니다. 처음 조나라를 얻었을 무렵에는 대세가 안정치 못해, 나라를 세 토막 내어 각기 왕이 될 수 없었습니다. 이에 나이를 따져 무신을 앞세워 왕위에 올림으로써 조나라의 인심부터 거두어들였지요. 하지만 이제 조나라는 땅도 사람도 모두 그들의 것이 되었으니, 장이와 진여도 나라를 나누어 왕이 되고 싶을 것입니다. 다만 그렇게 할 구실과 틈탈 겨를이 없어 기다리고 있을 뿐입니다.

그런데 지금 장군께서 조왕을 가두고 계시니 저 두 사람은 겉으로는 구하려고 애쓰는 척하고 있으나 실은 연나라가 그를 죽여 주기를 간절히 바라고 있을 것입니다. 조왕만 죽어 없어지면 두 사람은 조나라를 둘로 나누어 각기 왕이 될 수 있을 것이기 때문입니다. 하지만 그때도 연나라를 쳐 전왕(前王)의 원수를 갚는다는 명분은 저 두 사람에게 그대로 남게 되니 연나라로 보아서는 실로 큰 재앙이 아닐 수 없습니다. 하나의 조나라로도 연나라를 가볍게 여겼는데, 두 사람의 꾀 많고 헤아림 깊은 조왕이 서로 돕고 의지하며 연나라에게 자기들의 전왕을 죽인 죄를 묻는다면 그때는 어찌하시겠습니까? 모르긴 하되, 그들이 힘을 합친다면 연나라를 멸망시키는 것도 그리 어렵지 않을 것입니다."

성벽 위의 연나라 장수가 그 말을 듣고 가만히 헤아려 보니 그 군졸의 말이 옳았다. 이에 크게 인심 쓰는 척 조왕을 돌려보내 주니, 그 막일하는 군졸은 제가 큰소리친 대로 조왕을 수레에 태워 모셔 왔다. 진왕과는 직접 관련이 없지만 당시 새로 선 왕들과 그 장상들 사이를 엿볼 수 있는 또 다른 예이다.

진승이 군사를 일으킨 뒤 많은 호걸들이 곳곳에서 봉기했으나 자립할 만한 세력이 못 되는 이들은 대개 진승 밑에 들기를 원했다. 따라서 겉보기에는 진승에게 복종하는 듯했지만, 그것은 어디까지나 진승의 기세가 좋을 때뿐이었다. 부장들이 하나둘 자립해 가면서 그들도 복종을 거부했는데, 그걸 잘 드러내는 일이 무평군(武平君) 반(畔)의 죽음이다.

진승이 처음 왕위에 올랐을 때 능현 사람 진가(秦嘉), 질현 사람 동설(董緤), 부리 사람 주계석(朱鷄石), 취려 사람 정포(鄭布), 서 사람 정질(丁疾) 등도 따로 군사를 일으켰다. 그들은 서로 연합하여 담현에서 진나라 동해 군수 경(慶)을 에워싸고 있었으나 쉽게 이기지 못했다.

그 소식을 들은 진왕은 무평군 반을 장군으로 삼아 담현성을 에워싸고 있는 의군(義軍)들에게 보냈다. 그들을 모두 장초 아래 편입해 감독하고 통솔하기 위해서였다. 하지만 진가는 무평군을 받아들이지 않고 자립하여 스스로 대사마가 되었다.

"무평군은 나이가 어려 군사를 부리는 일에 밝지 못하니 그의 말을 따르지 말라!"

거느리고 있던 군리들에게 그렇게 명을 내려 무평군을 따돌리더니, 마침내는 진왕의 명을 위조해 그를 죽여 버렸다. 한때 명목상으로나마 진왕을 저희 주인으로 받들었던 다른 봉기군 우두머리들의 복종이란 게 대개 그 정도였다.

장함이 진현으로 밀고 든 것은 진왕이 그렇게 하여 외로워질 대로 외로워진 뒤의 일이었다. 하지만 그래도 한때 강대했던 초나라를 자처했던 세력이라 그런지 가만히 앉아서 당하지는 않았다. 장함의 군대가 진현으로 들어가기도 전에 상주국(上柱國)인 방군(房君) 채사(蔡賜)가 대군을 이끌고 마주쳐 나왔다.

채사는 상채 사람으로 일찍부터 초나라에서 무관으로서는 가장 높은 상주국 자리에 올랐을 만큼 장수의 자질이 있었다. 일이 급해지자 성안의 장졸들을 있는 대로 긁어모아 스스로 이끌고 나가면서 진승에게 말하였다.

"대왕, 진나라의 대군이 이르고 있다 하니 신이 먼저 나갑니다. 장함이 우리 땅으로 들어오기 전에 그를 맞아, 죽기로 싸워 그 기세를 꺾어 놓겠습니다. 그사이 대왕께서는 다시 널리 장졸들을 모아 신의 뒤를 받쳐 주십시오. 듣기로 지금 조정에서는 장하(張賀)가 가장 뛰어난 장수감이라 하니 그를 앞세우면 될 것입니다."

그러고는 장졸들을 휘몰아 진현성 밖 50리 되는 곳에 진을 쳤다.

무인지경 밀고 들듯 장졸들을 휘몰아 진현으로 달려가던 장함은 그런 채사의 군사들을 보자 은근히 놀랐다. 이제 인근에서는 도와줄 세력도 없고, 진왕의 군사도 다 흩어져 가서 숨통만 죄면 진현은 쉽게 떨어질 줄 알았는데, 적이 뜻밖의 대군으로 맞서 왔기 때문이었다. 그것도 싸우기에 좋은 지형을 골라 제법 정연한 진세를 벌이고 있는 게 적이지만 기특하기까지 했다.

"대군을 휘몰아 단숨에 짓밟아 버리는 게 어떻겠습니까?"

그때까지 잇따라 이겨 온 뒤라 호기가 솟은 진나라 장수들이 장함에게 그렇게 말했다. 그러나 조용히 적진을 살피던 장함은

184

무겁게 고개를 저었다.

"마지막 전력을 다 긁어모은 것이라 그런지 저들의 기세가 여간 날카롭지 않다. 게다가 뒤가 막힌 땅을 골라 진세를 벌인 것이 죽기를 각오한 군사들이다. 함부로 들이치지 말고 우리도 지키기 좋은 곳을 골라 진채를 세워라."

그리고 탐마를 풀어 앞뒤 사정을 살펴보게 했다. 오래잖아 풀어놓은 탐마들이 돌아와 알렸다.

"군사를 이끌고 나온 장수는 상주국 채사이고 그가 이끈 군사는 진현에 남아 있는 장졸 모두라고 합니다. 또 성안에서는 장하라는 장수가 인근 고을에 흩어져 있던 군사들을 불러들이고, 새로 장정들을 뽑아 군세를 키우고 있다고 합니다. 장하는 싸울 채비가 갖춰지는 대로 성을 나와 채사와 더불어 기각지세(掎角之勢)를 이루어 성을 지키면서 구원이 오기를 기다릴 심산인 듯합니다."

그 말을 들은 장함의 얼굴이 흐려졌다. 잠시 깊은 생각에 잠겼다가 장수들을 불러 모아 말했다.

"진승에게도 충신과 양장(良將)이 영 없지는 않구나. 장하까지 군사를 모아 성을 나오면 우리에게도 힘든 싸움이 된다. 희생이 늘더라도 기각지세를 이루기 전에 하나씩 떼어 쳐부수는 수밖에 없다. 오늘 밤 채사를 친다!"

거기서 장함이 함곡관을 나온 이래 가장 힘든 싸움이 한바탕 벌어졌다. 채사는 야습에 대비하고 있었으나 덮친 장함의 군사들이 워낙 대군이었다. 20만이 넘는 대군을 여러 갈래로 나누어 수레바퀴 굴리듯 번갈아 밀고 드니 3만 남짓한 채사의 군사들이 견뎌 낼 수 없었다. 날이 새기도 전에 채사의 진채는 잿더미가 되고 상주국 채사도 군사들과 함께 죽임을 당하고 말았다.

그 싸움에서 장함의 군대가 입은 손실도 적지 않았다. 거기다 가 밤새 싸우느라 살아남은 군사들도 몹시 지쳐 무리하게 몰아 댈 수가 없었다. 하는 수 없이 그날 하루를 푹 쉬게 한 뒤에야 다시 진현으로 나아갈 수 있었다.

그사이 진왕과 장하는 마지막 한 방울까지 짜낸 힘으로 적지 않은 군사를 모았다. 하지만 상주국 채사가 이끌고 간 군대가 이미 싸움에 지고 채사도 죽었다는 소식이 오자 성을 나가는 대신 곡식을 거둬들이고 성벽을 고쳐 농성을 준비했다. 그때 질현 사람 오서(伍徐)가 진왕에게 말했다.

"적은 20만 대군이요, 진현의 성은 좁고 성벽은 얇습니다. 에워싸여 싸우다가 성이 깨어지기라도 하는 날에는 오도 가도 못 하는 낭패를 당할까 두렵습니다. 차라리 들판에서 크게 싸워 보고, 뜻 같지 못하면 몸을 빼내 뒷날을 기약해 보는 것이 어떻겠습니까?"

듣고 보니 그도 그럴듯한 말이었다. 이에 진왕은 장하로 하여금 진현 서쪽의 들판에 진세를 벌이게 하고 자신도 싸움을 독려한다는 명목으로 함께 나와 장함의 군사들이 오기를 기다렸다.

오래잖아 장함의 대군이 이르러 양쪽 모두가 죽을힘을 다한 싸움이 다시 한번 진현 서쪽 벌판에서 벌어졌다. 그러나 시간이 지날수록 병세가 약한 데다 구원병조차 없는 진왕 쪽이 밀릴 수밖에 없었다. 마침내 진채는 뭉그러지고 장수인 장하마저 어지럽게 몰리는 군졸들 사이에서 죽고 말았다.

좌우의 보살핌으로 간신히 몸을 빼낸 진왕은 멀리 여음으로 달아났다. 그러나 장함은 그런 진왕에게 숨 돌릴 틈을 주지 않았다. 한 갈래 날랜 군사를 보내 급히 뒤쫓게 했다.

이에 진왕은 흩어진 장졸들을 수습해 볼 엄두도 내지 못하고 수레를 하성보(下城父)로 몰게 했다. 예전에 부장으로 있던 장수 하나가 그곳에서 약간의 세력을 모아 놓고 기다린다는 풍문이 있어서였다. 하지만 하성보에 이르러 보니 헛소문이라 맥없이 수레를 돌리는데 진군의 추격은 다급하기만 했다.

그때 진왕의 수레를 몰던 것은 장고(張賈)란 자였다. 시골 현청에서 어자(御者, 마부) 노릇을 하다가 진왕을 따라나서 장초의 태복에까지 올랐으나 심지가 불량하였다. 진왕이 점점 궁해지고 지키는 군사도 줄어들자 슬며시 마음이 달라졌다. 졸개 하나와 짜고 진왕을 죽여 팔자 고칠 궁리를 했다.

그날 밤 장고는 온종일 쫓기느라 지친 진왕이 깊이 잠들기를 기다렸다가 가만히 다가가 찔러 죽였다. 그리고 그 목을 잘라 수레에 싣고 진나라 진채로 달려가 항복하고 말았다.

장고의 투항을 받은 진나라 장수는 진왕의 목과 장고를 장함이 있는 진현으로 보냈다. 진왕의 목을 본 장함은 몹시 기뻐하며 장고에게 후한 상을 내렸다. 아울러 장고에게 약간의 군사를 딸려 주며 진현을 지키게 하고 자신은 동쪽으로 또 다른 반란 세력을 찾아 떠났다.

함양에서 불어온 역풍은 일견 대택에서 인 회오리를 가볍게 잠재워 버린 듯했다. 장함도 진승을 죽임으로써 관동의 큰 불길은 잡은 것으로 여겼다. 하지만 대택의 회오리가 불러일으킨 관동의 불씨를 모조리 끈 것은 아니었다.

한때 진왕 곁에서 시중들다 장군이 된 여신(呂臣)이란 사람이 있었다. 진왕이 죽었다는 말을 듣자 창두군(蒼頭軍)을 조직해 신양에서 일어났다. 창두란 원래 사가의 노비를 이르는 말이었으나, 여신의 창두군은 문자 그대로 푸른 수건으로 머리를 싸맨 군대를 말한다.

여신은 진왕의 원수를 갚는다며 창두군을 이끌고 진현으로 쳐들어갔다. 장고가 장함에게서 얻은 약간의 진나라 군사들과 함께 성을 지키고 있었으나 당해 낼 수가 없었다. 끝내 성은 떨어지고 장고는 창두군들에게 난도질당해 죽었다.

여신은 진왕의 머리를 찾고 또 하성보에 있는 몸통도 가져다 이은 뒤에 성대하게 장례를 치렀다. 왕후를 장사 지내는 예로 탕현에 묻고, 더하여 애상(哀傷)의 뜻이 있는 은왕(隱王)이란 시호까지 바쳤다. 하지만 그동안에도 함양에서 불어온 역풍은 거세게 중원을 휩쓸고 있었다.

상처와 기연(奇緣)

　진 이세황제 2년 정월 패공 유방은 방여(方與)란 곳에 군사를 머물게 하고 있었다. 돌이켜 보면 천하의 풍운에 몸을 던진 뒤 석 달 남짓, 참으로 숨 가쁘게 내달아 온 나날이었다.

　지난해 9월 현령의 자리를 맡아 먼저 패현을 수습한 유방은 다시 건달 시절 내 집같이 드나들었던 풍읍까지 아울러서 근거로 삼았다. 패공은 그를 우러러 모여든 젊은이 3천 명을 받아들여 군사로 조련하고, 소하, 노관, 조참, 번쾌, 주발, 관영, 하후영, 주가, 주창, 기신같이 전부터 그를 따르던 이들에게는 각기 알맞은 벼슬을 내려 그들을 이끌게 했다. 그리하여 그들이 부릴 만한 장졸로 짜여지자, 아직도 천하의 큰 흐름을 알아보지 못하고 우왕좌왕하는 이웃 고을들을 휩쓸기 시작했다.

첫 번째 목표는 풍읍에서 멀지 않은 호릉이었다. 새로 일으킨 군사의 날카로운 기세에다 갑자기 장수가 된 시골 아전과 장사꾼에 저잣거리 건달의 분발이 더해지니 그러잖아도 별로 싸울 마음이 없던 호릉 현령과 잔뜩 움츠러든 호릉 현군(縣軍)이 당해 낼 리 없었다. 싸움다운 싸움도 없이 성은 떨어지고 호릉은 패공의 깃발 아래 들어왔다.

패공은 다시 길을 서북으로 잡아 방여로 군사를 몰고 갔다. 방여 또한 호릉과 크게 다르지 않았다. 천하대세의 흐름에 스스로 올라탈 배짱도 없고, 진나라를 위해 성을 지키다 죽을 충성심도 갖지 못한 현령은 한번 싸워 보지도 않고 성문을 열어 주었다.

열흘도 안 돼 호릉과 방여 두 현을 더 차지한 패공은 방여에서 며칠을 쉰 뒤 다시 풍읍으로 돌아갔다. 아직 넉넉하지 못한 세력으로 전선을 너무 멀리까지 확대했다가 근거를 잃게 되면 낭패가 아닐 수 없었다. 풍읍과 패현을 중심으로 보다 힘을 기른 뒤에 다시 나아가기로 하고, 우선은 군사를 물려 쉬게 했다.

그런데 먼 길에서 돌아온 장졸이 제대로 쉬기도 전에 놀라운 전갈이 들어왔다. 사천군(泗川郡, 사수군)에 어사감으로 내려와 있던 평(平)이란 자가 진군(秦軍)을 이끌고 호릉을 빼앗은 뒤 풍읍으로 쳐들어오고 있다는 내용이었다. 패공은 급히 장졸들을 불러 모아 싸울 채비에 들어갔다. 그러나 미처 채비가 갖춰지기도 전에 어사감 평의 군사들은 풍읍을 에워싸고 말았다.

그때 평이 이끈 진나라 군사들은 장초왕 진승이 보낸 주문(周文)의 군대가 희수 가에서 저희 편 장수 장함에게 크게 지고 쫓겨났다는 것을 이미 소문으로 들어 알고 있었다. 움츠러들었던 기세가 되살아난 데다 그 머릿수 또한 적지 않았다. 하지만 패공은 두려워하지 않았다. 장졸들을 하루 더 성안에서 쉬게 한 뒤 한꺼번에 휘몰아 성을 나갔다.

겁을 먹은 패공이 성을 의지해 버틸 줄 알았던 어사감 평과 진나라 군사들은 그 갑작스러운 공격을 당해 내지 못했다. 한 싸움에 크게 지고 사태 지듯 뭉그러져 호릉으로 달아났다. 이에 패공은 풍읍을 옹치(雍齒)에게 지키게 한 뒤 남은 장졸을 이끌고 평을 뒤쫓았다.

패공이 옹치에게 풍읍을 맡긴 데는 까닭이 있었다. 옹치는 그곳에서 나고 자랐을 뿐만 아니라, 얼마 전까지도 그 뒷골목을 휘어잡고 있던 건달들의 우두머리 가운데 하나였다. 비록 패공 밑으로 들어온 것은 아직 두 달이 안 되지만, 적어도 풍읍을 맡아 지키는 일이라면 그보다 나은 사람이 있을 것 같지 않았다. 거기다가 끝까지 맞서 버티다가 대세가 기울자 마지못해 머리를 숙이고 들어온 터라, 패공에게는 은연중에 그런 옹치의 진정을 한번 시험해 보고 싶은 마음도 있었다.

무엇 때문인지 옹치도 패공을 따라 어사감 평을 뒤쫓기보다는 풍읍에 남아서 지키는 쪽을 좋아하는 것 같았다. 군사 약간과 전부터 그를 따르던 졸개 몇 명만 남겨 주었는데도 별로 걱정하는 눈치가 아니었다. 전에 없이 고분고분하게 패공의 명을 받들었다.

"저 옹치란 자를 믿고 풍읍을 맡겨도 되겠습니까? 번쾌와 노관이라도 곁에 붙여 두는 게 어떨는지요?"

매사를 꼼꼼히 살펴 처리하는 소하가 걱정스러운 눈길로 패공을 보며 그렇게 말했다. 오래 옥리로 일해 패현뿐만 아니라 풍읍의 건달패까지도 잘 아는 조참 또한 옹치를 좋게 보지 않았다.

"들기로 옹치는 고집이 세고 자존망대(自尊妄大)하여 남의 밑에 들기를 좋아하지 않는 자라 했습니다. 거기다가 수하들을 사납게 다루어 한번 그 밑에 들면 벗어날 길이 없다 하니, 그 비뚤어진 심사를 알 만합니다. 믿고 풍읍을 맡길 자가 못 됩니다."

그러나 패공 유방은 그들의 말을 듣지 않았다.

"이와 같은 난세에 의심하기로 한다면 누군들 믿을 수 있겠소? 또 이미 옹치를 의심하면서 그 곁에다 우리 편을 남겨 둔다는 것은 성을 나서는 우리 힘을 줄이는 일이 될 뿐만 아니라 일이 그릇되었을 때는 그들의 목숨을 위태롭게 하는 일이 되오. 그가 의심스럽다면 오히려 그리해서는 아니 되오."

그러면서 풍읍을 오직 옹치와 그의 패거리에게만 맡긴 채 자신을 따르는 장졸들은 모조리 이끌고 성을 나섰다.

패공에게 한번 혼이 난 어사감 평은 호릉성 안에 굳게 틀어박혀 지키기만 했다. 그때 다시 패공을 따라나선 시골 아전이나 건달 출신 부장들의 눈부신 분발이 있었다.

번쾌는 패공 유방의 사인이었는데 지난번 호릉과 방여를 칠 때 이미 그 용맹을 한껏 펼쳐 보인 바 있었다. 이번에도 큰 칼을 잡고 패공을 호위하다가 군사들을 휘몰아 앞장서 호릉성을 들이쳤다. 그 기세가 얼마나 사나운지 아무도 성벽을 기어오르는 그 앞을 가로막지 못했다.

현청의 마부였던 하후영은 이때 이미 칠대부로 태복이 되어 패공의 마차를 몰았다. 그러나 호릉성에 이르자 마차를 버려두고 번쾌와 마찬가지로 앞장서 성벽을 기어올랐다. 어찌나 맹렬하게 싸웠던지 한나절 만에 그 품계가 한꺼번에 두 단계나 올라 칠대부에서 오대부가 되었다.

조참은 중연(中涓, 원래는 황제의 시종관. 부관 격)으로 군사를 휘몰아 싸웠는데, 그 옛날의 패현 옥리 같지 않았다. 그 기세가 얼마나 사나운지 진나라 군사들이 감히 그와 맞서려 들지 못했다. 조참이 일생 그 몸에 받았다는 일흔 번의 창(槍)질 가운데 첫 번째를 그 싸움에서 받았다고 한다.

주발 역시 중연으로 싸웠는데 강한 활을 당겨 화살을 날리는 족족 적군을 꿰어 놓았다. 누구도 그가 누에치기로 비단을 짜 살면서 상가에서 피리를 불어 주던 그 주발이라고는 믿을 수가 없었다. 그 싸움에서 뒷날 그를 열후(列侯)에 이르게 한 무용을 유감없이 드러내 보였다.

수양현 비단장수 관영도 또한 패공의 중연으로 호릉에서 싸웠다. 작달막하지만 날랜 몸에 불같은 성격으로 앞서 말을 달리다가 성벽을 만나면 말을 버리고 맨 먼저 성벽 위로 기어올랐다. 『사기』에 여러 번 되풀이되는 '치열하게 싸웠다[疾鬪 또는 疾戰]'는 표현은 그 싸움에서도 이미 쓰이고 있다.

거기다가 병졸로 따라나선 패현 젊은이들까지 무엇에 홀린 듯 분기해 싸우니 어사감 평이 아무리 높고 두터운 성벽을 의지하

고 있다 해도 호릉을 지켜 낼 수 없었다. 겨우 한나절을 버티다
가 마침내 성문을 열고 항복해 버렸다.

호릉을 되찾고 한숨을 돌리려는데 다시 급한 전갈이 들어왔다.
이번에는 사천 군수 장(壯)이란 자가 대군을 이끌고 설현 쪽에서
밀고 든다는 내용이었다. 패공은 장졸들을 제대로 쉬게 하지도
못하고 군사를 설현으로 휘몰았다.

싸움에 이긴 뒤라 그런지 장수도 군사도 피로한 줄 몰랐다. 하
룻길을 달려 설현에 이르자 다시 한바탕 격전이 벌어졌다. 호릉
싸움에서 공을 세워 칠대부에서 오대부로 오른 하후영과 중연에
서 칠대부가 된 주발이 앞장서 내닫고, 번쾌가 나머지 군사들을
휘몰아 그 뒤를 받쳐 주었다. 다른 장수들의 분발도 전날에 이어
졌다.

몸은 고단하지만 정신은 한껏 고양돼 있는 장졸들이 한 덩이
가 되어 짓두들겨 대니 이미 무너져 내리는 제국의 기 꺾인 군사
들이 무슨 수로 맞설 수 있겠는가. 거기서 사수군을 지키던 진
(秦)의 마지막 병력이 무너지고, 그 군수 장은 척현으로 달아났
다. 그러자 패공의 좌사마로 있던 조무상(曹無傷)이 나섰다.

"대군이 번거롭게 움직일 것 없습니다. 제가 한 갈래 군사를
이끌고 뒤쫓아 가서 사천 군수의 목을 얻어 오겠습니다."

그동안 별로 눈에 띄게 세운 공이 없어 너무 서두는 듯한 느낌
이 있었지만 그 기상만은 한번 기대를 걸어 볼 만했다. 패공이
빙긋이 웃으며 고개를 끄덕여 허락하고 나머지 장졸은 설현에서
쉬게 했다. 오래잖아 조무상이 돌아와 정말로 사천 군수의 목을

바쳤다.

거듭 이겨 힘이 난 패공은 군사들이 기력을 회복하기 바쁘게 북쪽 멀리 항보로 밀고 들었다. 현위가 성안의 군사들을 모조리 긁어 사천 군수를 도우러 간 바람에 텅 비다시피 한 항보에는 따로 지켜 주는 세력이 없었다. 마치 안겨 오듯 패공에게 귀순해 왔다.

하지만 항보에서도 오래 쉴 수는 없었다. 그때 이미 서쪽의 정세는 크게 글러져 진왕 진승은 죽은 뒤였다. 그러나 정확한 소식 대신 종잡을 수 없는 소문만 어지럽게 나돌아 사람들을 갈팡질팡하게 만들었다. 그중에도 진승이 이미 죽었을 뿐만 아니라, 진나라가 끝내는 반란을 진압하고 질서를 회복할 것이라 믿는 세력 일부가 방여를 되찾아 갔다는 파발이 들어왔다.

이에 패공은 급히 항보를 떠나 방여로 군사를 몰아갔다. 항보를 떠날 때만 해도 또 한바탕 힘든 싸움을 예측하였으나 다행히도 방여를 차지했던 세력은 파발이 알려 온 것처럼 그리 대단치가 못했다. 패공이 주발에게 딸려 보낸 한 갈래 군사조차 당해 내지 못해 성을 내주고 달아나 버렸다.

이번에도 힘든 싸움 없이 방여를 되찾은 패공은 그곳에서 며칠 쉬며 마지막 기승을 부리는 추위가 지나가기를 기다리기로 했다. 그런데 며칠 편히 쉬기도 전에 풍읍에서 기막힌 소식이 왔다. 옹치 밑에 남아 있어도 속으로는 유방을 따르던 젊은이 하나가 진눈깨비 속을 달려와 숨을 헐떡이며 말했다.

"옹치가 주불(周市)에게 항복하고 풍읍을 위나라에 바쳤습니다!"

주불은 그때 새로 되살아난 위(魏)나라의 재상이었다. 옹치가 난데없이 주불에게 항복했다는 말을 듣자 유방은 자신도 모르게 그 무렵 기이한 소문처럼 떠돌던 주불의 별난 이력을 떠올렸다.

주불은 원래 장초 진왕의 장수였다. 진왕의 세력이 한창일 때 주불은 그 명을 받들어 옛 제나라 땅을 거둬들이고자 군사를 이끌고 그리로 갔다. 하지만 그때는 옛 제나라 왕족인 전담(田儋)이 적현(狄縣)에서 군사를 일으켜 산동을 휩쓸고 제나라를 다시 세운 뒤였다.

전담은 옛 제나라 왕실인 전씨(田氏)의 후예로서 일찍부터 적현에 뿌리내리고 살았다. 또 전담의 종제인 전영(田榮)과 그 아우 전횡(田橫)은 모두 덕망과 위세가 있고 집안도 강성하여 적현 사람들의 우러름과 믿음을 살 수 있었다. 진섭이 장초를 세우고 왕이 된 뒤에 주불을 보내 옛 위나라 땅을 평정한다는 말을 듣자 전담도 그냥 있지 못했다. 따르는 젊은이들과 족당을 모아 적현 현성으로 몰려갔다.

그때 적현 현령은 주불이 군사를 이끌고 와서 위나라를 휩쓸고 있다는 소문에 잔뜩 겁을 먹고 있을 때였다. 성문을 굳게 닫아걸고 성안에만 틀어박혀 있는데, 전담이 적지 않은 무리를 이끌고 다가오자 문을 열어 주지 않았다. 이에 전담이 꾀를 내었다. 집에서 부리는 노복 여남은 명을 밧줄로 묶어 앞세운 뒤 문루 아래로 가서 소리쳤다.

"현령께서는 성문을 열어 이 죄수들을 처결해 주시오. 이놈들은 우리 전씨(田氏) 일가의 노복들로 대택에서 일어난 도적 떼와 내통하려 하였소. 그 도적 떼의 한 갈래가 지금 위나라를 휩쓸고 있다 하니, 지금 당장 이놈들을 죽여 백성들에게 본보기를 보이지 않으면 이 적현마저 위태롭게 될 것이오!"

하지만 벌써 간이 콩알만 하게 줄어든 현령은 선뜻 성문을 열어 주려 하지 않았다. 군색한 핑계를 대며 성문 열기를 다음 날로 미루었다. 이에 전담이 칼을 빼 들고 당장이라도 노복들을 쳐 죽일 듯한 기세로 소리쳤다.

"이놈들이 지은 죄로 보아서는 모두 우리 손에 죽어 마땅하지만, 지엄한 진나라의 법이 살아 있어 여기까지 끌고 온 거요. 정히 현령께서 성문을 열어 주지 않으시겠다면 여기서 우리 손으로 처결하고 가겠소. 나중에 진나라 조정에서 우리에게 이놈들을 함부로 죽인 죄를 물을 때는 현령께서 그 죄를 모두 맡아 주시오."

그런 다음 정말로 노복들 가운데 하나를 베는 시늉을 했다. 그러자 의심 많은 현령도 성문을 열게 하고 전담을 성안으로 맞아들였다.

성안으로 들어간 전담은 현령과 만나자마자 한칼에 그를 베어 죽이고, 그 족당들도 놀란 현리들을 단숨에 제압했다. 이어 전담은 성안의 세력 있는 집안의 자제들과 크고 작은 벼슬아치들을 현청으로 모아들이게 한 뒤 말하였다.

"지금 옛 육국의 후예와 제후들은 모두 진나라에 반기를 들고 저마다 스스로 몸을 일으키고 있다. 이곳은 옛 제나라의 땅으로,

우리 전씨가 그 주인이었다. 이제 여기에 옛 제나라를 되세우고 내가 그 주인이 되고자 한다."

그러고는 마침내 스스로 제나라 왕이 되어 크게 군사를 일으켰다.

위나라를 어지간히 평정한 주불이 멋모르고 적현으로 다가든 것은 전담이 제나라 왕이 되고도 한참 지난 뒤였다. 전담은 주불이 밀고 들어오자 그새 끌어모은 군사를 보내 맞섰다. 주불은 장초와 진왕의 위세를 앞세우고 싸웠으나 끝내 전담이 보낸 군사를 당해 내지 못했다. 한 싸움에 크게 져서 군사를 태반이나 꺾인 채 옛 위나라 땅으로 쫓겨나고 말았다.

이에 주불은 옛 위나라의 마지막 임금의 적통이 되는 영릉군(寧陵君) 위구(魏咎)를 왕으로 세워 위나라 사람들의 힘을 빌리고자 했다. 그런데 영릉군 위구는 그 무렵 종제 위표(魏豹)와 함께 진왕의 부장으로 진(陳) 땅에 남아 있어 당장 위나라 왕으로 세울 수가 없었다. 그럭저럭하는 사이에 주불이 위나라 옛 땅을 거의 다 수복하자 위나라 사람들은 오히려 주불을 자기네 왕으로 삼으려 했다. 그러나 주불은 끝내 사양했다.

"세상이 어지러우면 충성스러운 신하가 나타나게 마련이오. 지금 천하가 함께 진나라에 반기를 들고 있는데, 옛 육국 왕실의 후예들이 모두 자기 나라를 되찾기 위해 앞장서고 있소이다. 위나라도 옛 위나라 왕실의 후예가 왕이 되어야 마땅하오."

그렇게 말하면서 조나라와 제나라가 각기 수레 50량을 보내면서 위나라 왕으로 맞으려 해도 마다하고 진나라에서 위구를 맞이해 와 위나라 왕으로 세우려 했다. 주불에게서 사자가 다섯 차례나 오간 뒤에야 진왕은 드디어 부장 위구를 위나라로 보내 왕으로 삼게 하였다. 위왕이 된 영릉군 위구는 주불의 공을 잊지 않고 그를 재상으로 삼았다…….

　거기까지 들었을 때만 해도 주불은 걱정스럽긴 하지만 그런 난세에 흔치 않은 겸양과 개결함의 본보기로만 비쳤다. 그런데 난데없이 그 주불이 풍읍으로 쳐들어와 밉살맞은 옹치를 후려 빼 갔다니 패공 유방으로서는 황당할 수밖에 없었다.

　"주불이라고? 아니 주불이 어째서 풍읍까지 쳐들어왔다는 것이냐?"

　패공 유방이 놀라움을 감추고 조용히 물었다.

　"위왕(威王)을 위해서일 겁니다. 진왕이 장함에게 쫓겨 어떻게 되었는지 모르게 되자 딴마음을 먹은 위왕을 위해 위나라의 세력을 넓히려 함이겠지요. 그래서 동쪽으로 오다 보니 풍읍까지 이르게 되었을 것입니다."

　오랜 친구에서 막하의 빈객이 되어 패공의 참모 노릇을 하고 있는 노관이 곁에 있다가 그렇게 추측했다.

　"옹치는 왜 한번 싸워 보지도 않고 주불에게 항복했는가?"

　패공 유방은 짐작 가는 데가 전혀 없는 것이 아니었으나 다시 그렇게 물어보았다. 소식을 가지고 달려온 젊은이가 분한 듯 일러바쳤다.

　"그자는 평소에도 패공 아래로 든 일을 늘 달갑지 않게 여겨 왔습니다. 전해 드리기조차 죄송스러운 말이나 한번은 패공의 뒷모습을 가리키며 '머리는 텅 빈 허풍선이가 운 하나는 억세게 좋아서 남 위에 올라타게 된 꼴이 아닌가.'라고 큰 소리로 지껄이기까지 했습니다. 그런 자에게 풍읍을 맡기셨으니 고양이에게 생선가게를 맡긴 것이나 다름없지요. 주불이 사자를 시켜 글 한 통을 보내자 바로 성문을 열고 그 앞에 꿇어 엎드려 버렸습니다."

"주불이 무어라고 썼다던가?"

"풍읍은 예전에 위왕께서 도읍지로 삼으셨던 곳이오, 이제 위나라가 싸워 되찾은 성만 해도 수십 개에 이르니, 만약 그대가 항복하면 제후로 삼아 풍읍을 지키게 할 것이나, 거역하면 풍읍을 들이쳐 옥과 돌을 가리지 않고 모두 태워 버릴[玉石俱焚] 것이오.' 대강 그렇게 씌어 있었다고 들었습니다."

거기까지 듣고 나니 나머지는 뻔했다. 패공이 두려워했던 대로 옹치는 최소한의 구실과 갈 곳이 생기기 바쁘게 패공에게서 등을 돌려 버리고 말았다.

그러자 지난날의 불쾌한 기억들이 한꺼번에 떠올랐다. 모든 사람이 패공의 신화를 믿고, 다투어 그의 밑으로 들어올 때에도 옹치는 언제나 차가운 웃음과 빈정거림의 눈길로 겉돌기만 했다. 뿐만 아니라 때로는 나름으로 한 무리 졸개들을 만들어 패공에게 맞서려 들기까지 했다. 그가 형님으로 모시던 왕릉이 남양으로 가 버리자 조금 기가 죽은 듯했으나, 그것도 잠시였다. 지난번 패현을 뒤엎을 때도 옹치는 요리조리 살피다가 막판에야 마지못한 듯 끼어들어 패공의 속을 긁어 댔다.

하지만 그날 패공의 마음을 더욱 괴롭힌 것은 그런 옹치를 따라간 풍읍 젊은이들이었다. 같은 땅에 나고 자란 젊은이들이 끝내 자신을 저버리고 옹치같이 하찮은 작자를 따라가 버렸다는 게 패공의 가슴에 깊은 상처를 주었다.

"모두 모아들여라! 지금 당장 풍읍으로 간다."

언제나 느긋하던 패공이 불같이 노해 그렇게 소리쳤다. 그러고는 오랜만에 창칼을 뉘어 놓고 쉬고 있던 장졸들을 질풍같이 휘몰아 풍읍으로 달려갔다.

방여에서 풍읍까지가 그리 가까운 길이 아니었고, 더구나 날이 이미 저문 데다 진눈깨비까지 날리고 있었다. 그러나 패공이 워낙 급히 군사를 몰아대니 다음 날 날이 샐 무렵에는 풍읍성 밖에 이를 수가 있었다. 그때까지 말없이 패공의 눈치만 보며 따르던 조참이 가만히 달래듯 말했다.

"먼 길을 달려와 지친 군사로 급하게 싸워서는 안 됩니다. 아침밥을 배불리 지어 먹이고 한나절 쉬게 한 뒤에 성을 들이치는 게 어떻겠습니까?"

"우리 군사는 이미 방여에서 며칠이나 잘 쉬었소. 하룻밤쯤 잠을 설쳤다고 싸우지 못할 것은 없소."

패공이 그렇게 대답하며 싸움을 서둘렀으나 곁에 있던 소하와 노관까지 나서서 조참을 편들자 겨우 마음을 돌렸다. 잡일하는 군사들이 서둘러 솥과 시루를 걸고 아침밥을 짓는 동안 장졸들을 쉬게 하다가, 아침밥을 먹기 바쁘게 성을 에워싸게 했다.

"옹치는 어디 있느냐? 어서 나와 얼굴을 보여라!"

말 위에 높이 앉은 패공 유방은 성을 들이치기 전에 먼저 옹치부터 불러냈다. 옹치가 표정 없는 얼굴을 성벽 위로 드러내고 차갑게 물었다.

"유계는 무슨 일로 나를 찾는가?"

새로 생긴 패공이란 호칭이나 유방이란 이름은 두고 굳이 건달 시절에 이름 대신 쓰던 자를 부르는 것부터가 사람의 심기를 건드는 데가 있었다. 유방이 참지 못하고 호통을 쳤다.

"옹치 이놈. 나는 너를 믿고 풍읍을 맡겼다. 그런데 너는 어찌하여 나를 저버리고 주불에게 무릎을 꿇었느냐?"

"나는 네가 그저 머리가 빈 장돌뱅이로만 알았는데 이제 보니 머리가 아주 돈 미치광이로구나. 너를 저버리다니. 그럼 네가 내 주인이라도 된단 말이냐? 그리고 이 땅은 원래 위나라의 땅이었다. 이제 위왕께서 다시 일어나시어 옛 땅을 찾고자 하시는데 어찌 감히 거역할 수 있겠느냐?"

그러면서 패공 유방을 내려다보는 품이 마치 철없는 어린아이보듯 했다. 유방이 더욱 성나 목소리를 높였다.

"나는 패현 부로들의 명을 받들어 패공이 되고, 너를 수하에 거두어들여 풍읍의 수장으로 삼았다. 그런데 너는 힘을 다해 풍읍을 지키기는커녕 싸움 한번 없이 적에게 갖다 바쳤으니 이 또한 반역이다. 그러고도 네 목이 성하기를 바라느냐?"

"찢어진 입이라고 함부로 지껄인다만 진정으로 반역을 하고 있는 것은 바로 너다. 너는 포악한 진나라를 쳐 없애기 위해 장초를 받든다고 하면서도 정작 진왕께서 장함에게 져 쫓겨 다닌 다는 소문을 듣고 군졸 한 명 진왕께 보낸 적이 없다. 뿐만 아니라 지금 위왕이 되신 영릉군 구(咎)는 진왕께서 허락하여 세운 왕인데, 그를 받드는 걸 반역이라고 떠드니 도대체 너는 누구냐? 네가 진나라의 황제라도 된다는 말이냐?"

옹치는 주불에게 풍읍을 갖다 바칠 때부터 마음먹고 준비한 것처럼 숨결 한번 흐트러짐 없이 그렇게 패공의 부아를 돋우었다. 패공 유방이 원래 그리 차분하고 조리 있게 말할 줄 아는 사람이 못 되었다. 거기다가 화까지 터질 듯 치솟으니 더욱 말문이 막혔다. 한참이나 옹치를 노려보다가 갑자기 좌우를 돌아보며 소리쳤다.

"모두들 무얼 하느냐? 인정사정 볼 것 없이 어서 성을 들이쳐라! 먼저 성벽을 오르는 자에게는 오대부의 작위를 줄 것이요, 저 옹치 놈을 사로잡아 오면 천금을 상으로 내릴 것이다!"

그러고는 자신도 칼을 빼 들고 성벽을 기어오를 기세였다. 소하가 간신히 패공을 말려 잡아 두고 있는 사이에 장졸들이 함성과 함께 성을 들이치기 시작했다.

몇 달째 줄곧 이겨 온 군사들이라 처음 내달을 때의 기세는 좋았다. 하지만 밤새도록 진눈깨비 속을 행군해 온 것이 아무래도 무리가 되었는지 몸이 기세를 따라 주지 않았다. 성벽에 이르자 어딘가 이전 같지 않게 굼뜨고 둔해진 듯한 데가 있었다.

이전과 다르기는 앞장선 장수들도 마찬가지였다. 번쾌, 하후영, 주발, 관영 등이 저마다 손에 익은 병장기를 휘두르며 성벽을 기어올랐으나 왠지 머뭇거리고 움찔거리는 기색이 있었다. 지키고 있는 군사들이 모두 같은 땅에 오래 함께 산 사람들이라 모질게 손을 쓰지 못하는 것 같았다.

거기다가 옹치가 마음먹고 준비한 것은 말만이 아니었다. 농성전에 요긴하게 쓰일 것은 무엇이든 더미더미 성벽 위에 쌓아 놓고 기다리다가 성을 기어오르는 패공의 군사들 머리 위에 퍼부었다. 조금 떨어진 곳에서는 화살을 날려 메뚜기 떼처럼 거멓게 하늘을 덮더니, 성벽으로 다가가자 이번에는 돌과 통나무가 우박처럼 쏟아졌다. 긴 장대가 성벽에 걸친 구름사다리를 밀어내고, 어렵사리 구름사다리를 기어오르는 군사들의 머리 위에는 다시 끓는 물과 기름이 퍼부어졌다.

군사들로서는 패현을 떠난 뒤로 처음 겪는 모질고도 힘든 싸움이요, 성이 나서 제정신이 아닌 유방이 보기에도 무리하기 짝이 없는 공성이었다. 곳곳에서 비명 소리와 함께 군사들이 상하는 걸 보자 퍼뜩 정신이 든 유방은 징을 치게 해 군사를 거두었다. 하지만 치솟는 화를 풀 길이 없어 성벽 위를 바라보며 저잣거리 잡놈들이나 날건달이 쓰는 육두문자를 거침없이 뱉어 냈다.

그날 오후 패공 유방은 보다 많은 구름사다리를 얽고 나무 방패를 짠 뒤에 다시 한번 풍읍성을 들이쳤다. 하지만 아침나절보다 군사들이 좀 덜 상했을 뿐, 성벽에는 여전히 아무도 올라가 보지 못했다. 그날 밤 어둠을 틈탄 기습도 마찬가지였다. 구름사다리를 성벽에 걸치기도 전에 성벽 위가 대낮같이 밝아지며 화살과 돌이 우박처럼 쏟아졌다.

그 뒤로도 유방은 사흘이나 더 풍읍을 에워싸고 성을 떨어뜨리기 위해 안간힘을 썼다. 그만큼 미움과 분노가 컸음을 보여 주는 셈인데 일은 감정대로 되지 않았다. 옹치의 준비는 치밀했고, 한 성을 맡아 지키는 우두머리로서의 자질도 모자람이 없었다. 거기다가 성 밖에서 치고 드는 기세가 맹렬할수록 성안에서 지키는 사람들의 위기감도 높아져, 옹치와 풍읍 젊은이들을 전보다 더 굳게 뭉치게 했다. 그런 그들이 지키는 성이다 보니 힘을 들여 칠수록 패공 쪽의 군사들만 더 많이 죽거나 다쳤다.

하지만 패공 유방은 어찌 된 셈인지 옹치와 풍읍을 쉽게 단념하지 못했다. 나흘째 되는 날 아침 유방은 셋에 하나 꼴은 죽거나 다친 장졸들을 이끌고 다시 성 앞으로 밀고 들었다. 문루에서 내려다보고 있던 옹치가 유방을 보고 큰 소리로 이죽거렸다.

"유계, 너는 원래 노름방 뒷전에서 공술이나 얻어 마시고, 패거리를 지어 좀도둑질이나 하던 저자 밑바닥 망나니가 아니었더냐? 꼴에 녹봉으로 살 꿈을 꿨던 듯하다만, 기껏해야 말단 벼슬아치들 수발이나 드는 정장 노릇이 제격이었다. 그런데 어지러운 세상을 만나 허풍 하나로 패공 자리를 차지하고, 수천 군사를 거느리게 되더니 간이 배 밖으로 나오고 눈이 뒤집혀 버린 모양이구나. 잇따라 나흘이나 모진 낭패를 당하고도 아직 정신을 차리지 못했느냐? 든 것 없이 번지르르하기만 한 머리통이라도 네 어깨 위에 그대로 얹어 두려거든 이만 물러가거라."

"저놈이…… 저 아비 셋 가진 천한 종놈이……."

유방이 불길이 이는 눈길로 문루를 올려다보며 외마디 비명이라도 내지르는 것처럼 욕설을 퍼부었다. 벌겋게 달아오른 그의 얼굴은 건들기만 해도 요란한 소리를 내며 터져 버릴 것 같았다. 그러나 옹치는 얼굴색 한번 변하는 법 없이 이죽거리기를 계속했다.

"유계를 따라다니는 패현 동무들도 딱하오. 지금이라도 내가 풍읍 젊은 형제들을 몰고 달려 나가면 한 싸움으로 그대들 모두를 개 잡듯 할 수 있소. 그러나 같은 땅에 나고 자란 정 때문에 참고 기다리는 것이니 이제 더는 저 같잖은 허풍선이에게 휘둘리어 귀한 몸을 상하게 하지 마시오."

그 말에는 어지간한 패공도 더 견뎌 내지 못했다. 너무 화가 나 숨이 턱턱 막히고 눈앞이 아찔해 하마터면 말에서 떨어질 뻔했다. 하지만 그래도 패공은 장차 한 시대를 새로 열 사람이었다. 두 허벅지로 말 등을 죄어 겨우 몸을 버티면서도 입은 기세를 잃지 않고 크게 꾸짖었다.

"너야말로 찢어진 입이라고 함부로 떠든다만, 성이 떨어지고 내 앞에 끌려와서도 그렇게 떠들 수 있는가 보자!"

그러나 가진 힘을 다 쥐어짜 지른 소리였다. 패공은 말을 끝내기 바쁘게 곁에 있는 번쾌에게 낮은 목소리로 말했다.

"남의 눈에 띄지 않게 나를 부축해라. 특히 성 위에서 내가 쓰러지는 것을 알아보지 못하게 하고 어서 이곳에서 물러나자."

번쾌가 그 말에 놀라 바라보니 패공의 얼굴이 이미 흙빛이었다. 대강의 사정을 알아차린 번쾌는 짐짓 성벽 위까지 들릴 만한 큰 소리로 패공을 말렸다.

"패공께서는 저 쥐 같은 무리와 다투실 것 없습니다. 저희들이 성을 깨뜨리고 저놈을 사로잡아 무릎을 꿇릴 것이니 편안히 구경이나 하시며 기다리십시오."

그러고는 패공을 잡아끌듯 부축하여 성벽 아래서 빼냈다. 패공도 못 이긴 척 끌려나왔으나 옹치의 눈길을 벗어났다 싶자 이내 정신을 잃고 말 등에서 스르르 흘러내리듯 떨어졌다. 번쾌가 그런 패공을 재빨리 받아 들쳐 업고 가까운 군막 안에 뉘었다.

"패현으로 돌아간다. 에움을 풀고 군사를 물리되, 적이 뒤쫓아 나올 때를 대비하라!"

한참 뒤에 정신을 차린 패공이 그렇게 명을 내렸다. 그래도 믿고 받아들였던 사람의 배신이 준 상처에다 처음으로 겪은 군사적 패배가 준 충격까지 겹쳐서인지 얼굴은 이미 중병을 앓고 있는 사람이었다. 이에 번쾌와 조참은 옹치가 알아차리지 못하게 군사를 물려 패현으로 돌아갔다.

그 뒤 옹치는 패공 유방이 언뜻 지나쳐 듣기만 해도 이맛살을 찌푸리는 이름이 되었다. 그만큼 유방이 받은 상처는 깊었고 옹치에게 품은 원한은 컸다. 뿐만 아니라 유방이 뒷날 한나라 고조(高祖)가 되어서인지, 원래 고유명사인 옹치는 '마음속으로 깊이 미워하고 싫어하는 사람'이란 뜻의 보통명사로 동양 삼국에 두루 쓰이는 말이 되었다.

패현으로 돌아간 유방은 그곳에서 여러 날 병을 다스렸다. 그러나 병줄에서 놓여난 뒤에도 옹치와 풍읍 젊은이들의 배신이 준 상처에서 쉽게 놓여나지 못했다. 자리를 털고 일어나기 바쁘게 풍읍을 되찾을 궁리부터 했다.

하지만 급한 것은 마음뿐이고 형편이 따라 주지 않았다. 지난번에 오기 하나로 앞뒤 없이 성을 들이치다가 적지 않은 장졸이 상했을 뿐만 아니라, 몇 번이나 내쫓기는 바람에 사기까지 꺾여 있었다. 그런 패공의 군사들에 비해 옹치와 그가 거느린 풍읍 젊은이들은 한번 싸움에 이겨 사기가 올라 있었다. 거기다가 풍읍의 성벽은 높고 채비는 단단하니 무슨 수로 패공의 군사들이 옹치의 군사들을 쳐부수고 풍읍을 되찾아낼 수 있겠는가.

그때 소하가 가만히 유방을 찾아보고 일러 주었다.

"진왕이 장함에게 쫓겨 간 곳을 모르게 되자 진왕을 따르던 동양현 사람 영군(寧君)과 능현 사람 진가(秦嘉)는 초나라 왕족인 경구(景駒)를 가왕(假王)으로 세웠다고 합니다. 이제 적지 않은 군사를 모아 유현에 머무르고 있다고 하니 그리로 찾아가 보는 게 어떻겠습니까?"

유현은 패현에서 동남으로 백 리도 못 되는 곳이었다. 유방도 진가와 경구의 소문을 못 들은 것은 아니었으나 소하의 말을 듣고 보니 처음 듣는 듯 새로웠다.

"그들이 내게 힘을 빌려 줄까?"

당장은 풍읍을 되찾고 옹치를 사로잡는 일밖에 눈에 뵈는 게 없는 유방이 그렇게 묻자 소하가 조금은 차갑게 말했다.

"패공께서 이미 진왕을 섬기기로 하셨으니, 그를 이은 경구를 따르는 것이 무에 욕될 게 있겠습니까? 또 패공께서 가왕 경구를 섬기겠다면, 풍읍을 치는 것도 결국은 그를 위한 일이 되는데 무슨 까닭으로 그가 마다하겠습니까? 그럴 수만 있다면 가왕은 반드시 패공께 힘을 빌려 줄 것입니다."

패공 유방이 지나치게 감정에 휘몰리고 있는 게 딱하기는 하지만 일은 틀림없다는 투였다. 그런 소하의 말에 유방은 더 길게 생각할 것도 없다는 듯 막빈과 장수들을 모두 불러들이게 했다.

"지금부터 모두 유현으로 간다. 가왕께 군사를 빌어 풍읍부터 되찾고 보자!"

유방은 의논이랄 것도 없이 그렇게 말하고 그날로 군사를 움직였다.

길이 멀지 않은 데다 마음이 급해 재촉해서인지 그날 날이 저물기도 전에 패공의 군사들은 유현에 이를 수 있었다. 멀리 유현성이 보이는 나지막한 언덕에서 잠시 쉬고 있는데 앞서 살피러 갔던 군사가 돌아와 패공에게 알렸다.

"언덕 아래 숲속에 장정 백여 명이 모여 있습니다. 모두 병장기를 갖춘 데다 마필도 대여섯은 됩니다."

"가왕의 군사들이냐?"

곁에 있던 노관이 긴장하며 묻자 그 군사가 고개를 저었다.

"그런 것 같지는 않았습니다. 어디 멀리서 온 무리로 보이는데, 짐작에는 그들 역시도 우리처럼 가왕을 찾아뵈러 가는 길인 듯했습니다."

그런 말을 듣자 그 어떤 예감에 내몰렸는지 패공이 벌떡 몸을 일으키며 서둘러 댔다.

"그렇다면 성안으로 들기 전에 먼저 그들을 만나 보는 게 좋겠다. 별로 큰 세력이 아니라도, 여러 갈래를 모아서 가면 가왕이 더 기뻐하실 것이다."

그러고는 앞장서 말을 몰아 그 군사가 일러 준 숲 쪽으로 갔다. 비록 옹치에게 다치기는 했지만 그래도 아직 수천의 군마였다. 그들이 몰려가자 속사정을 잘 모르는 이에게는 자못 위세가 있어 보였다. 갑자기 몇 십 배의 군사들에게 에워싸인 꼴이 된 숲속의 백여 명 장정들도 적지 아니 놀랐다. 겁먹은 눈길로 이쪽 저쪽을 살피며 갈피를 잡지 못하고 있었다.

"그대들은 어디서 온 장사들이며 누가 이끌고 있는가? 그대들의 우두머리를 만나고 싶다. 누군지 잠시 낯을 내밀라!"

패공이 그들 앞으로 말을 몰아 나가며 목소리를 가다듬어 소리쳤다. 갑자기 웅성거리던 장정들이 갈라서며 그 사이로 한 사람이 천천히 말을 몰아 나왔다. 말은 보기에도 힘찬 구렁말이었으나, 그 위에 앉은 사람은 좋은 천으로 정성 들여 지은 연한 화복(華服) 차림부터가 벌써 한 갈래 군사를 이끄는 무장은 아니었다. 다가올수록 뚜렷해지는 그의 생김도 장수로는 전혀 어울리지 않았다. 흰 살결에 붉은 입술이며 짙은 눈썹이 화장이라도 한 듯 고왔고, 비단옷에 싸인 몸매는 여자가 남자 옷을 입고 나선 게 아닌가 싶을 정도로 호리호리하고 낭창거렸다. 나이는 이제 마흔 이나 되었을까, 그것도 가까운 데서 한참 들여다본 뒤에야 그 나이를 알아볼 수 있을 정도로 젊었다.

그를 보는 순간 패공은 묘한 충격과 감동을 경험했다. 원래 그는 책상물림들을 좋아하지 않았다. 그들 중에서도 나약한 주제에 턱없이 까다롭고 말만 반드르르한 유자(儒者)들은 특히 싫어해, 어쩌다 그들을 만나면 그냥 보내 주지 않았다. 비웃거나 빈정거려 약을 올리기도 하고, 힘으로 눌러 골려 주기도 했다. 하지만 그날은 달랐다.

'저건 이 세상 사람이 아니다. 아마도 별나게 쓸 일이 있어 하늘이 낸 사람일 것이다……'

유방은 그런 눈길로 그 사람을 쳐다보다가 다시 불쑥 떠오른 엉뚱한 망상에 가슴 설레며 중얼거렸다.

'어쩌면 그 쓰임은 나를 위한 것일지도 모른다. 하늘은 나를 위해 저 사람을 내고 키워 왔는지도 모른다. 그래서 이제 나를 도우러 보냈다……'

그때 그 젊은 서생이 공손히 두 손을 모으며 부드럽고도 맑은 목소리로 물었다.

"저는 하비에서 온 장량(張良)이란 사람입니다. 무슨 일로 저를 찾으셨는지요?"

그 말을 듣고서야 퍼뜩 정신이 든 유방이 손을 마주 모으며 다시 물었다.

"장 공께서 이끄시는 장사들은 누구며 지금 어디로 가는지요?"

"진왕께서 장초를 일으키시어 포악한 진나라에 맞서고 있다는 말을 듣고 가진 것을 다 풀어 모은 장사들입니다. 진작부터 그 깃발 아래 들어가 작으나마 힘을 보태고 싶었으나, 재주가 없고 덕이 엷은 탓인지 지난달에야 겨우 장사 백여 명을 모을 수 있었습니다. 하지만 그때는 이미 진왕께서 장함에게 쫓겨 가신 뒤라 어디로 가야 할지 몰랐습니다. 달포나 사방으로 수소문하며 떠돌다가, 얼마 전에야 영군(寧君)과 진가(秦嘉) 장군이 가왕을 모셨다기에, 가왕께라도 의탁하고자 이렇게 찾아가는 길입니다. 그런데 장군께서는 누구시며 어찌하여 이렇게 저희를 찾아오셨는지요?"

평소 패공 유방은 성격이 느긋하고 자신을 남에게 잘 드러내지 못해 자칫 오만하다는 오해를 사기도 했다. 그만큼 말이 거칠고 함부로 속을 드러내 보이는 편이었으나 어찌 된 셈인지 그날은 겸손하면서도 조심스럽기가 전에 없이 유별났다.

"나는 패현 풍읍 중양리에서 나고 자란 유방이란 사람이오. 패현 부로들의 추대를 받아 패공이 되었으나 세상이 어지럽고 간사한 도적들이 많아 제 땅을 지켜 내기도 어렵구려. 힘없고 어리석어 속읍(屬邑)인 풍읍조차 남에게 빼앗기고 이제 가왕께 군사를 빌러 가는 참이오."

그렇게 대답하고 다시 은근한 목소리로 말했다.

"비록 그 깃발 아래 들러 가는 길이라도 남을 찾아갈 때는 남을 찾아가는 예절이 있는 법이오. 이제 날이 저무니 가왕을 찾아뵙는 일은 내일로 미루고 오늘은 이 숲에서 함께 쉬는 게 어떻겠소? 나를 보잘것없는 시골 무지렁이라 버리지 않으신다면 하룻밤 술이라도 나누며 선생의 고견을 듣고 싶소."

유방이 어울리지 않게 겸양을 떨다가 마침내는 새파랗게 젊은 장량을 선생이라고까지 높여 부르자 번쾌가 어이없다는 듯 노관을 돌아보았다. 노관이 눈을 찡긋하여 번쾌가 함부로 끼어드는 걸 막았다.

뒷날을 두고 보면 유방과 장량은 전혀 닮은 데가 없는 사람들이었다. 하지만 자석의 극처럼 서로 다른 것이 오히려 끌어당기는 힘을 가졌는지 그날 까닭 모르게 끌림을 느끼기는 장량도 유방과 마찬가지였던 듯싶다.

처음 장량에게 유방은 무엇이든 그저 크고 높고 넓기만 한 어떤 느낌으로 다가왔다. 멀쑥한 키와 살집이 좋은 몸, 넓고 훤한 이마와 높고 콧방울이 넉넉한 코, 그리고 풍성한 수염과 머리칼. 목소리까지도 넓은 동굴에서 우렁우렁 울려 나오는 듯했다. 그러나 그 어느 것도 다부진 맺힘이나 단단하게 들어찬 속을 느끼게 해 주지는 않았다.

유방의 첫인상이 준 그와 같은 느낌은 먼저 장량에게 무름이나 모자람, 허약 같은 것으로 읽혔다. '이 사람은 뭔가가 실제보다 턱없이 부풀어 올라 있다.', '용케 버티고 있지만 곧 파탄이 드러나고 허물어져 내릴 것이다.' 같은 생각이 들었다. 말하자면 쉽게 남을 방심하게 만드는 인물, 그래서 장량은 잠시 유방을 만만하게 느끼기까지 했다.

그런데 유방과 마주 보고 선 그 별로 길지 않은 시간에 이상한 변화가 왔다. 무르고 모자라고 허약해 보이던 것들은 차츰 묘한 기대를 주는 비어 있음으로 다가오고, 다시 희미하지만 자신이 그 빈 데를 제대로 채워 넣고 싶은 욕망으로 자랐다. 지금은 텅 비어 있지만 참으로 큰 그릇이다. 공을 들여 키우면 천하도 담을 만하다…….

그날 장량이 하룻밤 함께 머물자는 유방의 청을 별로 마다하지 않고 받아들인 것은 아마도 그런 난데없는 욕심과 또 그걸 이뤄 낼 수 있으리라는 자신감 때문이었을 것이다. 장량이 함께 머물기를 허락하자 유방도 그 숲속에 군사들을 머무르게 했다. 그리고 군막을 세우기 바쁘게 술자리를 벌이고 장량을 윗자리에 앉혔다.

장량의 사람 보는 눈이 크게 틀리지 않았음은 그날 밤의 술자리에서 곧 드러났다. 무슨 생각에서인지 유방은 언제나 곁에 두고 부리는 노관과 번쾌뿐만 아니라 소하, 조참, 주발, 하후영 같은 부장들까지 모두 자신의 군막으로 불러 모았다. 그리고 패현에서 건달 노릇 하던 시절 저잣거리 술집에서 퍼마시듯 위아래도 없이 함부로 마셔 댔는데, 장량에게는 그게 또 묘한 감동을 주었다.

유방과 마찬가지로 그를 둘러싸고 있는 패거리들도 하나하나 떼어 놓고 보면 비상하거나 특출할 것 없는 시골 건달들에 지나지 않았다. 하지만 한번 유방의 사람이 되어 손발로 일할 때는 아무도 그들이 시골 아전이나 저잣거리 주먹, 개백정, 상가의 피리장이, 현청의 마부 따위였다고는 짐작할 수 없을 만큼 저마다 눈부신 솜씨를 보였다. 나중에 그들은 한결같이 왕후장상이 되어 한 시대를 다스리는데, 그 모두가 패현을 중심으로 백 리 안쪽에서 태어난 사람들이었다. 천하의 드넓음에 비하여 말하자면, 하늘은 그때 종지 안보다 좁은 패현 한 곳에 당대의 인재를 그대로 쏟아부은 셈이 된다.

하지만 하늘 뜻이 사사롭게 치우치지 않음을 들어 유방을 둘러싼 인재들을 달리 설명하기도 한다. 그 무렵 사람들의 입에 널리 오르내리던 말로 '파리가 준마의 꼬리에 붙어 천 리 길을 간다.'는 것이 있는데, 이는 대단찮은 인물이 영웅의 비상한 재주와 운세에 곁붙어 출세하게 되는 경우를 이른다. 아마도 유방을 따라 한(漢)나라를 연 패현 건달들을 가리켜 한 말일 테지만, 그들을 준마의 꼬리에 붙은 파리에 빗댄 것은 아무래도 지나치다고 보는 사람도 있다. 그보다는 그 지역과 관련된 무언가가 그들을 격려하고 분발시켜 그들의 잠재력을 한껏 끌어낸 것으로 보아야 한다는 주장이다.

어쩌면 그날 밤 장량이 그 술자리에서 본 것은 바로 그들 패현 건달들에게 격려가 되고 마침내는 비상한 분발을 이끌어 낸 '그 무엇'이었는지도 모르겠다. 그저 말없이 빙글거리며 술잔만 비우고 있는 유방이 그러했다. 그 무르고 모자라고 허약해 뵈는 인품이, 그저 크고 넓고 높기만 한 텅 비어 있음이, 단순하고 순박한 시골 건달들을 분발시켜 마침내는 천하를 통째로 담게 만든 것이었으며, 장량은 어렴풋하게나마 그걸 알아보았음에 틀림이 없다. 그리고 거기서 받은 감동은 천하의 대세를 읽는 장량의 안목까지도 바꾸어 놓았다.

이튿날 날이 밝자 장량은 이끌고 온 장사 백여 명과 더불어 스스로 유방 앞에 나가 머리를 조아리며 빌었다.

"어디로 가시고 누구에게 의탁하시든 패공께서 저희들을 거두어 주십시오. 어차피 따로 군세를 이룰 수 없을 바에야 패공 밑에서 싸우고 싶습니다."

하지만 장량에게는 망해 버린 조국 한(韓)나라 부흥에 걸어 온 일생의 비원(悲願)이 아직 살아 있었다. 그게 나머지 장사들과는 다른 단서를 붙이게 했다.

"다만 저는 3대에 걸쳐 옛 한나라에 은의를 빚진 가문의 자손입니다. 한나라를 다시 일으키리라 조상들의 영전에 맹세한 바있어, 그 한나라가 부르면 언제든 가야 합니다. 그때 저를 너무 나무라지 말아 주십시오. 일이 끝나면 반드시 패공께로 다시 돌아오겠습니다."

그 말에 묻어나는 진심을 느꼈는지 패공도 기꺼이 그 단서를 허락했다.

"나를 어리석다 버리지 않으시니 그것만으로 감격할 뿐이오. 지금 우리 군에는 구장(廏將) 자리가 비어 있으니 선생께서는 우선 그 자리를 채워 나를 도와주시오."

그렇게 말하며 장량을 군마나 다스리는 하급 무장으로 삼았으나, 실제 대접은 노관보다 더 우러름을 받는 막빈이었다.

패공이 수천 병마를 이끌고 진현으로 들어가자 영군과 진가가 먼저 나와 반갑게 맞아들였다. 장함 때문에 진군의 기세가 되살아나, 그들과 맞서려면 군사 한 명, 말 한 필이 아쉬운 판이니 그럴 수밖에 없었다. 영군과 진가가 임시로 세운 왕 경구도 물색없이 패공을 반겼다. 패공에게서 풍읍과 옹치의 이야기를 듣더니 함께 분해하며 소리쳤다.

"그렇게 겉과 속이 다르고, 손바닥 뒤집듯 의를 저버리는 자는 죽어 마땅하오. 내 대군을 내줄 터이니 가서 풍읍을 되찾고 그자를 목 베도록 하시오!"

하지만 넉넉한 것은 말뿐이었다. 영군과 진가가 나서 진왕의 패잔병들을 긁어모으고는 있어도 그들의 세력은 아직 스스로를 지키기에도 모자랄 지경이었다. 진나라 군사가 언제 휩쓸어 올지 몰라 불안해하는 마당에 패공에게 빌려 줄 군사 같은 것은 애초에 없었다.

"지금 장함의 부장 사마니(司馬尼, 혹은 사마인 니(尼) 또는 이(夷))가 초나라 옛 땅을 다시 평정하고, 상현을 되찾은 뒤 탕현에 머무르고 있다 하오. 언제 이 진류로 몰려올지 모르니, 앉아서 기다리느니보다는 차라리 우리가 먼저 그를 찾아 쳐 없애는 게 나을 듯하오. 패공께서는 나와 함께 사마니를 치러 가시지 않겠소?"

동양현 사람 영군이 자신들의 궁한 처지를 에둘러 말한 뒤 패공에게 그렇게 권했다. 따지고 보면, 오히려 가왕 경구 쪽에서 패공의 군사를 빌려 쓰자는 꼴이었다. 하지만 패공에게는 달리 길이 없었다. 옹치와 풍읍을 향한 원한을 잠시 접어 두고 영군의 군사들과 함께 사마니를 치러 떠났다.

그때 사마니는 탕현을 떠나 소현에 진채를 내리고 있었다. 영군과 패공이 자신을 찾아오고 있다는 말을 듣자 그도 군사를 이끌고 성을 나와 소현 서쪽에서 기다렸다.

　오래잖아 패공과 영군이 군사를 휘몰아 오다가 사마니가 미리 와서 펼쳐 둔 진세를 보고 흠칫했다. 그들도 군사를 멈추고 가까운 곳에 진채를 얽으려 하는데 사마니가 기다려 주지 않았다. 그대로 군사들을 휘몰아 덮쳐 오니 이래저래 갈팡질팡하던 패공과 영군의 군사들은 그 매서운 기세를 당해 내지 못했다. 싸움다운 싸움도 해 보지 못하고 몇 십 리나 쫓긴 뒤에야 겨우 추격을 벗어났다.

　그때 장량은 이미 패공의 사람이 되어 있었으나, 그 싸움에서는 별 힘이 되지 못했다. 워낙 창졸간에 당한 낭패인 데다, 직위도 한낱 구장이라 모사에 깊이 관여할 처지가 아니었다. 패공도 그때는 미처 장량을 쓰지 못하고 늘 해 오던 대로 군사를 부렸다.

　하지만 싸움에 한번 여지없이 지고 나자 패공은 비로소 장량이 있음을 떠올렸다. 함께 지낸 지 며칠 되지 않았지만 패공은 어렴풋하게나마 병법에 대한 장량의 식견이 남다르다는 것을 이미 느끼고 있었다. 군사가 수습되기 바쁘게 장량을 군막으로 불러들인 패공이 땅이 꺼질 듯한 한숨과 함께 말했다.

　"무능한 주제에 남의 장수가 되어 선생에게 부끄러운 꼴만 보였소. 하지만 더 큰 걱정은 앞일이오. 이제 어떻게 해야 할지 실로 막막하구려!"

　장량이 태평스럽기 그지없는 얼굴로 말했다.

　"이기고 지는 것은 싸우는 이에게는 늘 있는 일[勝敗兵家之常事]입니다. 너무 상심하지 마시고 우선 군사를 유현으로 물리시

지요. 그곳에서 며칠 쉬며 군사를 늘린 뒤에 다음 행보를 정하는
게 좋겠습니다."

이에 패공은 영군과 의논하여 군사를 유현으로 물렸다. 유현에
서 며칠 군사를 쉬게 하며 새로 장정들을 뽑으니 곧 군세는 사마
니에게 크게 지기 전보다 나아졌다.

"우리 군사는 넉넉히 쉬었고 머릿수도 전보다 많아졌소. 때도
봄 2월이라 군사를 부려 볼 만하니 어디로 가보는 게 좋겠소?"

어느 날 패공이 다시 장량을 불러 놓고 그렇게 물었다. 패공은
속으로 풍읍을 떠올리고 있었으나 장량은 길게 생각할 것도 없
다는 듯 대답했다.

"탕현을 쳐 보는 것이 어떻겠습니까?"

"탕현은 얼마 전까지도 사마니가 머물던 곳 아니오? 성벽이 높
고 두터운 데다 군민도 소현보다 많은데 무슨 수로 이겨 낸단 말
이오?"

패공이 알 수 없다는 표정으로 물었다. 장량이 방금 탕현을 돌
아보고 온 사람처럼 말했다.

"허나 그곳에는 장함에게서 장수로 단련을 받은 사마니도 없
고 장초를 쳐부수어 사기가 오른 진나라 군사도 없습니다. 있다
면 사마니가 새로 뽑아 얽어 둔 현군과 현리뿐일 터이니 탕현을
손에 넣기는 어렵지 않을 것입니다."

패공은 이번에도 그런 장량의 말을 따랐다. 그날로 장졸들을
휘몰아 탕현으로 달려갔다.

겉보기에 탕현은 성벽도 높고 지키는 군사도 많았다. 패공이 장량의 말만 믿고 힘껏 들이쳐 보았으나 첫날 싸움에는 내몰리고 말았다. 하지만 결국 장량의 말이 맞았다. 성을 들이치기 사흘째, 겉보기에는 한없이 버틸 것 같던 탕현의 성문이 갑자기 열리고 지키던 군사들이 제 장수의 목을 베어 들고 항복했다. 사마니가 현민 중에서 새로 뽑아 얽은 군사들이라 악착스레 버티지 못한 듯했다.

패공 유방은 그들 중에서 군사로 머물러 싸우기를 바라는 자들은 모두 거두어들였다. 그 수가 뜻밖으로 많아 패공의 군세는 잠깐 동안에 6천으로 부풀어 올랐다. 그러자 다시 마음이 급해진 패공은 이내 풍읍으로 밀고 들려 했다. 그때 장량이 다시 말렸다.

"아직은 이릅니다. 제가 패공께 들은 바로 헤아려 보면, 옹치란 자는 장수로서도 범상치 않을 뿐만 아니라 그 처지가 힘을 다하여 지키지 않을 수 없게 되어 있습니다. 설 건드렸다가는 이쪽이 상해 가며 저쪽의 기세만 올려 주는 꼴이 나고 맙니다. 우선 가까운 하읍부터 손에 넣은 뒤 군세를 보다 가다듬어 풍읍을 치도록 하십시오."

그 말에 패공은 이를 악물어 급한 마음을 달래고 애꿎은 하읍으로 군사를 몰아갔다.

호랑이, 숲을 나서다

　강남의 3월은 봄이라도 늦은 봄이었다. 회계군 오중(吳中, 오현) 성 밖 동북으로 20리쯤 떨어진 벌판에서는 윗도리를 벗어부친 수천 명의 장정들이 땀을 흘려 가며 조련을 받고 있었다. 새로이 회계 군수가 된 항량의 조카이자 그 비장(裨將)을 맡게 된 항우가 초나라에서도 강수(江水, 양자강) 동쪽에 사는 젊은이들로만 이루어진 군사, 뒷날의 이른바 '강동자제(江東子弟)'들을 조련하고 있는 중이었다.

　이미 조련을 받은 지 오래인 듯 군사들의 몸놀림은 제법 볼만했다. 모이고 흩어지며 나아가고 물러남이 얼마나 익숙한지 한 몸이 움직이는 것 같았다. 그러나 장대(將臺) 위에서 그들을 내려다보고 있는 항우의 눈길에는 아직도 못마땅해하는 데가 있었다.

오래잖아 징을 울리고 기를 휘저어 군사들을 모은 항우가 소리 쳤다.

"이미 여러 번 일러 주었듯, 항오를 움직이는 법[行伍法]은 단순해 보이지만 군사를 부리는 바탕이 되며, 행군에서도 전투에서도 한가지로 벗어나서는 안 되는 큰 틀이다. 앞뒤로 늘어선 줄을 항(行, 대개 스무 명)이라 하고 옆으로 벌려 선 줄을 오(伍, 대개 다섯 명)라 한다. 이 항오(行伍)가 어우러져 대(隊, 『주례(周禮)』에서는 졸(卒). 다섯 오(伍)가 한 량(兩)이 되고 네 량이 한 졸이 된다.)를 이루고, 대가 모여 여(旅, 5백 명)가 되며, 또 여가 자라 사(師, 2천5백 명)가 되고, 사는 커져 군(軍, 1만 2천5백 명)이 된다.

옛적에 손무자(孫武子)가 처음으로 병법을 펼쳐 보일 때, 오왕(吳王)이 가장 사랑하는 미녀를 둘씩이나 죽여 가며 먼저 세우려 했던 것도 바로 이 항오법이었다. 한 사람 한 사람으로는 아무리 굳세고 날래어도 항오를 잃으면 그 군대는 이미 군대라 이를 수가 없다. 군사들이 항오를 지어 나아가고 물러나는 것도 무(武)를 펼치는 것이며, 그래서 보무(步武)란 말이 나왔다.

그런데 그대들은 어찌 된 일인가? 겨우 한나절 조련이 고단하다 하여 벌써 항오가 흐트러지고 있지 않은가? 이러고도 그대들이 망해 버린 초나라의 한을 씻을 의군을 자처할 수 있겠는가? 각 둔장(屯長)은 이제부터 대를 갈라 항오법부터 바로잡은 뒤에 다시 진퇴와 공수(攻守)를 익히게 하도록."

그런 항우의 얼굴은 굳어 있었지만 그리 사나워 보이지는 않았다. 말을 끝내기 바쁘게 장대를 내려서서 군사들 속으로 들어서는 품이 왠지 그들을 나무란다기보다는 오히려 그렇게 하여 그들 사이로 끼어들 핑계를 대고 있는 것 같았다. 말을 듣고 있는 군사들도 마찬가지였다. 긴장하여 듣고 있기는 해도 겁을 먹은 얼굴들은 아니었다. 항우가 바로 곁에서 자신들을 지켜보고 있다는 게 어떤 힘이 되었는지, 새삼 정신을 가다듬어 똑같은 움직임을 되풀이하는 데서 오는 지루함을 이겨 냈다.

어떻게 보면 항우는 그때 군사들에게 항오법을 가르치고 있었던 것이 아니라, 자신과 그들을 하나로 묶어 주는 일체감을 기르고 있었는지도 모른다. 태사공(太史公)은 『사기』 곳곳에서 장졸들과의 일체감을 길러 주는 항우의 행동들을 기록해 놓고 있다. 항우는 진지를 구축할 때는 병졸들과 함께 통나무를 져 나르고 돌덩이를 모았으며, 성을 칠 때는 병졸들과 어깨를 나란히 하고 성벽에 걸쳐 둔 사다리에 기어올랐다. 싸움터에서도 나아갈 때는 맨 앞에 서고 물러날 때는 가장 늦게 뒤따랐다. 또 싸움이 없을 때는 언제나 병사들의 군막을 돌아보며 병든 이를 손수 돌보고 배고파하는 이와는 먹을 것을 나누었다고 한다.

그 뒤 강동자제 8천 명은 거의 모두가 목숨이 다할 때까지 항우에게 한결같은 믿음과 사랑을 바치는데, 그것은 아마도 그때 오중의 연무장에서부터 키워 간 일체감에서 비롯되었음에 틀림이 없다. 적어도 그들에게는 뒷날 천하를 쥐락펴락하던 항우도 멀리 높은 곳에서 내려다보는 장수가 아니라, 자기들과 항오를 함께하고 내닫는 동무들 가운데 으뜸일 뿐이었다.

항오법에 이어 찍고 베고 찌르고 막는 조련이 시작된 것은 춘삼월 해도 서편으로 제법 뉘엿할 무렵이었다. 항우는 그제야 조련을 부장들에게 맡기고 거처로 쓰고 있는 군막으로 돌아갔다. 사마로서 군막을 지키고 있던 용저(龍且)가 무엇 때문인가 상기된 얼굴로 나와 맞았다. 환초(桓楚)와 함께 항량의 막하로 든 지난 달, 어느새 용저는 항우의 둘도 없는 복심으로 바뀌어 있었다. 용저는 항우가 군막 안으로 들어서기 바쁘게 장검 한 자루를 내밀었다. 칼집이나 장식이 얼른 보기에도 예사롭지 않았다.

"이게 웬 칼인가?"

대를 이은 무장 가문의 혈통 때문인지 보검임을 한눈에 알아본 항우가 급히 용저에게 물었다. 그 시절의 무장들에게 좋은 칼과 날랜 말은 목숨 그 자체만큼이나 소중한 보물이었다. 특히 이름난 야장(冶匠)이 잘 뽑아 낸 칼은 천금에 거래되며 세간의 전설이 된 검보(劍譜)에 그 휘황한 이름을 보탰다. 용저도 이미 그 칼을 알아본 듯 떨리는 목소리로 항우의 물음에 대답했다.

"낮에 장군께서 나가신 뒤 어떤 늙은이가 찾아와 바치고 갔습니다. 초(楚) 왕실 전래의 보검이니 반드시 이 칼로 진나라를 쳐 없애, 회왕(懷王) 이래 원통하게 돌아가신 선왕들의 한을 씻어 달라는 청이었습니다."

"그 늙은이는 누구이며, 어째서 우리 왕실의 보검이 그에게 있었다는 것인가? 그리고 그만한 보검이라면 이름이 있을 터, 이칼의 이름은 무어라고 하던가?"

"물었지만 뚜렷하게 일러 주지 않았습니다. 그저 자신을 가리켜 말하기를, 왕실의 보검을 지켜 복국(復國)의 지사(志士)에게 전해 주는 것을 보람으로 삼던 망해 버린 초나라의 살아남은 신하[亡楚遺臣]라고만 하더군요. 또 칼 이름은 밝히지 않아도 누군가 절로 알아보는 사람이 있을 것이라 했습니다."

"알 수 없는 늙은이로군. 한 나라의 흥망을 맡길 만한 보검이 있단 말인가."

그러면서 항우는 가만히 칼을 뽑아 보았다. 칼집이 벗겨지면서 맑은 쇳소리와 함께 갓 갈아 놓은 듯한 칼날이 눈부신 빛을 뿜었다. 짐작한 대로 칼은 흔히 보는 진나라 군도(軍刀)와는 품격이 달랐다. 진나라 군도는 쇠보다 굳고 삭거나 녹이 슬지 않도록 손을 본(현대의 크롬염 산화 처리로, 서양에서는 20세기에 들어서야 독일에서 개발된 방식이다.) 청동검이었다. 그런데 그 보검은 무쇠를 공들여 벼린 철검으로, 가만히 살피는 동안에도 칼날이 내뿜는 휘황한 빛에 사방이 온통 환해지는 느낌이었다. 그때 누군가 군막 안으로 들어오다가 놀란 소리로 말했다.

"이게 무슨 빛이오? 아, 칼이구려. 대단한 명검 같은데, 이름이 무엇이며 어디서 났소?"

항우가 얼른 칼을 칼집에 꽂으며 돌아보니 계포(季布)였다. 계포는 초나라 땅에서 널리 알려진 명사로서 그때는 이미 항량의 막빈이 되어 곁에서 거들고 있었다. 사람이 의기가 있는 데다 식견이 넓어 항량이 그를 몹시 존중하니, 항우도 그런 숙부를 따라 계포를 공손하게 대했다.

"낮에 어떤 늙은이가 가져왔다는 칼인데, 이름은 알려 주지 않았습니다."

항우가 칼을 든 채 두 손을 모으며 용저에게 들은 대로 그렇게 말했다. 계포가 마주 예를 하며 다가오더니 무엇에 홀린 사람처럼 항우가 쥐고 있는 칼을 보며 다시 물었다.

"제가 그 칼을 한번 살펴보아도 되겠습니까?"

"그러잖아도 선생의 안목을 빌려야 할 참이었습니다. 살펴보시고 알아보실 만한 물건이면 제게도 일러 주십시오."

항우가 그러면서 들고 있던 칼을 계포에게 넘겨주었다. 계포는 칼집부터 찬찬히 살피더니 이윽고 날을 뽑아 어린 듯, 홀린 듯 바라보았다. 얼마나 지났을까? 칼등에 새겨진 무늬를 살피고 쓰다듬듯 하던 계포가 가만히 항우를 쳐다보며 감격에 찬 목소리로 말했다.

"진실로 경하드립니다. 장군께서는 이 세상에 둘도 없는 보검을 얻으셨습니다."

"그럼 선생께서는 이 칼을 알아보시겠습니까?"

계포가 내민 칼을 받아들이며 그렇게 묻는 항우의 목소리가 새삼 떨렸다. 계포는 나지막하면서도 자신 있게 말했다.

"제가 헛소문을 듣고 잘못 본 게 아니라면 이 칼은 바로 간장(干將)입니다."

간장이라면 항우도 들은 적이 있는 명검이었다. 하지만 어디까지나 신비한 전설로만 들어 온 이름이라 실제 손에 들어왔다는 게 얼른 믿어지지 않았다.

"그럼 막야(莫邪)와 짝을 이룬다는 그 간장입니까? 거궐(鉅闕),

벽려(辟閭)와 함께 옛날 오왕(吳王) 합려(闔閭)가 가지고 있었다는 그 명검……."

"틀림없습니다. 전해지는 말에 따르면 간장의 칼등에는 거북등무늬[龜文]가 새겨져 있다고 합니다. 그런데 여기 바로 그 거북등무늬가 있을 뿐만 아니라……."

그러면서 계포는 손으로 머리를 쓸어 머리터럭 몇 올을 뽑더니 칼날 위에 놓고 입으로 불었다. 별로 세게 불지 않았는데도 머리터럭은 모두 두 토막이 나 칼날 양쪽으로 흘러내렸다. 그걸 보고 더욱 자신을 얻었는지, 계포가 망설임 없이 넓은 식견을 펼쳐 보였다.

"간장은 달리 구야자(句冶子)라고 불리기도 하는 옛적에 널리 알려진 대장장이의 이름이며, 막야는 그 아낙의 이름이라고 합니다. 간장은 자신이 만든 칼 중에서 숫칼에는 자신의 이름을 붙이고 암칼에는 아내의 이름을 붙였습니다. 하지만 명검 간장과 막야가 만들어진 경위나 그 뒷일에 대해서는 서로 다른 두 갈래의 이야기가 전해 내려오고 있습니다.

그 하나는 간장이 오나라 사람으로, 장군께서도 알고 계시듯 오왕 합려의 명에 따라 그 두 칼을 만들게 되었다는 것입니다. 그러나 아무리 애를 써도 쇳물이 제대로 녹지 않더니 부부가 머리칼을 자르고 손톱을 깎아 넣자 비로소 쇳물이 제대로 어우러졌다고 합니다. 달리 전하기로는 안타깝게 여기던 아내 막야가 쇳물에 뛰어들어 죽고 나서야 칼이 제대로 벼려지게 됐다는 말도 있습니다.

어쨌든 그렇게 어렵게 만든 까닭인지 간장은 칼 두 자루를 만든 뒤 숫칼 간장은 감추어 버리고 암칼 막야만 오왕에게 바쳤습니다. 그걸 알지 못한 오왕은 막야만 후한 값을 쳐서 거두었다는 말도 있고, 그게 드러나 대장장이 간장이 오왕에게 해코지당했다는 말도 있습니다. 그러나 어느 쪽이든 명검 간장이 끝내 세상에 나오지 않았다는 결말은 같습니다.

명검 간장을 둘러싼 또 다른 전설은 그걸 만든 간장이 오나라 사람이 아니라 초나라 사람이며, 만들어 달라고 한 것도 초나라 왕이었다고 하는 것입니다. 그런데 간장이 너무 공을 들여서인지 3년이 지나서야 겨우 칼 두 자루를 만들자 성난 초나라 왕이 그를 죽이려 했습니다. 그걸 안 간장은 그때 만삭이던 아내 막야에게 말했습니다.

'나는 왕명을 받들어 칼을 만들게 되었는데 3년이 걸려서야 겨우 칼 두 자루를 만들 수 있었소. 그 때문에 왕이 몹시 성나 있다 하니, 이번에 가면 반드시 나를 죽일 것이오. 이에 칼 한 자루를 감추고 가는 바, 만약 당신이 아들을 낳거든 그 아이가 자란 뒤에 집을 나가 남산(南山)을 바라보라 이르시오. 그러면 바위 위에 난 소나무 뒤에 그 칼이 있을 것이오. 그 칼을 찾아 아비의 한을 씻어 달라 하시오.'

그런 다음 암칼 막야만 지고 초나라 왕에게로 갔습니다.

그러지 않아도 간장의 일손이 더딘 데 성이 나 있던 왕은 사람을 시켜 칼의 상(相)을 보게 한 뒤 더욱 성이 났습니다. 원래 암수 두 자루의 칼이 만들어졌는데 암칼만 들고 왔다는 걸 상자(相

者)로부터 들어 알게 된 까닭이었습니다. 초나라 왕은 간장을 다 그쳤으나 숫칼이 없다고 잡아떼자 끝내는 그를 죽여 버리고 말았습니다.

그 뒤 정말로 아들을 낳게 된 막야는 아들이 자라자 남편에게 들은 말을 그대로 전해 주었습니다. 막야의 아들은 집을 나가 남산을 바라보았으나 남산은 보이지 않고 집 앞 주춧돌 위에 선 소나무 기둥이 보일 뿐이었습니다. 그것도 돌 위에 선 소나무라 여긴 아들이 도끼로 기둥을 쪼개 보니 정말 그 뒤에서 칼 한 자루가 나왔습니다. 바로 숫칼 간장이었습니다. 칼을 찾은 아들은 그날로 아비를 죽인 초나라 왕에게 원수를 갚기로 맹세했습니다.

그런데 그날 밤 초나라 왕은 이마가 한 자나 되는 사람이 원수를 갚으려고 덤비는 꿈을 꾸게 되었습니다. 놀라 깨어난 초나라 왕은 천금을 걸고 꿈에 본 얼굴과 같이 생긴 자객을 잡아들이게 했다고 합니다. 여기서 삼왕묘(三王墓)의 전설이 생겨났는데, 거기 따르면 간장검은 그 뒤 초나라 왕실에 있게 됩니다."

"삼왕묘의 전설은 또 무엇입니까?"

이야기에 취해 듣고 있던 항우가 불쑥 물었다. 타고난 무골인 항우도 남방 초나라 사람들의 일반적인 기질에서 크게 벗어나지는 않았다. 불같은 격정만큼이나 풍부한 감성이 바로 그랬다. 계포가 하던 이야기를 그대로 이어 갔다.

"막야의 아들은 초나라 왕이 천금을 걸고 자기를 찾는다는 말을 듣고 산속으로 달아나 숨었다고 합니다. 그리고 슬픈 노래를 지어 부르며 자신의 무력함을 통곡했는데, 마침 지나가던 협객

하나가 듣고 물었습니다.

'그대는 나이도 그리 많지 않아 보이는데 어찌하여 노래와 울음소리가 그토록 슬픈가?'

그 물음에 막야의 아들은 솔직하게 자신이 누구인지를 말하고, 또 아비를 죽인 초나라 왕에게 원수 갚을 뜻을 밝혔습니다. 그러자 그 협객은 한동안 무언가를 깊이 생각하더니 가만히 막야의 아들에게 말했습니다.

'내 들으니 왕이 천금을 걸어 그대의 머리를 얻고자 한다 하였소. 이는 왕이 이미 그대를 안다는 뜻이니, 그대의 손으로 원수를 갚기는 어려울 것이오. 하지만 만약 그대가 그대의 목과 그 보검 간장을 내게 준다면 내가 그대를 위해 원수를 갚아 주겠소.'

막야의 아들은 협객의 그와 같은 말을 굳게 믿었습니다. 한번 다짐조차 받는 법 없이 간장검을 빼어 자신의 목을 자른 뒤 두 손으로 그 머리와 칼을 협객에게 바쳤습니다. 그 협객도 그런 믿음을 짐스러워하지 않았습니다. 협객이 망설임 없이 그것들을 받아들이자 비로소 목이 없는 막야의 아들은 쓰러져 숨을 거두었다고 합니다.

협객은 그 길로 막야의 아들이 스스로 잘라 준 머리와 보검 간장을 들고 초나라 왕을 찾아갔습니다. 초나라 왕이 그 머리를 받아 보니 과연 이마가 한 자나 되는 게 꿈에 본 그 얼굴이라 크게 기뻐했습니다. 그때 그 협객이 초나라 왕에게 말했습니다.

'이는 용사의 머리라 마땅히 가마솥에 삶아 그 넋과 얼을 흩어야 합니다.'

초나라 왕은 그 협객이 말한 대로 따랐습니다. 궁궐 앞뜰에 커다란 솥을 걸게 하고 막야의 아들 머리를 넣어 삶게 했습니다.

그런데 어찌 된 셈인지 사흘 낮, 사흘 밤을 삶아도 그 머리는 물크러질 줄 몰랐습니다. 오히려 이따금씩 끓는 물 위로 머리가 솟아올라 눈을 부릅뜨고 왕을 노려보았다고 합니다. 그때 협객이 다시 초나라 왕에게 말했습니다.

'저 아이놈의 한이 깊어서인지 사흘을 끓여도 머리가 익어 문드러지지 않습니다. 대왕께서 몸소 가마솥 가로 가시어 굽어보신다면 틀림없이 대왕의 위엄에 눌려 저 아이놈의 머리가 물크러질 것입니다.'

초나라 왕은 이번에도 그 협객의 말을 믿었습니다. 가마솥 곁으로 가서 길게 목을 빼고 솥 안 끓는 물 속에서 솟구쳤다 가라앉았다 하는 아이의 목을 내려다보았습니다. 그때 그 협객이 왕이 차고 있던 간장을 빼어 왕의 목을 치니 그 머리가 끓는 가마솥 안으로 떨어졌습니다. 협객은 다시 그 보검을 들어 솥 안으로 길게 뺀 제 목을 쳤습니다. 그러자 협객의 머리도 가마솥 안으로 굴러 떨어졌습니다.

세 머리가 나란히 가마솥 안으로 떨어지자 비로소 머리들이 익어 문드러지기 시작했습니다. 그리하여 놀란 신하들이 불을 끄고 장대로 가마솥을 휘저어 머리들을 건져 냈을 때는 세 머리가 모두 물크러져 어느 것이 누구의 머리인지 알아볼 수가 없었습니다. 하는 수 없이 세 머리를 모두 왕의 예로 장사 지냈는데, 그게 바로 삼왕묘라고 하며, 듣기로는 지금 여남(汝南) 북쪽 의춘현

(宜春縣) 어디에 있다고 합니다. 또 보검 간장은 그때 초나라 왕실에 들어가게 되었으나, 상서롭지 못하다 하여 부고(府庫) 깊이 처박아 두었다는 말이 있었는데, 이제 보니 그게 맞는 말인 듯합니다."

"이게 바로 그 간장검이란 말이오?"

항우가 새삼스럽게 그 보검을 뽑아 보며 감탄했다. 그러다가 검을 거두어 용저에게 맡기며 계포를 보고 물었다.

"그런데…… 선생께서 무슨 일로 누추한 이곳까지 몸소 오셨습니까?"

"회계수(會稽守, 항량)께서 급히 장군을 찾으십니다. 아무래도 이제 우리가 움직일 때가 온 것 같습니다."

계포가 비로소 항량의 부름을 전했다. 평소의 그답지 않게 어딘가 들뜬 기색이 있었다. 처음에는 보검 때문인가 싶었으나 반드시 그런 것 같지도 않았다.

"우리가 움직일 때라니요? 성안에 무슨 일이 있었습니까?"

"장초의 진왕께서 사람을 보내왔습니다. 드디어 진왕께서도 강동에 우리가 있는 걸 아신 것 같습니다."

"진왕이라면 벌써 몇 달 전에 진나라 장수 장함에게 크게 지고 어딘가로 쫓겨 갔다고 하지 않았습니까? 지금 있는 곳조차 모른다고 하던데, 사람을 보내다니요?"

항우가 의아한 눈길로 물었다. 회계군을 손에 넣고도 네댓 달이나 움직이지 못하고 있는 것은 바로 그 진왕과의 연계가 잘 이루어지지 않았기 때문이었다. 더구나 근래에 들리는 소문에는 진왕이 이미 죽었다는 말도 있었다. 그런 진왕이 갑자기 사람을 보냈다는 게 아무래도 석연치 않았다. 그런데도 계포의 목소리는 밝기만 했다.

"떠도는 말과는 달리 아직 굳건하게 버티고 계신 모양입니다. 진군을 다시 내몰고 광릉을 치려 하신다고 합니다."

"진왕이 광릉을 치려 한다고?"

"예. 오늘 온 사람이 바로 진왕에게서 광릉을 치란 명을 받고 군사를 얻어 나온 소평(召平)이란 장수라고 합니다. 전해야 할 진왕의 어명이 있다며 회계수 어른께 관원들을 모두 불러 모아 달라고 했습니다."

그 말을 듣자 항우도 성안으로 들 채비를 했다. 따지고 보면 그도 기뻐해야 마땅할 일이었다. 은통을 죽이고 회계군을 손에 넣기는 했으나 그들 숙질이 이끄는 무리는 아직 강동에 고립된 지역 세력에 지나지 않았다. 그런데 이제 반진(反秦) 봉기의 맹주로 널리 우러름을 받는 장초의 진왕이 사람을 보내 온 것이었다.

옷을 갈아입고 계포와 함께 군막을 나온 항우는 곧 오중성 안으로 달려갔다. 현청에는 이미 높고 낮은 관원들이 모두 모여 있었다. 항량도 드물게 군수의 관복까지 갖춰 입고 현청 마루에 나와 있다가 항우가 들어서자 반갑게 맞아들이며 말했다.

"진왕께서 사자를 보내셨다. 너도 비장으로서 나와 함께 왕명을 받들자."

그때 다시 현청 한쪽이 수런거리더니 한 중년 사내가 서너 명의 졸개를 거느리고 나타났다. 그리 위엄 있어 보이지 않는 행색이나 뭔가 불안해하는 졸개들의 표정에 비해 그 태도에는 짐짓 거들먹거리는 듯한 데가 있었다. 현청 마루에 들어설 때부터 관원들의 늑장이 못마땅한 표정이던 그는 이제 더는 기다리지 못하겠다는 듯 안내도 받지 않고 움직였다. 스스로 현청 한쪽의 높은 단 위로 올라가 관원들을 내려다보며 큰 소리로 외쳤다.

"나는 장초 진섭(陳涉, 진승) 대왕의 명을 받들어 광릉을 치고 있던 소평이오. 시절이 비상하여 칙서도 인수도 가져오지 못했으나, 지금부터 내가 하는 말은 곧 대왕의 엄명이니 어김이 있어서는 아니 되오. 내 말을 알아들으시겠소?"

"삼가 천명을 받들겠습니다."

항량을 비롯한 회계군의 높고 낮은 관원들이 목소리를 합쳐 대답하자 소평이 한층 엄숙하게 이었다.

"대왕께서는 당초 진장(秦將) 장함에게 다소간 어려움을 겪었으나, 마침내 흉측한 도적을 물리치고 지금은 산동(山東)으로 물러나 웅거하고 계십니다. 이제 회계 군수 항량을 장초의 상주국(上柱國, 초나라의 상경으로 상국과 같다.)에 봉하니, 상주국은 대왕의 뜻을 받들도록 하시오. 강동이 이미 평정되었으면 급히 군사를 이끌고 서쪽으로 가서 진나라의 남은 세력을 쓸어버리라는 엄명이시오!"

그런데 참으로 알 수 없는 것이 이 소평이란 인물의 엉뚱한 행각이다. 소평은 광릉 사람으로 그가 진왕의 명을 받들어 광릉을 치려 했던 것은 사실인 듯하다. 그러나 그가 광릉을 떨어뜨리기도 전에 진왕은 장함에게 져서 근거지를 잃고 쫓기다가 죽고 없었다. 게다가 광릉이 진(陳) 땅에서 멀지 않으니 진왕의 죽음은 오래잖아 그에게도 알려졌을 것이다. 그런데도 석 달이나 지난 뒤에 군사도 없이 홀연 회계군에 나타나 살아 있지도 않은 진왕의 거짓 명을 항량에게 전하고 있다.

…… 소평은 진왕 진섭을 위해 광릉을 치러 갔다가, 성을 떨어뜨리지 못하고 있는 사이에 진왕이 이미 싸움에 져서 쫓겨 가고 또 진나라 군사들이 장차 자기를 치러 올 것이라는 소문을 들었다. 이에 진왕의 명을 거짓으로 내세우고[矯陳王令] 항량을 찾아가…….

『사기』는 소평이 항량을 찾아오게 된 경위를 그렇게 적고 있으나, 그것만으로는 진왕의 죽음으로부터 그가 항량을 찾아갈 때까지 혼자 어정거린 난세의 불같은 석 달을 제대로 설명하지 못한다.

아마도 소평은 어쩌다 진승을 따라나서 장수가 된 농군 출신의 허풍선이나 아니었는지 모르겠다. 진왕이 져서 쫓겨 갔다는 소문에 겁이 나서 우왕좌왕하다가 졸개들을 모두 잃고 헤매던 끝에, 항량의 세력이 만만찮다는 말을 듣고 오중으로 찾아와 허풍을 떤 듯하다. 하지만 그 허풍은 오래 웅크린 채 자신을 길러 오던 호랑이를 숲 밖으로 내몰아 천하가 뒤집히는 바람과 비구름을 몰고 오게 된다.

하기야 어떤 사람들은 소평이란 인물 자체가 항량에 의해 조작된 것이 아닌지 의심하기도 한다. 그들은 앞뒤 안 맞는 소평의 행각을, 회계군을 차지하고 세력을 길렀으나 중원으로 진출할 그럴듯한 명분을 찾지 못한 항량이 궁한 나머지 짜낸 계책이라고 본다. 곧 출전할 채비를 마친 항량이 반진 봉기의 상징적 맹주인 진왕의 권위와 상주국이란 초나라 최고의 직위를 앞세우기 위해 소평이란 인물을 만들어 냈다는 주장이다. 그들은 소평이 자신의 허풍이 드러난 뒤에도 항량 밑에 그대로 붙어 지내다가 나중에 초나라가 섰을 때는 상대부(上大夫)에 오르기까지 하는 것을 그런 주장의 근거로 삼는다.

뭔가 석연찮은 데가 있기는 하지만, 어쨌든 소평이 전한 진왕의 명은 오중성 안의 기세를 드높였다. 특히 항량은 억지로 빼앗아 차지한 회계 군수에서 초나라의 상경(上卿)인 상주국이 되었을 뿐만 아니라, 당당하게 강서로 세력을 뻗쳐 나갈 구실을 얻게 되니 겨드랑이에 날개라도 돋은 느낌이었다. 곧 항우와 강동자제 8천 명을 앞세워 크게 군사를 일으켰다. 현군으로 남아 회계 땅을 지킬 이들을 빼고도 2만이 넘는 군세였다.

참고 기다린 지난 몇 달도 헛되지 않았다. 그동안 항우가 기른 강동병들은 조련이 잘되어 있을 뿐만 아니라 장졸 사이의 일체감이 강하고 사기도 드높았다. 회계군 백만 인구와 스물여섯 개 현에서 거두어들여 놓은 곡식과 군비도 제 몫을 했다. 군 부고를 가득 채우고 있는 그것들은 강을 건너 중원의 사슴을 쫓으러 가는 항량의 군사를 그 무렵 천하 곳곳에서 일어난 어떤 군사들보다 더 넉넉하고 채비가 갖춰진 군사로 만들어 주었다.

"3월 스무닷새 날에 강수(江水, 장강)를 건너 서쪽으로 간다. 우이 동남쪽의 동양현이 첫 싸움터가 될 것이다!"

일자(日者)에게 물어 날을 받고 방향을 정한 항량은 그렇게 명을 내려 떠날 채비를 하게 했다. 그러자 오중 성안은 새로 큰 저잣거리라도 열린 것처럼 흥청거리고, 군사들도 목숨을 건 싸움터로 가는 것이 아니라 무슨 큰 잔치에 부름을 받은 사람들처럼 떠날 날을 기다렸다. 하지만 떠나는 이들과 남는 이들이 나누는 작별 의식까지 마냥 즐거움과 기쁨일 수만은 없었다.

항우와 함께 앞장을 서는 강동자제 8천 명에게는 천에 하나도 살아서 돌아오지 못하게 될 뒷날이 어떤 불길한 예감으로 닿아왔을는지 모른다. 그것이 오나라의 시가[吳歌] 특유의 애상(哀傷)과 어우러져 슬픈 가락으로 오중 골목을 떠돌기도 했다. 항량이 알지 못할 비장감에 빠져 손씨녀(孫氏女)와 작별의 의식을 치른 것도 마찬가지였다. 짧은 영광에 이은 허망한 종말의 예감이 그를 어둡게 몰아대고 있었음에 틀림이 없다.

출진 날이 다가오면서 항량은 내리 사흘 밤을 손씨녀와 잠자리를 함께했다. 쉰을 넘긴 나이뿐만 아니라 평소의 절제와도 전혀 어울리지 않는 행동이었다. 특히 오중을 떠나기 전날 밤은 거의 뜬눈으로 지새면서 그녀의 몸에 탐닉했는데, 그 새벽에 한 일은 더 별났다. 창틀이 희붐하게 밝아 올 무렵 항량이 그녀의 벗은 몸을 가만히 밀며 불쑥 말했다.

"저기 문 곁으로 가 서거라."

말수가 적고 초나라 사람 같지 않게 감정 표현에 인색한 항량에게 익숙해져 있는 손씨녀는 말없이 그가 시키는 대로 했다. 깁을 바른 문살 사이로 새어든 새벽 어스름에 그녀의 벗은 몸이 하얗게 빛나 보였다. 이부자리에서 몸을 반쯤 일으켜 베개에 비스듬히 기대앉은 항량은 어둠 속에서 말없이 그녀를 바라보기만 했다.

강남은 늦은 봄이고, 방 안이라고는 하지만 첫새벽의 문가는 아직 싸늘했다. 실오라기 하나 걸치지 않은 몸으로 문가에 서 있게 되자 손씨녀는 곧 추위로 움츠러들었다. 그러나 항량은 무슨 생각에 잠겨서인지 그녀가 알아보게 몸을 떨 때까지도 그녀의 벗은 몸을 가만히 바라보고만 있었다. 그러다가 마침내 견디지 못한 그녀가 가볍게 이를 부딪는 소리를 듣고서야 무엇에서 퍼뜩 깨난 사람처럼 말했다.

"됐다. 이만 이리 오너라."

그리고 밝아 오는 동녘 때문에 방 안이 환해질 때까지 또 한바탕 불같은 정사를 벌였다. 이윽고 집 안이 모두 깨어나 수런거리고 항량도 마지못해 자리에서 일어나 앉았을 무렵, 어느새 옷을 갖춰 입은 손씨녀가 말끄러미 항량을 바라보며 물었다.

"오늘…… 떠나시는…… 겁니까?"

삼가고 두려워하면서도 걱정을 이기지 못해 애처로운 빛까지 떠도는 눈빛이었다.

"그렇다."

항량이 그렇게 대답하고는 그제야 생각난 게 있다는 듯 벌떡 몸을 일으켰다. 그가 방 안의 궤짝을 뒤적여 꺼낸 것은 작지만 묵직해 뵈는 비단 주머니였다.

"이걸 거두어 두어라."

"이게 무엇입니까?"

"지금(地金) 몇 덩이다. 너를 위해 마련했다."

"재물은 나리께서 지금까지 제게 베풀어 주신 것으로 넉넉합니다. 이제 군사를 이끌고 강을 건너시면 그들을 먹이고 입힐 곡식과 돈이 한층 더 필요하게 되실 분은 나리십니다. 적지만 거두어 두셨다가 거기에 보태 쓰십시오."

"너는 또 내가 허락하지 않은 것까지 헤아리는구나. 입을 다물고 거두어 두어라."

항량이 평소와 다름없는 엄한 눈길로 손씨녀를 쏘아보며 꾸짖듯 말했다. 하지만 무엇 때문인지 이내 부드러운 목소리로 달래듯 덧붙였다.

"오늘 내가 군사들을 이끌고 오중을 떠나거든 너도 이 집을 떠나거라. 되도록 멀리 떠나 네가 나의 사람이었음을 아는 사람이 없는 곳으로 가서 숨어 살아라. 그러다가 뒷날 내가 진나라를 쳐 없애고 함양성(咸陽城) 안 대궐에 높이 되어 앉았다는 소문이 들리면 그때는 나를 찾아와도 좋다. 하지만 그때까지는 그 누구에게도 너와 나는 전혀 알지 못하는 사람이다. 그리고…… 만약 그때가 끝내 오지 않는다면 너와 나도 이 세상에서 만난 적조차 없는 사람으로 끝이 나야 한다. 알아들었느냐?"

"나리, 그 무슨 말씀이신지요. 사람의 정을 어찌……."

항량에게 어지간히 단련된 손씨녀였지만 거기까지 가자 더는
참지 못했다. 솟는 눈물을 훔치며 울먹이듯 말했다. 항량이 다시
싸늘하게 굳은 얼굴로 그녀의 말을 끊었다.

"내 이런 구차함이 싫어 계집에게 곁을 주지 않았던 터, 네 끝
내 사람의 말을 알아듣지 못하겠느냐? 만약 내가 뜻을 이루지 못
하고 죽으면 이는 곧 포악한 진나라가 다시 천하를 다스린다는
뜻이다. 또한 그때 나는 진나라에 거역하여 군사를 일으켰다 죽
은 대역죄인이 되니 그 가솔이 어찌 성하기를 바라겠느냐? 그런
데도 사람의 정을 내세워 저잣거리에 목이라도 매달리겠다는 것
이냐? 답답한 것."

항량은 그렇게 내뱉고 몸을 일으켰다. 그리고 매몰차게 정을
끊듯, 뒤 한 번 돌아보는 법 없이 바깥채로 나와 버렸다.

까닭 모를 비장감에 빠져 있는 항량에 비해 바깥뜰에서 기다
리고 있는 항우는 그 어느 때보다 밝고 생기에 차 있었다. 항우
가 높이 타고 있는 검은 털 섞인 부루말[白馬, 청색 잡털이 섞인 백
마]이 유별나게 눈에 띄어 항량이 물어보았다.

"안 보이던 말이구나. 어디서 난 것이냐?"

"여기서 멀지 않은 용연촌(龍淵村)에서 얻었습니다. 검은 용이
변해 말이 되었다는 놈을 어제오늘 제가 길들였습니다."

항우가 기쁨을 감추지 못해 싱글거리며 대답했다. 그런 그의

허리에는 며칠 전에 얻었다는 보검이 메어져 있었다. 매사를 차분히 따져 허황된 걸 잘 믿지 않는 항량이 가볍게 이맛살을 찌푸리며 되뇌었다.

"검은 용이 변한 놈을 길들였다?"

그러자 항우가 자랑스레 말했다.

"어제 낮 군마를 거두러 나갔던 주무가 용연촌에 이상한 말 한 마리가 있다고 일러 주었습니다. 그 마을에는 옛부터 용이 산다 하여 용연(龍淵)이라 불리는 큰 못이 있는데, 며칠 전 그 못에서 한 마리 검은 용이 솟아오르더니 말로 변했다고 합니다. 하지만 너무 빠르고 힘이 세 붙잡을 수가 없고, 용케 붙잡아도 너무 사나워 사람이 타게 길들일 수가 없다는 것입니다.

그 말을 듣고 제가 급히 용연 가로 달려가 보았더니 정말로 이놈이 울부짖으며 못가를 뛰어다니고 있지 않겠습니까? 저는 사람을 떠보듯 제 앞을 내닫는 이놈을 한달음에 뒤쫓아 가 안장이 없는 대로 훌쩍 뛰어 올라탔습니다. 그런 다음 갈기를 고삐처럼 휘감아 쥐고, 무릎으로 놈의 등판을 조인 채 그 못을 한 바퀴 돌았더니 이놈이 이내 순해지더군요. 그래서 고삐와 박차를 달고 안장을 얹어 다시 길들여 보았는데 하루 만에 벌써 오래 타고 다닌 군마처럼 말을 잘 듣습니다."

그런 항우의 말에 항량은 속으로 중얼거렸다.

'싸움터에서 달아나 산속을 떠돌다 야생으로 돌아간 군마겠지. 어느 날 갑자기 못가의 풀밭에 나타나 풀을 뜯는 걸 보고 그 마을 사람들이 잡다 부리려 했을 것이다. 그러나 너무 날래고 사나위 잡을 수 없자 마을의 오래된 전설과 결합돼 용마(龍馬)로 소문나게 되었으리라. 그러다가 결국 너의 날램과 힘에 굴복한 것이리라. 하지만 네가 며칠 전에 얻었다는 그 보검처럼 허황되더라도 용마의 전설 또한 나쁠 것은 없겠지. 그게 정말로 간장이든 아니든, 거기에 실린 초나라 회복의 염원만으로도 그 칼은 존중되어 마땅한 보검이 되었다. 이 용마의 전설도 마찬가지. 모든 이에게 이 말이 용마가 되면, 이 말을 타고 있는 너도 은연중에 하늘이 불러낸 사람으로 보이게 될 것이다. '장수 나자 용마 난다'는 말도 있지 않은가……'

그러나 겉으로는 그지없이 기꺼운 듯 감탄 섞어 말했다.

"대단하다! 참으로 용마답구나. 검은 용이 변한 것이라 검은 부루말이 된 것이냐?"

"아닙니다. 섞인 털은 얼른 보면 검지만 실은 푸릅니다. 푸른 부루말[騅, 청색 잡털이 섞인 백마]이지요."

항우가 그렇게 받다가 문득 고쳐 말했다.

"하지만 끝엣아버님께서 검게 보셨다니, 이름은 오추(烏騅)로 하는 게 어떻겠습니까?"

"흐음. 오추라, 오추마(烏騅馬)라. 오(烏)가 검은 용을 떠올리게 하니 그것도 괜찮은 이름이다. 이름뿐만 아니라 힘과 날래기도 하루 천 리를 달리는 명마이기를 빈다."

그때 곁에 와 있던 계포가 새삼 항우를 향해 두 손까지 모으며 집 안이 떠들썩할 만큼 크게 소리쳤다.

"아무래도 하늘이 장군을 크게 쓰실 뜻인 듯합니다. 일전에는 몇 백 년 전설만으로 떠돌던 보검 간장을 찾아 내려 주시더니 어제는 또 용마 오추까지 보내셨군요. 진심으로 경하드립니다!"

항우에게라기보다는 집 안팎 모든 사람이 들으라고 외고 있는 듯했다. 실제에 있어서도 그 외침의 효과는 컸다. 그때 집 안에 있다가 그 말을 들은 사람들은 하나같이 항우가 얻은 보검과 명마를 신기하게 여겼다. 저희끼리 수군거리다가 바깥으로 전해진 그들의 말은 곧 오중성 안에 널리 퍼졌다. 그리하여 그 보검을 차고 그 말을 탄 항우를 전보다 더 우뚝하게 만들었을 뿐만 아니라, 그를 따르는 장졸들의 사기까지 높여 주었다.

'장초 상주국' 깃발을 앞세운 항량과 그 비장(裨將) 항우가 3만을 일컫는 대군을 이끌고 오중을 떠난 것은 그날 정오 무렵이었다. 항량은 먼저 군기(軍旗)에 희생을 바치고 제사를 올린 뒤에 미리 정해 둔 차례대로 군사들을 출발시켰다.

먼저 성을 나선 것은 항우가 이끄는 강동자제 8천 명이었다. 여느 강남 사람들처럼 체격이 왜소한 데다 용모도 그저 단아할 뿐인 항량에 비해, 강동자제 8천 명을 앞장서 휘몰아 가는 항우의 모습은 실로 볼만했다. 여덟 자가 넘는 큰 키에 우람한 몸피는 번쩍이는 갑옷과 투구로 더 눈부셨다. 거기다가 허리에는 전설로만 전해 오던 보검을 차고 용마란 소문으로 더 덩실해 뵈는 오추마 위에 올라앉아 있으니 마치 푸른 기운 도는 구름을 탄 신장(神將) 같았다. 그 안장에 나란히 걸린 예순 근 철극(鐵戟)과 시위를 당기는 데 석 섬 무게의 힘이 드는 강궁도 항우의 위용을 더했다.

항우를 따르는 강동자제 8천 명도 그 시절의 다른 봉기군(蜂起軍)들과는 견줄 수 없을 만큼 정병이었다. 옛 초나라의 양가(良家) 자제들만 가려 뽑아 하나같이 젊고 날랜 데다, 다섯 달이 넘는 엄한 조련으로 한창 때의 진나라 군사 못지않게 기세가 날카로웠다. 거기다가 병기와 갑옷에 의장까지 갖춰 위엄과 화려함을 아울러 뽐내니, 항량이 이끄는 군대의 주력이자 그 꽃이라 할 만했다. 그들이 형제자매의 환송을 받으며 성문을 나갈 때는 회계군의 속살과 알맹이가 다 빠져나가는 듯했다.

그런 강동병의 뒤를 항량과 여러 장수들이 이끄는 본대 2만이 따랐다. 그중에서 한 군(軍, 1만 2천5백 명) 정도는 지난 몇 달 제법 조련도 받고 병기도 갖춘 군사들이었다. 대오가 자못 정연한 데다 둘러 멘 창칼이 삼엄하였다. 그들 가운데 두어 개 사(師)는 투구와 갑주까지 갖추었고, 나머지도 일정한 복색을 걸쳤다. 모두가 강성했던 시절의 초나라 군대를 상기시키는 기상이 있었다. 그 뒤를 다시 겨우 농기구나 면한 병장기를 든 유민들이 흉갑(胸甲)조차 걸치지 못한 채 뒤따라 본대 2만을 채웠다. 받드는 대의도 절실한 성취욕도 없이, 그저 굶어 죽지 않기 위해 따라나선 군열(軍列)이었다. 그들 가운데는 회계 땅의 토박이들보다 전란에 내몰리다 외지에서 흘러든 사람들이 더 많았다.

하지만 그런 본대도 그 시절의 흔해 빠진 유민군(流民軍)과는 달랐다. 항우가 이끈 강동자제 8천 명이 앞서고 용저와 종리매, 환초같이 용맹한 장수들이 곁에서 그들을 휘몰아 우선 그 기세가 여간 아니었다. 거기다가 그 뒤는 또 항량과 계포의 빈틈없는

244

헤아림으로 갖춰진 치중(輜重)과 양말(糧秣)이 뒤따르니, 초나라 사람들에게는 여남은 해 전에 쳐내려온 진나라 왕전(王剪)과 몽무(蒙武)의 군대 이후로 처음 보는 정병이었다.

그리하여 그들 3만 명은 이제 막 숲을 뛰쳐나가는 호랑이의 기세로 드넓은 중원의 사슴을 쫓아 달려 나가는 항량과 항우를 따라 오중을 떠났다. 누구도 막을 수 없는 거센 탁류처럼 오중 성문을 흘러 나가 마지막 숨을 괴롭게 몰아쉬고 있는 진나라의 세상을 덮쳐 갔다.

강회(江淮)를 건너서

대군을 몰고 오중을 떠난 항량은 이틀 뒤 강수(江水, 장강) 가에 이르러 행군을 멈추게 했다. 거기서 강동에서의 마지막 하룻밤을 쉬면서 강 건너 동양현의 움직임을 살펴보기 위함이었다. 그런데 미리 살피러 보냈던 군사가 돌아와 뜻밖의 소식을 전했다.

"동양현에 변고가 있어 이미 진나라의 다스림이 미치지 않고 있습니다. 고을 젊은이들이 그 현령을 죽이고, 진영(陳嬰)이란 사람을 우두머리로 삼았다고 합니다."

"진영은 어떤 사람이며 그 세력은 얼마나 된다더냐?"

뜻밖의 변화에 항량이 슬며시 굳어지는 얼굴로 그렇게 물었다.

"진영은 원래 동양현의 영사(令史, 현의 관리. 옥리로 보기도 한다.) 로서 그곳 토박이였는데, 평소에 신의가 있고 몸가짐이 신중하여 장자(長者, 어질고 덕이 높은 어른)로 불리었다고 합니다. 진왕께서 군사를 일으키신 이래 천하가 크게 어지러워지자, 동양현에서도 젊은이 수천 명이 들고일어나 현령을 죽이고 진나라 군사들을 쫓아 버렸습니다. 그리고 새로 현령이 되어 자기들을 이끌어 줄 사람을 찾다가 진영에게로 몰려갔습니다. 진영은 처음에는 사양하였으나 젊은이들이 물러나지 않고 떼를 쓰니 마지못해 그들의 뜻을 따르게 되었습니다. 그러자 평소 진영을 우러르던 사람들이 성안으로 몰려들어 잠깐 동안에 큰 세력을 이루었습니다. 그들은 스스로를 창두군(蒼頭軍)이라 하여 푸른 수건을 써서 다른 군사들과 자신들을 구별하는데, 지금은 그 머릿수가 2만을 넘는다고 합니다."

그 말에 항량은 난감한 기분이 되었다. 진영의 군사는 머릿수만으로는 자신이 이끄는 세력보다 조금 적은 듯했지만, 그쪽은 편안히 앉아서 지킨다는 이점이 있었다. 만약 그들과 싸워야 한다면 자기들처럼 먼 길을 가서 공격을 해야 하는 군사들로서는 곱절의 군세로도 이겨 내기 어려웠다. 거기다가 앞에는 넓은 강수까지 가로막혀 있지 않은가.

'힘만으로 억누르기는 어려운 상대다. 하지만 젊은이들이 스스로 들고일어나 진나라 관리를 죽이고 세운 현령이라 하니 먼저 말로 한번 달래 볼 만하다. 사자를 진영에게 보내 함께 서쪽으로 쳐들어가자고 해 보자.'

그렇게 마음을 정한 항량은 먼저 말 잘하는 군사를 뽑아 사자로 삼고 그에게 간곡한 글을 주어 동양현으로 보냈다. 하지만 이번에

도 전란의 시대가 만들어 낸 특이한 개성이 항량과 항우가 이끄는
세력의 서진(西進)을 도왔다. 진영의 사람됨이 바로 그러했다.

진나라가 보낸 현령을 죽이고 진영을 그 자리에 앉힌 동양현
의 젊은이들은 모여든 군사가 2만에 이르자 생각이 달라졌다. 저
희끼리 의논을 맞춘 뒤에 다시 진영을 찾아가 말했다.

"우리 동양이 비록 큰 성은 아니나 모인 창두군이 2만이나 됩
니다. 게다가 저들은 또 저마다 죽음을 두려워하지 않고 싸우겠
다고 다짐하고 있으니 한번 큰일을 도모해 볼 만합니다. 현령께
서 왕위에 올라 저희들을 이끌고 천하를 다투어 보시면 어떻겠
습니까?"

"그 무슨 당치도 않은 말씀들이오? 나는 고을의 하찮은 벼슬아
치로서 여러분의 분부를 어기지 못해 현령 노릇을 하고 있는 것
만으로도 분수에 넘치는 일이외다. 그런데 왕이 되어 천하를 다
투라니 말만 들어도 진땀이 솟는구려."

진영이 놀라 그렇게 사양했다. 그러나 젊은이들은 쉽게 물러나
지 않았다.

"따지고 보면 진왕도 양성(陽城)의 한 농군에서 몸을 일으켜
장초의 대왕이 되었습니다. 또 지금 옛 육국 땅에는 왕손이 아니
면서도 왕 노릇을 하는 자들이 많이 있는데, 개중에는 공(公, 현
령)보다 더 하찮은 출신도 있다고 합니다. 일찍이 진왕이 외친 대
로, 왕후장상이 어디 씨가 따로 있겠습니까?"

"하지만 그들은 하늘의 부름을 받고 몸을 일으킨 이들이거나
재주와 덕으로 사람들의 우러름을 산 영걸(英傑)들이오. 어찌 나

같은 것과 견줄 수 있겠소?"

진영이 다시 그렇게 사양했으나 젊은이들은 물러날 줄 몰랐다. 아무리 손을 내저어도 거듭 졸라 대자 진영은 구차한 핑계를 대고 그 자리에서 빠져나왔다.

"여러분의 간곡한 뜻은 알겠지만 이는 지난번에 현령 자리를 맡은 것과는 다르오. 또 내게는 늙으신 어머님이 계시니 이 같은 큰일을 함부로 정할 수도 없소. 돌아가 어머님께 아뢴 뒤에 그 분부대로 따르겠소."

그러고는 집으로 돌아가 정말로 어머니에게 물었다.

"전에 저를 현령으로 올려 세운 고을 젊은이들이 다시 몰려와 이제는 저에게 왕이 되라고 조릅니다. 그래서 고을 사람들을 이끌고 진나라와 크게 싸워 천하를 다투어 보자는 것입니다. 어머님께서는 제가 어떻게 했으면 좋겠습니까?"

아직 유가의 가르침이 세상을 뒤덮기 전이었던 만큼 타고난 효성이었다고밖에 할 수 없다. 일흔을 넘긴 진영의 어머니는 흰 머리칼을 쓸며 한동안 생각에 잠겼다가 말했다.

"내가 너희 집안에 시집온 이래 너희 조상 중에 귀하게 된 사람이 있었다는 말은 아직 듣지 못했다. 그런데 갑자기 네가 공경(公卿)이나 대부(大夫)도 아니고, 바로 왕이라 일컬음을 받는 것은 결코 상서로운 일이 못 된다. 차라리 다른 사람을 왕으로 세우고 그 밑에 있는 것이 낫다. 그리하면 일이 잘될 때는 후(侯)에 봉해질 수 있고, 일을 그르쳐도 쉽게 화를 면할 수 있을 것이다. 무사히 새로운 나라라도 세우게 되면 네가 올려 세운 왕이 너를 기억해 줄 것이니 너는 그에 버금가는 부귀를 누릴 수 있을 것이다. 또 일이 잘못되었을 때도 그 왕의 이름이 네 이름을 가려 세상 사람들이 너를 지목하지 않을 것이니, 반역의 수괴로 머리를 잃는 일은 피할 수 있다."

진영에게는 눈앞이 훤히 밝아 오는 듯한 대답이었다. 그래서 왕 노릇을 떠넘길 사람만 찾고 있는데, 동양현의 군관(軍官) 하나가 진영의 집으로 급하게 말을 몰아 왔다.

"어서 관아로 가 보셔야겠습니다. 회계 군수 은통을 죽이고 스스로 군수 자리에 오른 항량이란 자가 사자를 보내 공께 글을 보내왔습니다. 항량은 오중에서 대군을 이끌고 서쪽으로 오다가 지금은 강수 저편에 머물면서 공의 대답을 기다린다고 합니다."

그 말에 놀란 진영이 관아로 돌아가 항량이 보낸 사자를 만났다. 사자는 먼저 항량이 잘 닦아 보낸 글 한 통을 내밀었다. 진영이 뜯어보니 대강 이랬다.

대초 상주국 항량은 동양공(東陽公) 궤하(机下)에 이르노라.

우리 항가(項家)는 대를 이은 초나라의 장군가로서, 마지막까지 영정(嬴政, 진시황)의 간담을 서늘케 한 명장 항연(項燕)은 바로 이 몸의 선친이 되오. 나는 조카 적(籍, 항우)과 더불어 오중에 숨어 살며 때를 기다리다가 마침내 군수 은통을 죽이고 회계군을 평정하였소. 그 뒤 아득히 서쪽을 바라보며 병마를 길러 선친의 한을 풀 날만 기다리던 차에 장초 진왕의 부름을 받게 되었소이다.

진왕께서는 나를 상주국에 봉하고 서쪽으로 진격해 진나라를 멸하라 명하셨소. 이에 10만 대군을 일으켜 강수를 건너려 하다가, 강서(江西)에 공과 의로운 동양 군민이 있음을 듣게 되었소. 포악한 진나라는 천하가 아울러 쳐 없애야 할 적이요, 공은 이미 의기로 군민을 이끌고 일어났으니, 공과 나는 곧 뜻이 같고 길을 함께하는 동지라 할 수 있소이다.

내일 우리 대군이 강을 건너면 공도 우리와 힘을 합쳐 함께 서쪽으로 쳐들어가지 않겠소? 공께서 이 뜻을 받아 주시면 천하를 위해 그보다 더 큰 다행이 없거니와, 자잘한 욕심이나 그릇된 셈으로 우리의 길을 막는다면 공과 동양현의 군민에게 아울러 재앙이 이를 것이오. 10만 대군으로 성을 떨어뜨려 옥과 돌을 함께 불태운 뒤[玉石俱焚] 그 잿더미와 시체를 밟고 지나갈 뿐이외다.

어찌 보면 오만한 위협처럼 느껴질 수도 있었지만, 소심한 진영에게는 그렇지가 않았다. 간절히 자신과 군민을 맡길 만한 우두머리감을 찾던 차에 그 글을 보니 오히려 반갑기까지 했다. 곧 군관과 현리들을 불러 모아 항량의 글을 읽어 보게 한 뒤에 말했다.

"여기 쓰인 대로 항씨는 대대로 장수의 집안이었으며, 초나라에서 널리 알려진 가문이오. 그러니 지금 큰일을 하고자 한다면 이러한 사람을 우두머리로 내세우지 않을 수 없소. 우리 동양현도 또한 그러하니, 항씨 같은 명문대족에 의지하면 틀림없이 포악한 진나라를 쳐 없애고 새 세상을 열 수 있을 것이오. 차라리

동양현의 군사를 이끌고 그 밑으로 들어가 우리 의기를 펼쳐 보
도록 합시다!"

왕으로 섬기려 해도 마다하던 사람이 그렇게 말하니 동양현
사람들이 모두 따르지 않을 수 없었다. 진영은 그래도 따라 주지
않고 투덜거리는 젊은이들을 달래는 한편 항량에게 글을 보내
그를 맞아들였다.

아무 어려움 없이 강수를 건넌 항량이 동양현에 이르자 진영
이 군사 2만을 이끌고 나와 그 밑에 들기를 청했다. 거기서 다시
세력을 거의 곱절로 부풀린 항량은 그 기세를 몰아 서쪽으로 밀
고 나갔다. 그런데 항량의 군사들이 북쪽으로 길을 잡아 막 회수
(淮水)를 건넜을 때였다. 앞서 살피러 보냈던 군사 하나가 돌아와
알렸다.

"해하로 가는 길목에 대군이 길을 막고 있습니다. 한 용맹한
장수가 거느리는데, 군사들의 파수가 얼마나 촘촘한지 더는 가까
이 가서 자세한 걸 알아볼 수 없었습니다."

처음 오중을 나설 때의 항량 같으면 긴장하여 군사를 멈추고
기다리면서 어떻게든 자세하게 알아낸 뒤에 다시 군사를 움직였
을 것이다. 하지만 그때는 동양현을 흡수함으로써 세력이 두 배
가까이로 자라 기세가 한창 올라 있을 때였다. 장졸들에게 한번
쯤 어려운 싸움 맛을 보여 줄 수도 있다는 기분으로 대군을 밀고
나갔다.

얼마 가지 않아 살피러 나온 적병들이 하나둘 어른거리더니

곧 한 무리의 군사가 길을 막았다. 숲과 계곡을 등지고 있는 데다 군사들도 여기저기 흩어져 뭉쳐 있는 게 멀리서 보기에도 규모 있고 체계를 갖춘 대군 같지는 않았다. 다가가 보니 깃발과 의장도 진나라의 것이 아니었다. 짐작으로는 기세를 타면 한 줄기 거센 물결처럼 짓쳐 들었다가 몰리게 되면 흩어져서 연기처럼 사라져 버리는 유민군임에 틀림없었다.

'진나라 군사가 아니라면 굳이 싸울 것은 없다. 먼저 저들의 우두머리를 불러내 달래 보고 정히 말을 듣지 않으면 그때 가서 짓밟아 버려도 늦지 않다.'

속으로 그렇게 헤아린 항량은 군사를 멈추게 한 뒤 장수들을 좌우로 거느리고 말을 몰아 앞으로 나갔다. 맞은편에서도 한 장수가 말 타고 갑옷 걸친 졸개 몇을 거느리고 천천히 말을 몰아 나왔다. 백마 위에 높이 앉았는데 투구에 덮인 얼굴이 이상하게 얼룩져 있었다.

"장군은 뉘시오? 그리고 어인 일로 우리 군사의 길을 막으시는 거요?"

상대편 장수가 말을 멈추는 것을 보고 항량이 목소리를 가다듬어 물었다. 그러자 무쇠 솥바닥을 놋쇠 주걱으로 긁어 대는 듯한 소리가 대답했다.

"나는 육(六) 땅에서 난 영포(英布)라 하오. 지금 장함이 여신(呂臣)을 쳐부순 뒤 진현에 남겨 두고 간 좌우 교위를 청파에서 무찌르고 다시 장함을 때려잡으러 동쪽으로 가는 중이외다. 장군께서 이끌고 계신 군사가 진군(秦軍)은 아닌 것 같아 살피고 있을 뿐, 길을 막은 적은 없소이다.”

여신은 진승이 장함에게 쫓기다 죽자 창두군을 조직해 진나라 군사를 진현에서 내쫓고 진승의 머리를 찾아 장례 지내 준 사람이다. 항량도 회수를 건널 무렵에야 그 일을 들었으나 영포란 이름이 귀에 설고 장함을 때려잡으러 간다는 큰소리가 미덥지 않았다. 주변을 돌아보며 영포를 아는 사람을 찾는데, 군사들 가운데서 그를 알아보는 자들이 있어 큰 소리로 외쳤다.

“경포(黥布)다! 대강(大江, 양자강)을 오르내리며 수적질을 하다가 파군(番君)의 사위가 된 그 경포다!”

경포라면 항량도 들어 본 적이 있는 이름이었다.

경포는 육현(六縣) 사람으로 원래 성은 영씨(英氏)였다. 검수의 자식으로 태어났으나 어려서부터 힘이 좋고 품은 뜻이 남달랐다. 한번은 용한 점쟁이가 지나가다가 그의 상을 보고 말했다.

“너는 나중에 아주 모진 형벌을 받게 될 것이다. 하지만 그 뒤에는 귀하게 되고 마침내는 왕이 된다.”

여느 아이들 같으면 듣고 나서 먼저 두려워해야 마땅한 말이었으나 영포는 오히려 흐뭇한 표정이었다. 뿐만 아니라 마치 모진 형벌 받기를 서두르는 것처럼 그때부터 패거리를 지어 몰려다니며 못된 짓만 골라 했다. 남의 재물을 힘으로 빼앗고, 사람을 함부로 해치거나 부녀자를 겁탈하다가 마침내 관부에 붙잡혀 얼굴에 먹물로 글자를 새기는 형벌[黥刑]을 받게 되었다. 먼저 칼로 얼굴에 죄명을 쓰고 거기에 먹물을 부어 검푸른 자국으로 남게 하는 그 형벌은 받을 때에 고통스럽기도 하거니와 일생 흉악한 죄명을 얼굴에 문신으로 덮어쓰고 다녀야 하는 욕됨이 뒤따랐다.

그런데도 형을 받고 난 영포는 오히려 기쁘게 웃으며 여럿에게 자랑했다.

"예전에 어떤 사람이 내 상을 보고 모진 형벌을 받은 뒤에 왕이 될 것이라 했는데, 아마 이것이겠지?"

그 말을 들은 사람들은 모두 그를 비웃으며 놀렸으나 영포의 믿음은 흔들림이 없었다. 오히려 그때부터 이름조차 경포로 바꿔 자신이 형벌 받은 일을 남 앞에 내세웠다.

경포는 얼굴에 먹물로 글자를 뜬 뒤에 죄수로서 여산으로 보내져 시황제의 능묘 만드는 일을 하게 되었다. 그때 여산에는 전국에서 끌려온 수십만 명의 죄수와 역도들이 있었는데, 경포는 곧 그들 무리에서 두각을 드러냈다. 남다른 힘과 배짱에다 얼굴을 검푸르게 뒤덮은 먹 글자가 사람을 위압하여 먼저 그를 둘러싼 무리의 우두머리가 되었고, 그 우두머리 노릇이 다시 다른 무리의 우두머리나 호걸들과 사귀게 하여 경포란 이름을 점점 키웠다.

그 뒤 경포는 따르는 무리 수백을 이끌고 여산에서 달아나 고향 근처의 강수 가에 자리 잡고 떼도둑이 되었다. 주로 강수에 배를 띄워 수적질로 살았지만 힘이 자란 뒤에는 뭍에 내려 인근의 고을까지 노략질했다. 그 바람에 경포로 바꾼 그의 이름은 대택 인근에 널리 알려졌다.

진승이 군사를 일으켜 진나라 군대를 물리치고 진현에 이르러 마침내 장초를 세우자 경포도 마음이 달라졌다. 평소 만만찮은 야망을 감춘 채 때를 엿보고 있던 파현 현령 오예(吳芮)를 찾아가 말했다.

"나는 장강을 동서로 오르내리며 노략질하던 경포란 놈입니다. 진나라의 폭정을 만나 뜻을 잃고 도둑의 이름을 얻었으나, 이제 진현의 반가운 소문을 들으니 그냥 있을 수 없어 이렇게 찾아왔습니다. 파군(番君, 파현의 현령)께서는 언제까지 진나라의 현령으로 저들이 던져 주는 쥐꼬리만 한 녹봉에 목을 매고 계실 작정이십니까? 저와 함께 크게 군사를 일으키시어 천하를 뒤흔드는 이 풍운을 타 보지 않으시겠습니까?"

오예도 경포의 이름을 들어 알고 있었다. 거기다가 그 또한 진승의 소문을 듣고 은근히 몸달아 하고 있던 판이었다. 기꺼이 경포의 말을 받아들여 함께 군사를 일으킴과 아울러 사랑하는 딸을 주어 그를 사위로 삼았다. 오예는 항우로부터 형산왕(衡山王)에 봉해졌다가 나중에는 다시 유방 밑에 들어 한나라의 장사왕(長沙王)으로 살아남은 사람이었다. 능란한 처세만큼이나 사람 보는 눈이 밝았다.

진나라가 보낸 현령으로서 진나라에 등을 돌린 오예와 도둑의 우두머리에서 의군(義軍) 장수로 옷을 갈아입은 경포가 군사 수천 명을 모아 기세를 올리고 있을 때였다. 진나라 장수 장함이 진왕(陳王) 진승을 이겨 그 근거지인 진현에서 멀리 쫓아 버렸다는 놀라운 소문이 들려왔다. 이어 쫓기던 진승이 하성보(下城父)에서 죽임을 당했다는 말이 돌더니, 다시 진승의 부장이던 여신이란 장수가 진승의 원수를 갚고 진현을 되찾았다는 소문이 퍼졌다. 그러다가 며칠 뒤에는 장함이 보낸 진나라의 좌우 교위가 여신을 내쫓고 진현을 도로 차지했다는 소리가 들렸다.

그러잖아도 싸울 곳을 찾지 못해 몸을 꼬고 있던 경포는 그 소리를 듣자 더 참지 못했다. 군사를 있는 대로 긁어모아 북쪽으로 쳐 올라갔다. 진현을 지키고 있던 진나라의 좌우 교위는 그런 경포의 기세를 당해 내지 못했다. 거기다가 달아났던 여신이 다시 나타나 뒷덜미를 치니 더욱 견뎌 내기 어려웠다. 좌우 교위가 이끌던 진나라 군사들은 한 싸움에 크게 지고 쫓겨 달아나다가, 청파에서 경포의 군사들에게 따라잡혀 산산조각이 나고 말았다.

장함의 부장인 두 교위를 죽이고 그 군사를 두드려 흩어 버렸지만 경포는 그걸로 성이 차지 않았다. 그 우두머리 장수 장함을 찾아 다시 동쪽으로 군사를 휘몰아 갔다. 그러다가 장함을 만나기 전에 항량의 소문부터 먼저 듣게 되었다. 소문이란 원래 부풀려지게 마련이지만, 특히 동양 현령 진영이 2만 대군을 이끌고 귀순한 것은 항량을 실제보다 몇 배나 크게 만들어 경포에게 전해 주었다.

하지만 거칠게 자신을 키워 온 경포는 소심한 진영과는 달랐다. 소문만 듣고 항량에게 달려가 넙죽 엎드리기보다는, 한군데 자리를 잡고 항량이 오기를 기다려 그 사람됨과 따르는 세력의 크기를 가늠한 뒤에 거취를 정하기로 마음을 먹었다. 이제 항량이 만난 것은 바로 그런 경포와 그가 거느린 군사들이었다.

"원래 영(英) 장군이셨구려. 이 항량도 진작부터 장군의 높은 이름을 듣고 있었소. 하지만 장군께서는 평소 파양호(番陽湖)와 강수 사이에서 신룡(神龍)처럼 노니신다는 말을 들었는데, 오늘은 무슨 일로 멀리 여기까지 오셨소?"

항량이 말 위에서 두 손을 모아 경포에게 예를 표하면서 그렇게 알은체를 했다. 그러나 근간의 일은 잘 모르는 듯하자 경포는 짐짓 뻣뻣하게 받았다.

"이미 말했지만, 나는 진왕을 이긴 장함이 다시 여신까지 쳐부순 뒤에 진현에 남겨 둔 좌우 교위를 청파에서 잡아 죽이고 오는 길이오. 이제 장함의 머리를 얻고자 뒤쫓고 있거니와, 항 장군께서는 어디로 가시는 일이오?"

"장함을 쫓고 계시는 길이라면 마침 잘되었소. 내가 멀리 회계에서 여기까지 온 것은 서쪽으로 가서 진나라를 쳐 없애기 위함이나, 당장 급한 일은 주문(周文)을 죽이고 진왕을 핍박해 생사조차 알 수 없게 만든 진장 장함을 목 베는 것이오. 우리 힘을 합쳐 함께 장함을 쳐부숩시다.

장함은 함양에 남은 진나라 군사를 모조리 끌고 와 그 세력이 만만치 않다고 들었소. 희수 가에서 주문의 10만 대군을 한 싸움으로 질그릇 부수듯 하였고, 또 그로부터 두 달도 안 돼 진왕이 도읍하고 있던 진현을 우려뺐으니 결코 가볍게 보아서는 아니 될 것이오. 하지만 다행히도 내가 이끌고 온 병마가 5만은 넘으니 장군과 합치면 장함과도 해볼 만한 싸움을 펼쳐 볼 수 있을 것이외다."

며칠 전 진영에게 글로 써 보내 재미를 본 말을 항량이 다시 해 보았다. 목소리는 부드럽고 겸손해도 은근히 세력을 내세우는 데가 있었다. 그러나 경포는 조금도 움츠러드는 기색 없이 능청스레 말했다.

"그것 참 고마운 일이오. 항 장군처럼 고명하신 분이 하찮은 이 몸을 따라 주시겠다니 그저 감격할 따름이오."

거꾸로 자신이 항량의 세력을 거두어들이겠다는 투이니 항량 뿐만 아니라 곁에 있던 장수들까지 어이가 없어 말문이 막혔다. 모두 경포를 노려보고만 있는데 항우가 가만히 보검 자루를 움켜쥐며 항량을 돌아보았다.

"끝엣아버님, 아무래도 말로는 안 될 위인 같습니다. 제가 가서 저놈의 얼룩덜룩한 모가지를 베어 오겠습니다!"

그러면서 말고삐를 감아쥐는 것이 그대로 두면 바로 말을 박차 달려 나갈 듯했다. 그때 항우보다 먼저 말을 몰고 나선 장수가 있었다. 이제는 항량과 항우의 사람이 되어 거기까지 따라온 환초(桓楚)였다. 환초가 말을 몰아 여럿으로부터 몇 발자국 앞으로 나가더니 경포를 바라보며 소리쳤다.

"경포 형은 나를 알아보시겠소? 궁금한 게 있으면 내게 물어보도록 하시고, 더는 항 장군께 무례를 범하지 마시오!"

그러고는 투구를 젖혀 얼굴이 더 드러나도록 해 보였다. 경포가 그런 환초를 알아보고 반갑게 외쳤다.

"자네는 환초 아우 아닌가? 나는 아직도 아우가 택중에 머무르고 있는 줄 알았는데 언제 회계로 돌아갔는가?"

죄를 짓고 졸개 약간을 모아 대택에서 숨어 지내던 시절 환초는 역시 무리를 이끌고 강수를 타고 오르내리며 도적질을 일삼던 경포를 만난 적이 있었다. 둘이 만날 때는 그런 패거리들 사이에 있기 마련인 하찮은 시비 때문이었으나, 서로를 잘 알게 된 뒤에는 형제까지 맺어 돕고 지내는 사이가 되었다.

"지난 섣달에 항 장군의 부름을 받고 오중으로 돌아갔다가 지금은 그 부장으로 이렇게 따라나서게 되었소. 이제 여기 계신 항 장군은 이 아우의 주인 되시는 분이니, 함부로 떠보려 하지 말고 궁금한 게 있으면 무엇이든 이 아우에게 물으시오."

그 말에 항량은 비로소 경포가 뻣뻣하게 나온 까닭을 짐작했다. 홀로 고개를 끄덕이다가 아직도 분을 못 삭여 씨근거리는 항우에게 나지막하게 말했다.

"가볍게 움직이지 마라. 싸우지 않아도 될 것 같다."

그때 한동안 말이 없던 경포가 갑자기 모든 것을 털어놓는 듯한 말투가 되어 물었다.

"좋아. 그럼 먼저 아우에게 묻겠네. 항 장군은 정말 항연(項燕) 장군의 혈육이신가?"

"그건 틀림없소. 이 아우가 목을 걸겠소!"

"저마다 왕공 거족(巨族)의 후예라 우기는 세상이라 물어본 것일세. 그럼 진왕의 사자가 와서 장군을 상주국에 봉했다는 말도 사실인가? 그렇다면 진왕이 아직 살아 계신단 말인가? 여신이 그 목을 찾아 장례 지냈다는 진왕은 또 어찌 된 것인가?"

"우리도 진왕께서 살아 계신 걸 보지는 못했지만, 소평(召平)이란 사자를 보내 우리 항 장군을 상주국에 봉하신 일만은 틀림이 없소. 그때 진왕께서는 상주국께 하루빨리 서쪽으로 밀고 나가 진나라를 멸하라고 아울러 명하셨소. 그 일에는 바로 곁에서 보고 들은 이 눈과 귀를 걸겠소!"

그러자 경포는 더 뻗대지 않았다. 말없이 말 등에서 내려 홀로 걸어 나오더니 항량 앞에 이르러 전포의 오른쪽 팔을 걷고 무릎을 꿇으며 시원스레 말했다.

"육 땅 영포가 삼가 상주국을 뵙습니다. 저와 제가 이끄는 군사들을 받아들여 주신다면 개나 말의 수고로움[犬馬之勞]도 마다하지 않고 섬기겠습니다."

항량이 급히 말에서 뛰어내려 그 손을 잡자 누가 시킨 것도 아닌데 양쪽 장졸들이 모두 기쁨과 감격에 찬 함성을 질렀다.

하지만 기뻐하고 감격할 일은 거기서 끝나지 않았다. 그날 해가 지기 전에 항량과 항우는 다시 제 발로 찾아온 장수와 대군을 그 밑에 받아들였다. 포장군(蒲將軍)이라 하여 끝내 고향도 이름도 밝혀지지 않은 장수와 그가 거느린 1만여 명의 군사였다.

동양 현령 진영이 2만 군사를 이끌고 온 데다 경포의 만여 명과 포장군의 만여 명이 더해지자 항량이 거느린 군세는 어느새 7만 명이 넘게 부풀어 올랐다. 항량은 그들을 다시 북으로 휘몰아 수수(睢水)를 건넌 뒤 하비에 이르렀다. 한 갈래 군사가 팽성(彭城, 뒷날의 서주) 동쪽에 머무르고 있다가 항량의 길을 막았다.

항량이 먼저 사람을 풀어 길을 막는 게 누구의 군사인지 알아보았다. 군사들과 정탐을 나갔던 군관이 돌아와 말했다.

"능현 사람 진가(秦嘉)가 이끄는 군사라고 합니다. 진가는 진왕께서 군사를 일으키자 뒤따라 일어난 여러 의군의 우두머리 가운데 하나입니다. 같이 진나라에 맞서서 싸우면서도 굳이 진왕 밑에 들기를 마다하던 자로서 스스로 대사마를 칭하면서 진왕께서 보낸 무평군(武平君) 반(畔)을 죽이고 자립한 적도 있습니다."

"그래도 진나라에 맞서기는 저나 우리나 마찬가지 아니냐? 그런데도 우리 길을 막는 까닭은 무엇이라 하더냐?"

"진왕이 장함에게 쫓겨 생사를 알 수 없게 되자 진가는 진왕이 죽었다고 우기며 초나라 왕족 경구(景驅)를 왕으로 세웠습니다. 따라서 우리 길을 막는 것이 아니라, 이제 경구가 진왕을 이어 장초의 왕이 되었으니 그 밑으로 들어와 그 명을 받들라는 뜻입니다."

그와 같은 군관의 말에 항량이 성난 목소리로 말했다.

"진왕은 가장 먼저 진나라에 맞서 군사를 일으키셨고 또 처음으로 초나라를 되세우셨으니, 우리 모든 의군의 맹주요, 왕을 일컬으셔도 지나치지 않으실 분이다. 장함과의 싸움에서 지고 형세는 불리해져 이제는 그 가신 곳조차 알 길이 없으나, 의연히 장초의 대왕이시다. 그런데 지금 진가는 진왕을 저버리고 경구를 왕으로 세웠으니 이는 실로 대역무도한 일이 아닐 수 없다. 진가야말로 진나라에 앞서 쳐 없애야 할 역적이다!"

그러고는 항우와 종리매를 앞세워 바로 진가의 진채를 들이치게 했다. 어쩌면 항량은 거기까지 싸움다운 싸움 한번 없이 온 군사들을 시험해 볼 펑계를 얻은 것인지도 모를 일이었다.

한편 진가는 처음부터 항량과 그가 이끄는 군사들을 얕잡아 보고 있었다. 왕족이나 명문거족의 후예는 군사를 일으키는 자들이 저마다 내세우는 혈통이요, 그들을 따르는 군사도 먹을 것이나 얻을 수 있을까 하여 따라나선 유민들이 태반이던 시절이었다. 요란한 소문만 털어 버리면, 항량의 군사 또한 멀리 남쪽에서 올라온 어중이떠중이 유민군이 오는 도중에 턱없이 머릿수만 부풀어 허세를 떨고 있는 것으로밖에는 보이지 않았다.

비록 자기가 세우기는 했으나 왕을 끼고 있어 얻게 된 이로움도 진가의 간을 키웠다. 한번 경구를 왕으로 세우자 세력 약한 유민의 무리가 사방에서 모여들어 그들의 세력을 불려 주었다. 달포 전에도 패공 유방이라는 자가 군사 수천 명을 이끌고 제 발로 찾아와 받아 달라고 조른 적이 있었다.

진가는 경구를 앞세우고 유방을 받아들여 동양 사람 영군(寧君)과 함께 장함의 부장 사마니(司馬尼)를 치게 했다. 둘은 사마니를 이기지는 못했지만 그래도 서북쪽의 든든한 울타리 노릇은 잘해 냈다. 진가가 그때 항량의 길을 막은 것도 반드시 싸우겠다는 뜻보다는 그렇게 겁을 주어 유방처럼 제 발로 귀순해 오도록 만들기 위함이었다.

진가의 마음가짐이 그렇다 보니 그 군사 또한 싸울 채비가 되어 있을 리 없었다. 진채조차 제대로 단속하지 않고 턱도 없이 항량이 귀순하겠다는 소식만 기다리는데, 갑자기 항우와 종리매가 이끄는 두 갈래 군사가 진가의 진채를 네 토막으로 갈라놓듯 짓밟아 왔다. 그제야 놀란 진가가 장졸들을 독려해 맞서 보려 했으나 이미 때는 늦은 뒤였다. 뒤따라 덮쳐 온 항량의 중군을 당해 내지 못하고 전군이 그대로 무너져 버렸다.

하지만 묵은 생강이 맵다고, 일찍부터 녹림(綠林)을 떠돌았고 진승과 앞서거니 뒤서거니 군사를 일으켰던 진가라 그대로 끝장이 나지는 않았다. 경구를 구해 어지러운 싸움터를 벗어나기 바쁘게 거기까지 뒤따라온 졸개들을 풀어 패군을 수습했다. 뿔뿔이 흩어져 달아났던 장수와 군사들이 소문을 듣고 진가와 경구를 찾아들어 호릉에 이르렀을 때는 다시 상당한 세력이 되었다.

"방심하다가 어린 것들에게 당했구나. 그것들에게 몇 배로 갚아 주지 않으면 내 초나라의 대사마가 아니다!"

진가가 그렇게 이를 갈고 있는데 때맞추어 항량의 대군이 거기까지 뒤쫓아 왔다는 전갈이 들어왔다. 듣고 난 진가가 투구 끈을 여미며 장수들에게 소리쳤다.

"모두 군사들을 단속해 싸울 채비를 단단히 갖추라! 길목에 숨어 기다리다가 쥐가 독 안에 들기를 기다려 가차 없이 때려잡으리라!"

그러고는 적은 군사로 많은 군사를 되받아치기 좋은 길목을 고른 뒤에 거느리고 있는 군사를 모두 숨기고 기다렸다. 그사이 장졸들을 잘 다독여 사기도 어느 정도 회복된 데다, 병장기도 그만하면 쓸만 하다 싶게 갖춘 채였다.

진가 쪽에서 보면 미리 지리를 차지했을 뿐만 아니라, 기습에 가까운 반격이었다. 또한 먼저 와 기다리던 군사로 급하게 뒤쫓아 오는 군사를 치는 것이요, 한 번 져서 살피고 삼가게 된 군사로 이겨 교만해진 군사를 치는 일이었다. 마치 처음부터 이기기로 되어 있는 싸움 같았다.

하지만 아직도 진가가 제대로 헤아리지 못하는 게 있었다. 항우의 빼어난 무예와 엄청난 기세, 그리고 그를 따르는 강동자제 8천 명의 용맹이었다.

그날 구릉 사이로 난 좁은 계곡에 숨어 기다리던 진가는 항량의 대군이 물러나기 어려울 정도로 깊이 들어왔다 싶자 좌우를 돌아보며 소리쳤다.

"쳐라. 한 놈도 살려 보내지 마라!"

그리고 자신도 칼을 빼 들고 말에 올라 앞장서 덮쳐 갔다.

그 갑작스럽고도 거센 공격에 항량의 군사들은 잠시 멈칫했다. 하지만 그뿐이었다. 흉갑(胸甲)을 걸치고 방패를 든 선두의 정병들이 흔들림 없이 맞받아쳐 왔고, 다시 그들을 이끌던 젊은 장수가 물살을 가르듯 진가의 군사들을 좌우로 갈라 세우며 거침없이 말을 몰아 달려 나왔다.

"나는 강동의 항우다. 이놈, 너도 명색 장수라면 달아나려 하지 말고 이 창을 받아 보아라!"

그렇게 소리치며 철극을 꼬나잡고 다가오는 그 젊은 장수의 두 눈에는 불길이 뚝뚝 듣는 듯했다. 진가는 자신도 모르게 힐끗 뒤를 돌아보았다. 그는 진심으로 자신의 등 뒤에 항우가 노리는 다른 장수가 있기를 바랐으나 헛일이었다. 근처에 말을 탄 장수라고는 오직 그 자신뿐이었다.

항우가 자신을 노리고 달려오고 있다는 걸 깨달은 진가는 얼른 칼을 끌어당겨 맞받아칠 자세를 갖추려 했다. 그러나 항우가 탄 오추마는 너무 날랬고, 휘두른 철극 또한 너무 세차고 빨랐다.

손 한번 제대로 써 볼 틈도 없이 아홉 자 철극이 한 줄기 굵고 긴 화살처럼 그 가슴에 내리꽂히니, 진가는 비명조차 제대로 질러 보지 못하고 말에서 떨어졌다.

대장인 진가가 그 모양으로 죽자 그가 이끌던 장졸들에게는 병력도 기세도 소용없었다. 거기다가 강동자제 8천 명이 저마다 작은 항우가 되어 무섭게 치고 드니 더욱 배겨 내기 어려웠다. 오래잖아 무기를 버리고 털썩털썩 꿇어앉아 목숨만을 빌었다.

"항복하는 자는 죽이지 마라!"

항량이 급히 명을 내려 진가의 군사들을 거두어들였다. 그러나 진가가 왕으로 세운 경구는 다시 용케 몸을 빼내 양(梁) 땅으로 달아나고 없었다.

항량은 군사를 풀어 경구를 뒤쫓게 하려다가 그만두었다. 경구 홀몸으로 달아나 찾기도 어려울뿐더러 어차피 진가가 만들어 세운 허수아비 왕이라 굳이 찾아야 할 까닭도 없었다. 항량이 급하게 쫓아야 하는 것은 구차한 경구의 목숨이 아니었다. 이에 항량은 장졸들을 호릉에 머물러 쉬게 하면서 그래도 모를 진왕의 생사를 수소문하는 한편 부근에 흩어져 숨어 있는 그 세력을 거두어들였다.

거기서 항량의 군세는 다시 부풀어 어느새 10만 명을 헤아리게 되었다. 기세가 오른 항량은 바로 대군을 서쪽으로 몰아 진나라의 심장부를 찔러 가려 했다. 그런데 갑자기 파발이 달려와 급한 소식을 알렸다.

"장함의 군사들이 율현에 이르렀는데 그 기세가 자못 사납다고 합니다."

율현은 호릉 남쪽에 있어, 그곳에 장함의 군사가 이른 것은 항량에게는 적잖이 성가신 일이었다. 아무리 서쪽으로 가는 길이 급하다 해도 적을 등 뒤에 남긴 채 그냥 밀고 들 수는 없었다. 그 때문에 항량이 은근히 골머리를 앓고 있는데 별장(別將)인 주계석(朱鷄石)과 여번군(餘樊君)이 나섰다.

"저희들이 가 보겠습니다. 장함의 군사들을 짓두들겨 사방으로 흩어 버리겠습니다."

여번군은 회계에서부터 데리고 온 사람이었지만, 주계석은 호릉에서 새로 얻은 장수였다. 부리에서 나고 자란 그는 원래 진승을 본받아 군사를 일으켰으나, 그 밑에 들어가지 않고 따로 떠돌았다. 그러다가 그 무렵 들어서야 항량을 따르게 되었는데, 회계에서 출발한 장수들보다 끼어든 게 늦은 만큼 공을 서두르고 있었다.

하지만 항량에게는 그들이 나서 준 것이 반갑기만 했다. 주계석이 마음에 걸렸지만 여번군은 오래전부터 알고 지내 믿을 만한 사람이었다. 두 사람에게 거듭 신중할 것을 당부한 뒤 군사 1만 명을 떼어 주었다.

주계석과 여번군이 떠난 다음 날 이번에는 항우가 항량을 찾아와 말했다.

"서쪽으로 가서 진나라를 쳐 없애는 일도 급하지만, 먼저 동쪽을 평정하여 뒤탈 없이 하는 것도 그 못지않게 급합니다. 특히 양성은 진나라가 보낸 관리와 군사들이 굳게 지켜 지난 아홉 달 동안 한번도 우리 의군들 손에 떨어져 본 적이 없다고 합니다. 그대로 남겨 두고 서쪽으로 갔다가는 등 뒤를 겨누는 비수 꼴이 되니 반드시 먼저 쳐부수어야 할 성입니다. 제게 군사 1만 명만 주십시오. 주계석과 여번군이 돌아오기 전에 양성을 떨어뜨려 뒤탈 없이 하겠습니다."

마음은 한없이 급했지만 항량이 들어 보니 그것도 그럴듯한 소리였다. 거기다가 자식보다 더 아끼고 믿는 조카가 하는 말이 아닌가. 이에 항량은 다시 1만 군사를 떼어 항우에게 주며 양성을 치게 했다. 그리고 자신은 그대로 호릉에 머물러 널리 병마와 군량을 모아들이며 서쪽으로 밀고 들어갈 채비를 갖추었다.

그런데 주계석과 여번군이 떠난 지 사흘도 안 돼 기막힌 소식이 들어왔다. 그들을 따라갔던 군관 하나가 어디서 흠씬 얻어맞고 쫓겨 온 수캐 꼴로 돌아와 울먹이며 말했다.

"저희 편이 크게 지고 말았습니다. 군사는 열에 일고여덟이 죽거나 상하고, 여 장군께서는 돌아가셨습니다."

"그게 무슨 소리냐? 좀 더 자세히 경과를 말해 보아라. 그리고 여번군과 함께 간 주계석은 어찌 되었느냐?"

그러자 그 군관이 소매로 눈물을 씻으며 사설처럼 늘어놓았다.

"저희들이 율현에 이르렀을 때 진군(秦軍)은 이미 성을 차지하고 북쪽으로 20리나 올라와 숨어 기다리고 있었습니다. 적이 먼저 작은 군사로 우리를 골짜기로 꾀어 들였는데, 주(朱) 장군께서는 아무 의심 없이 우리 군사들을 그리로 몰아댔습니다. 여 장군께서 말렸으나 소용없더군요. 주 장군은 군사를 둘로 쪼개 가며 무리하게 적을 쫓다가 마침내 좁은 골짜기에서 적에게 에워싸이고 말았습니다. 그걸 보자 여 장군도 하는 수 없이 남은 군사를 몰아 주 장군을 구하러 갔는데, 저도 그 군사들 중에 끼어 있었습니다. 여 장군과 저희들이 힘을 다해 치고 들자 적도 주춤하여 길이 열리더군요. 그런데 이게 무슨 일입니까? 주 장군은 그렇게 여 장군과 저희들이 목숨을 걸고 연 길로 뒤도 돌아보지 않고 달아나 버렸습니다. 그렇게 되자 그를 구하러 갔던 여 장군과 저희들은 적병 가운데 에워싸여 죽어 갈 수밖에 없었지요. 저도 꼼짝없이 죽는 줄 알았으나 요행히 임자 잃은 군마 한 필에 매달려 겨우 죽을 구덩이를 벗어났습니다."

그래 놓고 그 군관은 새삼 분한 듯 주르르 눈물을 흘렸다. 항량이 짐짓 차분한 목소리로 다시 물었다.

"주계석은 어찌 되었느냐? 지금 어디 있느냐?"

억지로 화를 삭이고는 있어도 항량 또한 제 속이 아니었다. 오중을 떠난 뒤로 처음 겪는 패배인 데다, 회계 군수가 되어 처음 얻은 장수 중의 하나인 여번군이 죽임을 당했기 때문이었다. 군관이 이를 갈듯 말했다.

"들기로 주 장군은 남은 군사들을 이끌고 호릉으로 돌아간다고 했다 합니다. 그러나 여기까지 오는 동안 그들의 자취를 전혀 찾을 수가 없었습니다. 아무래도 장군께 죄를 받게 될까 다른 곳으로 달아난 것 같습니다."

그 말에 항량도 억눌렀던 화를 마음 놓고 터뜨리며 목소리를 높였다.

"입만 살아 떠들던 비렁뱅이 도적놈이 큰일을 망쳐 놓았구나. 내 이 도적놈을 잡아 대의의 무서움을 밝히지 않고는 서쪽으로 가지 않겠다!"

그러고는 계포를 불러 명을 내렸다.

"군사들을 풀어 주계석이 어디로 갔는지 알아 주시오!"

계포가 발 빠르고 눈, 귀 밝은 군사들을 풀어 알아보니 주계석의 행방은 곧 밝혀졌다. 그 군관의 말대로 주계석은 처음에는 호릉으로 돌아와 항량에게 구원을 청하려 했으나 제가 한 짓이 켕겼던지 백여 리 동쪽 설현으로 달아나 숨어 있었다. 진군의 추격을 겨우 벗어난 패군 3천과 함께였다.

그때까지만 해도 서쪽 함양으로 가는 길을 서둘러 오던 항량이었다. 설현으로 가는 길은 거꾸로 동쪽이었으나 이번에는 망설임 없이 설현으로 군사를 휘몰아 갔다. 대군이 밤낮을 쉬지 않고 내달으니 다음 날에는 설현에 이를 수 있었다. 항량은 군사를 여러 갈래로 나누어 고을 전체를 에워싸듯 한 뒤 몸소 앞장서 주계석이 머물고 있는 곳을 들이쳤다.

겨우 3천의 군사로 숨어 있던 주계석은 감히 맞설 엄두도 못 내고 달아나기부터 먼저 했다. 그러나 사방이 항량의 군사들로 에워싸여 그것도 뜻과 같지 못했다. 주계석은 독 안에 든 쥐처럼 에움 속으로 내몰리다가 이름 없는 군사의 칼에 죽어 그 목만 항량에게 바쳐졌다.

"싸움에 진 것은 주계석의 죄가 아니다. 어려움에 빠진 아군을 저버린 게 큰 죄요, 함부로 본진을 벗어나 달아나려 한 게 더욱 큰 죄다!"

항량은 주계석의 목을 진중에 높이 걸게 하고 모든 장졸들에게 그렇게 알렸다.

주계석을 죽여 흔들리던 군심을 가라앉히고 사기를 되살린 항량은 다시 대군을 서쪽으로 돌리려 했다. 그런데 양성을 치러 간 항우가 떠날 때의 큰소리와는 달리 열흘이 가까워도 소식이 없었다. 항량이 사람을 양성으로 보내 사정을 알아보게 했더니 며칠 안 돼 그 사람이 돌아와 알렸다.

"양성은 성벽이 높은 데다 군민이 힘을 합쳐 굳건히 지키는 바람에 작은 장군님의 용맹으로도 아직 떨어뜨리지 못하고 있습니다. 거기다가 더욱 고약한 일은 앞으로도 가까운 날, 쉽게 성이 떨어질 것 같지는 않다는 것입니다."

"우는 무어라고 하던가?"

"작은 장군님께서는 며칠만 더 기다려 달라고 하셨습니다. 반드시 성을 떨어뜨려 등 뒤에 걱정거리를 남겨 두지 않겠다는 말씀이셨습니다."

그렇다면 달리 어쩔 수가 없었다. 항량은 장수 몇 명에 군사 3천 명을 딸려 보내 항우를 돕게 하고, 자신은 설현에서 그들이 이기고 돌아오기를 기다리기로 했다. 그 바람에 항량은 뜻밖으로 오래 설현에 머물게 되었다.

(3권에서 계속)

초한지 2
바람아 불어라

개정 신판 1쇄 발행 2020년 11월 5일
개정 신판 2쇄 발행 2022년 11월 15일

지은이 이문열

발행인 양원석
펴낸 곳 ㈜알에이치코리아
주소 서울시 금천구 가산디지털2로 53, 20층 (가산동, 한라시그마밸리)
편집문의 02-6443-8842   **도서문의** 02-6443-8800
홈페이지 http://rhk.co.kr
등록 2004년 1월 15일 제2-3726호

copyright ⓒ 이문열

ISBN 978-89-255-8972-5 (04820)
    978-89-255-8974-9 (세트)